CW01023645

TROIS CONTES
LA TENTATION DE SAINT ANTOINE

GUSTAVE FLAUBERT

Trois contes

La tentation
de Saint Antoine

GUSTAVE FLAUBERT
(1821-1880)

Fils d'un médecin chirurgien de Rouen, né le 12 décembre 1821, Gustave Flaubert passe son enfance dans un pavillon de l'hôpital et, est-ce le spectacle des cadavres trop tôt entrevus, restera hanté par la mort. Élève indiscipliné, mais brillant, il part à Paris faire des études de droit, et s'y lie d'amitié avec Maxime du Camp en compagnie duquel, de 1849 à 1851, il fera le tour de la Méditerranée.

Une première crise d'épilepsie, en 1844, l'oblige à renoncer à ses études et à revenir en Normandie, au Croisset, dans une demeure en bord de Seine. Enfermé dans son bureau, rideaux tirés sur les fenêtres, il ne va cesser d'écrire, reprenant, raturant, « gueulant » et réécrivant ses textes. Plutôt que de vivre, il préfère créer. Ce « bourgeois » qui vit retiré à la campagne, qui passe de l'exaltation au découragement, de l'ardeur au désespoir, a un caractère difficile.

Quand il ne « s'occupe pas de littérature » (selon son expression), il écrit — ne cessant de rompre et de se réconcilier avec eux — à ses amis ou à Louise Colet, sa maîtresse, qui sera l'égérie de plusieurs poètes et romanciers. La *Correspondance* de Flaubert, publiée après sa mort, est un témoignage unique sur le travail de l'écrivain. Il vit avec sa mère, et une nièce orpheline pour laquelle, à la fin de sa vie, parce que son mari a fait faillite, il se ruinera.

Il commence *Madame Bovary* à l'automne 1851.

Pendant cinq ans, il va rester enfermé à Croisset pour écrire ce roman inspiré d'un fait divers. Dès sa sortie en 1856 dans *La Revue de Paris*, puis en volume en 1857, *Madame Bovary* fait scandale. Flaubert, qui est alors un inconnu, est poursuivi pour offense à la morale publique et religieuse, et outrage aux bonnes mœurs. Il est acquitté, mais repart brisé pour la Normandie. Il aurait préféré que le succès de son roman soit dû à son seul talent, et non pas à un scandale provoqué par des esprits étroits.

Rares sont d'ailleurs les contemporains (exceptés Baudelaire, Barbey d'Aurevilly, et, à un degré moindre, Sainte-Beuve) qui reconnaissent l'originalité et la perfection d'écriture de cette œuvre.

Après *Salammbô* (1862), roman historique où il donne libre cours à son goût des couleurs et du baroque, il entre dans une période « mondaine », partageant son temps entre Croisset et Paris, où il se lie à Tourgueniev, George Sand, les frères Goncourt... *L'Éducation Sentimentale*, en 1869, roman réaliste, est mal accueilli : Flaubert s'en prend aux aristocrates comme aux révolutionnaires.

Même s'il fréquente des salons bonapartistes, il se veut d'une impartialité politique totale : « Je suis las de l'ignoble ouvrier, de l'inepte bourgeois, du stupide paysan et de l'odieux ecclésiastique. » La guerre franco-prussienne de 1870 le révèle patriote : il s'enrôle comme infirmier puis lieutenant dans la Garde Nationale.

En 1872, tandis que sa santé se dégrade, il perd sa mère, puis, en 1876, Louise Colet, et sa vieille amie George Sand. Il est confronté à des problèmes financiers ; les pièces de théâtre qu'il a écrites sont des échecs, mais il s'oppose encore à ce que son roman *Madame Bovary* soit adapté à la scène ; il doute de lui, de son talent, de sa vocation d'écrivain, vit en ermite, réfugié dans ses souvenirs. Il lui reste un ami, presqu'un fils, dont il a encouragé et soutenu les débuts littéraires : Guy de Maupassant.

Ce perfectionniste meurt, sans avoir achevé son *Bouvard et Pécuchet*, qu'il voulait être le « roman de la médiocrité », le 8 mai 1880, d'une hémorragie cérébrale. La postérité reconnaîtra son génie.

TROIS CONTES

UN CŒUR SIMPLE

I

Pendant un demi-siècle, les bourgeoises de Pont-l'Évêque envièrent à Mme Aubain sa servante Félicité.

Pour cent francs par an, elle faisait la cuisine et le ménage, cousait, lavait, repassait, savait brider un cheval, engraisser les volailles, battre le beurre, et resta fidèle à sa maîtresse, — qui cependant n'était pas une personne agréable.

Elle avait épousé un beau garçon sans fortune, mort au commencement de 1809, en lui laissant deux enfants très jeunes avec une quantité de dettes. Alors elle vendit ses immeubles, sauf la ferme de Toucques et la ferme de Geffosses, dont les rentes montaient à 5 000 francs tout au plus, et elle quitta sa maison de Saint-Melaine pour en habiter une autre moins dispendieuse, ayant appartenu à ses ancêtres et placée derrière les halles.

Cette maison, revêtue d'ardoises, se trouvait entre un passage et une ruelle aboutissant à la rivière. Elle avait intérieurement des différences de niveau qui faisaient trébucher. Un vestibule étroit séparait la cuisine de la *salle* où Mme Aubain se tenait tout le long du jour, assise près de la croisée dans un fauteuil de paille. Contre le lambris, peint en blanc, s'alignaient huit chaises d'acajou. Un vieux piano supportait, sous un baromètre, un tas pyramidal de boîtes et de cartons. Deux bergères de tapisserie flanquaient la cheminée en marbre jaune et de style Louis XV. La pendule, au milieu, représentait un temple de Vesta, — et tout l'appartement sentait un peu le moisi, car le plancher était plus bas que le jardin.

Au premier étage, il y avait d'abord la chambre de « Madame », très grande, tendue d'un papier à fleurs pâles, et contenant le portrait de « Monsieur » en costume de muscadin. Elle communiquait avec une chambre plus petite, où l'on voyait deux couchettes d'enfants, sans matelas. Puis venait le salon, toujours fermé, et rempli de meubles recouverts d'un drap. Ensuite un corridor menait à un cabinet d'études ; des livres et des paperasses garnissaient les rayons d'une bibliothèque entourant de ses trois côtés un large bureau de bois noir. Les deux panneaux en retour disparaissaient sous des dessins à la plume, des paysages à la gouache et des gravures d'Audran, souvenirs d'un temps meilleur et d'un luxe évanoui. Une lucarne au second étage éclairait la chambre de Félicité, ayant vue sur les prairies.

Elle se levait dès l'aube, pour ne pas manquer la messe, et travaillait jusqu'au soir sans interruption ; puis, le dîner étant fini, la vaisselle en ordre et la porte bien close, elle enfouissait la bûche sous les cendres et s'endormait devant l'âtre, son rosaire à la main. Personne, dans les marchandages, ne montrait plus d'entêtement. Quant à la propreté, le poli de ses casseroles faisait le désespoir des autres servantes. Économe, elle mangeait avec lenteur, et recueillait du doigt sur la table les miettes de son pain, — un pain de douze livres, cuit exprès pour elle, et qui durait vingt jours.

En toute saison elle portait un mouchoir d'indienne fixé dans le dos par une épingle, un bonnet lui cachant les cheveux, des bas gris, un jupon rouge, et par-dessus sa camisole un tablier à bavette, comme les infirmières d'hôpital.

Son visage était maigre et sa voix aiguë. A vingt-

cinq ans, on lui en donnait quarante. Dès la cin-
quantaine, elle ne marqua plus aucun âge ; — et,
toujours silencieuse, la taille droite et les gestes
mesurés, semblait une femme en bois, fonctionnant
d'une manière automatique.

II

Elle avait eu, comme une autre, son histoire
d'amour. Son père, un maçon, s'était tué en tombant
d'un échafaudage. Puis sa mère mourut, ses sœurs
se dispersèrent, un fermier la recueillit, et l'employa
toute petite à garder les vaches dans la campagne.
Elle grelottait sous des haillons, buvait à plat ventre
l'eau des mares, à propos de rien était battue, et
finalement fut chassée pour un vol de trente sols,
qu'elle n'avait pas commis. Elle entra dans une autre
ferme, y devint fille de basse-cour, et, comme elle
plaisait aux patrons, ses camarades la jalousaient.

Un soir du mois d'août (elle avait alors dix-huit
ans), ils l'entraînèrent à l'assemblée de Colleville.
Tout de suite elle fut étourdie, stupéfaite par le
tapage des ménétriers, les lumières dans les arbres,
la bigarrure des costumes, les dentelles, les croix
d'or, cette masse de monde sautant à la fois. Elle se
tenait à l'écart modestement, quand un jeune
homme d'apparence cossue, et qui fumait sa pipe les
deux coudes sur le timon d'un banneau, vint l'inviter
à la danse. Il lui paya du cidre, du café, de la galette,
un foulard, et, s'imaginant qu'elle le devinait, offrit
de la reconduire. Au bord d'un champ d'avoine, il la
renversa brutalement. Elle eut peur et se mit à crier.
Il s'éloigna.

Un autre soir, sur la route de Beaumont, elle
voulut dépasser un grand chariot de foin qui avan-

çait lentement, et en frôlant les roues elle reconnut
Théodore.

Il l'aborda d'un air tranquille, disant qu'il fallait
tout pardonner, puisque c'était « la faute de la bois-
son ».

Elle ne sut que répondre et avait envie de s'enfuir.

Aussitôt il parla des récoltes et des notables de la
commune, car son père avait abandonné Colleville
pour la ferme des Écots, de sorte que maintenant ils
se trouvaient voisins. — « Ah ! » dit-elle. Il ajouta
qu'on désirait l'établir. Du reste, il n'était pas pressé,
et attendait une femme à son goût. Elle baissa la
tête. Alors il lui demanda si elle pensait au mariage.
Elle reprit, en souriant, que c'était mal de se
moquer. — « Mais non, je vous jure ! » et du bras
gauche il lui entoura la taille ; elle marchait soutenue par son étreinte ; ils se ralentirent. Le vent était
mou, les étoiles brillaient, l'énorme charretée de
foin oscillait devant eux ; et les quatre chevaux, en
traînant leurs pas, soulevaient de la poussière. Puis,
sans commandement, ils tournèrent à droite. Il
l'embrassa encore une fois. Elle disparut dans
l'ombre.

Théodore, la semaine suivante, en obtint des rendez-vous.

Ils se rencontraient au fond des cours, derrière un
mur, sous un arbre isolé. Elle n'était pas innocente à
la manière des demoiselles, — les animaux l'avaient
instruite ; — mais la raison et l'instinct de l'honneur
l'empêchèrent de faillir. Cette résistance exaspéra
l'amour de Théodore, si bien que pour le satisfaire
(ou naïvement peut-être) il proposa de l'épouser.
Elle hésitait à le croire. Il fit de grands serments.

Bientôt il avoua quelque chose de fâcheux : ses
parents, l'année dernière, lui avaient acheté un
homme ; mais d'un jour à l'autre on pourrait le
reprendre ; l'idée de servir l'effrayait. Cette couar-
dise fut pour Félicité une preuve de tendresse ; la
sienne en redoubla. Elle s'échappait la nuit, et, par-

venue au rendez-vous, Théodore la torturait avec ses
inquiétudes et ses instances.

Enfin, il annonça qu'il irait lui-même à la Préfecture prendre des informations, et les apporterait
dimanche prochain entre onze heures et minuit.

Le moment arrivé, elle courut vers l'amoureux.

A sa place, elle trouva un de ses amis.

Il lui apprit qu'elle ne devait plus le revoir. Pour se
garantir de la conscription, Théodore avait épousé
une vieille femme très riche, Mme Lehoussais, de
Toucques.

Ce fut un chagrin désordonné. Elle se jeta par
terre, poussa des cris, appela le bon Dieu, et gémit
toute seule dans la campagne jusqu'au soleil levant.
Puis elle revint à la ferme, déclara son intention d'en
partir ; et, au bout du mois, ayant reçu ses comptes,
elle enferma tout son petit bagage dans un mouchoir, et se rendit à Pont-l'Évêque.

Devant l'auberge, elle questionna une bourgeoise
en capeline de veuve, et qui précisément cherchait
une cuisinière. La jeune fille ne savait pas grand-
chose, mais paraissait avoir tant de bonne volonté et
si peu d'exigences, que Mme Aubain finit par dire :

— « Soit, je vous accepte ! »

Félicité, un quart d'heure après, était installée
chez elle.

D'abord elle y vécut dans une sorte de tremblement que lui causaient « le genre de la maison » et le
souvenir de « Monsieur », planant sur tout ! Paul et
Virginie, l'un âgé de sept ans, l'autre de quatre à
peine, lui semblaient formés d'une matière pré-
cieuse ; elle les portait sur son dos comme un cheval, et Mme Aubain lui défendit de les baiser à
chaque minute, ce qui la mortifia. Cependant elle se
trouvait heureuse. La douceur du milieu avait fondu
sa tristesse.

Tous les jeudis, des habitués venaient faire une
partie de boston. Félicité préparait d'avance les
cartes et les chaufferettes. Ils arrivaient à huit

heures bien juste, et se retiraient avant le coup de
onze.

Chaque lundi matin, le brocanteur qui logeait
sous l'allée étalait par terre ses ferrailles. Puis la ville
se remplissait d'un bourdonnement de voix, où se
mêlaient des hennissements de chevaux, des bêle-
ments d'agneaux, des grognements de cochons, avec
le bruit sec des carrioles dans la rue. Vers midi, au
plus fort du marché, on voyait paraître sur le seuil
un vieux paysan de haute taille, la casquette en
arrière, le nez crochu, et qui était Robelin, le fermier
de Geffosses. Peu de temps après, — c'était Liébard,
le fermier de Toucques, petit, rouge, obèse, portant
une veste grise et des houseaux armés d'éperons.

Tous deux offraient à leur propriétaire des poules
ou des fromages. Félicité invariablement déjouait
leurs astuces ; et ils s'en allaient pleins de considéra-
tion pour elle.

A des époques indéterminées, Mme Aubain recevait la visite du marquis de Gremanville, un de ses
oncles, ruiné par la crapule et qui vivait à Falaise sur
le dernier lopin de ses terres. Il se présentait toujours à l'heure du déjeuner, avec un affreux caniche
dont les pattes salissaient tous les meubles. Malgré
ses efforts pour paraître gentilhomme jusqu'à soulever son chapeau chaque fois qu'il disait : « Feu mon
père », l'habitude l'entraînant, il se versait à boire
coup sur coup, et lâchait des gaillardises. Félicité le
poussait dehors poliment : « Vous en avez assez,
Monsieur de Gremanville ! A une autre fois ! » Et
elle refermait la porte.

Elle l'ouvrait avec plaisir devant M. Bourais,
ancien avoué. Sa cravate blanche et sa calvitie, le
jabot de sa chemise, son ample redingote brune, sa
façon de priser en arrondissant le bras, tout son
individu lui produisait ce trouble où nous jette le
spectacle des hommes extraordinaires.

Comme il gérait les propriétés de « Madame », il
s'enfermait avec elle pendant des heures dans le

cabinet de « Monsieur », et craignait toujours de se
compromettre, respectait infiniment la magistra-
ture, avait des prétentions au latin.

Pour instruire les enfants d'une manière agréable,
il leur fit cadeau d'une géographie en estampes.
Elles représentaient différentes scènes du monde,
des anthropophages coiffés de plumes, un singe
enlevant une demoiselle, des Bédouins dans le
désert, une baleine qu'on harponnait, etc.

Paul donna l'explication de ces gravures à Félicité.
Ce fut même toute son éducation littéraire.

Celle des enfants était faite par Guyot, un pauvre
diable employé à la Mairie, fameux pour sa belle
main, et qui repassait son canif sur sa botte.

Quand le temps était clair, on s'en allait de bonne
heure à la ferme de Geffosses.

La cour est en pente, la maison dans le milieu ; et
la mer, au loin, apparaît comme une tache grise.

Félicité retirait de son cabas des tranches de
viande froide, et on déjeunait dans un appartement
faisant suite à la laiterie. Il était le seul reste d'une
habitation de plaisance, maintenant disparue. Le
papier de la muraille en lambeaux tremblait aux
courants d'air. Mme Aubain penchait son front,
accablée de souvenirs ; les enfants n'osaient plus
parler. « Mais jouez donc ! » disait-elle ; ils décam-
paient.

Paul montait dans la grange, attrapait des
oiseaux, faisait des ricochets sur la mare, ou tapait
avec un bâton les grosses futailles qui résonnaient
comme des tambours.

Virginie donnait à manger aux lapins, se précipitait pour cueillir des bluets, et la rapidité de ses
jambes découvrait ses petits pantalons brodés.

Un soir d'automne, on s'en retourna par les herbages.

La lune à son premier quartier éclairait une partie
du ciel, et un brouillard flottait comme une écharpe
sur les sinuosités de la Toucques. Des bœufs, éten-

dus au milieu du gazon, regardaient tranquillement
ces quatre personnes passer. Dans la troisième
pâture quelques-uns se levèrent, puis se mirent en
rond devant elles. — « Ne craignez rien ! » dit Félicité ; et, murmurant une sorte de complainte, elle
flatta sur l'échine celui qui se trouvait le plus près ; il
fit volte-face, les autres l'imitèrent. Mais, quand
l'herbage suivant fut traversé, un beuglement formidable s'éleva. C'était un taureau, que cachait le
brouillard. Il avança vers les deux femmes.
Mme Aubain allait courir. — « Non ! non ! moins
vite ! » Elles pressaient le pas cependant, et entendaient par-derrière un souffle sonore qui se rapprochait. Ses sabots, comme des marteaux, battaient
l'herbe de la prairie ; voilà qu'il galopait maintenant ! Félicité se retourna, et elle arrachait à deux
mains des plaques de terre qu'elle lui jetait dans les
yeux. Il baissait le mufle, secouait les cornes et tremblait de fureur en beuglant horriblement.
Mme Aubain, au bout de l'herbage avec ses deux
petits, cherchait éperdue comment franchir le haut
bord. Félicité reculait toujours devant le taureau, et
continuellement lançait des mottes de gazon qui
l'aveuglaient, tandis qu'elle criait : — « Dépêchez-
vous ! dépêchez-vous ! »

Mme Aubain descendit le fossé, poussa Virginie,
Paul ensuite, tomba plusieurs fois en tâchant de
gravir le talus, et à force de courage y parvint.

Le taureau avait acculé Félicité contre une claire-
voie ; sa bave lui rejaillissait à la figure, une seconde
de plus il l'éventrait. Elle eut le temps de se couler
entre deux barreaux, et la grosse bête, toute surprise, s'arrêta.

Cet événement, pendant bien des années, fut un
sujet de conversation à Pont-l'Évêque. Félicité n'en
tira aucun orgueil, ne se doutant même pas qu'elle
eût rien fait d'héroïque.

Virginie l'occupait exclusivement ; — car, elle eut,
à la suite de son effroi, une affection nerveuse, et

M. Poupart, le docteur, conseilla les bains de mer de Trouville.

Dans ce temps-là, ils n'étaient pas fréquentés. Mme Aubain prit des renseignements, consulta Bourais, fit des préparatifs comme pour un long voyage.

Ses colis partirent la veille, dans la charrette de Liébard. Le lendemain, il amena deux chevaux dont l'un avait une selle de femme, munie d'un dossier de velours ; et sur la croupe du second un manteau roulé formait une manière de siège. Mme Aubain y monta, derrière lui. Félicité se chargea de Virginie, et Paul enfourcha l'âne de M. Lechaptois, prêté sous la condition d'en avoir grand soin.

La route était si mauvaise que ses huit kilomètres exigèrent deux heures. Les chevaux enfonçaient jusqu'aux paturons dans la boue, et faisaient pour en sortir de brusques mouvements des hanches ; ou bien ils butaient contre les ornières ; d'autres fois, il leur fallait sauter. La jument de Liébard, à de certains endroits, s'arrêtait tout à coup. Il attendait patiemment qu'elle se remît en marche ; et il parlait des personnes dont les propriétés bordaient la route, ajoutant à leur histoire des réflexions morales. Ainsi, au milieu de Toucques, comme on passait sous des fenêtres entourées de capucines, il dit, avec un haussement d'épaules : — « En voilà une Mme Lehoussais, qui au lieu de prendre un jeune homme... » Félicité n'entendit pas le reste ; les chevaux trottaient, l'âne galopait ; tous enfilèrent un sentier, une barrière tourna, deux garçons parurent, et l'on descendit devant le purin, sur le seuil même de la porte.

La mère Liébard, en apercevant sa maîtresse, prodigua les démonstrations de joie. Elle lui servit un déjeuner où il y avait un aloyau, des tripes, du boudin, une fricassée de poulet, du cidre mousseux, une tarte aux compotes et des prunes à l'eau-de-vie, accompagnant le tout de politesse à Madame qui paraissait en meilleure santé, à Mademoiselle deve-

nue « magnifique », à M. Paul singulièrement
« forci », sans oublier leurs grands-parents défunts
que les Liébard avaient connus, étant au service de
la famille depuis plusieurs générations. La ferme
avait, comme eux, un caractère d'ancienneté. Les
poutrelles du plafond étaient vermoulues, les
murailles noires de fumée, les carreaux gris de poussière. Un dressoir en chêne supportait toutes sortes
d'ustensiles, des brocs, des assiettes, des écuelles
d'étain, des pièges à loup, des forces pour les moutons ; une seringue énorme fit rire les enfants. Pas
un arbre des trois cours qui n'eût des champignons
à sa base, ou dans ses rameaux une touffe de gui. Le
vent en avait jeté bas plusieurs. Ils avaient repris par
le milieu ; et tous fléchissaient sous la quantité de
leurs pommes. Les toits de paille, pareils à du
velours brun et inégaux d'épaisseur, résistaient aux
plus fortes bourrasques. Cependant la charreterie
tombait en ruine. Mme Aubain dit qu'elle aviserait,
et commanda de reharnacher les bêtes.

On fut encore une demi-heure avant d'atteindre
Trouville. La petite caravane mit pied à terre pour
passer les *Écores* ; c'était une falaise surplombant
des bateaux ; et trois minutes plus tard, au bout du
quai, on entra dans la cour de l'*Agneau d'or*, chez la
mère David.

Virginie, dès les premiers jours, se sentit moins
faible, résultat du changement d'air et de l'action
des bains. Elle les prenait en chemise, à défaut d'un
costume ; et sa bonne la rhabillait dans une cabane
de douanier qui servait aux baigneurs.

L'après-midi, on s'en allait avec l'âne au-delà des
Roches Noires, du côté d'Hennequeville. Le sentier,
d'abord, montait entre des terrains vallonnés
comme la pelouse d'un parc, puis arrivait sur un
plateau où alternaient des pâturages et des champs
en labour. A la lisière du chemin, dans le fouillis des
ronces, des houx se dressaient ; çà et là, un grand
arbre mort faisait sur l'air bleu des zigzags avec ses
branches.

Presque toujours on se reposait dans un pré, ayant Deauville à gauche, Le Havre à droite et en face la pleine mer. Elle était brillante de soleil, lisse comme un miroir, tellement douce qu'on entendait à peine son murmure ; des moineaux cachés pépiaient, et la voûte immense du ciel recouvrait tout cela. Mme Aubain, assise, travaillait à son ouvrage de couture ; Virginie près d'elle tressait des joncs ; Félicité sarclait des fleurs de lavande ; Paul, qui s'ennuyait, voulait partir.

D'autres fois, ayant passé la Toucques en bateau, ils cherchaient des coquilles. La marée basse laissait à découvert des oursins, des godefiches, des méduses ; et les enfants couraient, pour saisir des flocons d'écume que le vent emportait. Les flots endormis, en tombant sur le sable, se déroulaient le long de la grève ; elle s'étendait à perte de vue, mais du côté de la terre avait pour limite les dunes la séparant du *Marais*, large prairie en forme d'hippodrome. Quand ils revenaient par là, Trouville, au fond sur la pente du coteau, à chaque pas grandissait, et avec toutes ses maisons inégales semblait s'épanouir dans un désordre gai.

Les jours qu'il faisait trop chaud, ils ne sortaient pas de leur chambre. L'éblouissante clarté du dehors plaquait des barres de lumière entre les lames des jalousies. Aucun bruit dans le village. En bas, sur le trottoir, personne. Ce silence épandu augmentait la tranquillité des choses. Au loin, les marteaux des calfats tamponnaient des carènes, et une brise lourde apportait la senteur du goudron.

Le principal divertissement était le retour des barques. Dès qu'elles avaient dépassé les balises, elles commençaient à louvoyer. Leurs voiles descendaient aux deux tiers des mâts ; et, la misaine gonflée comme un ballon, elles avançaient, glissaient dans le clapotement des vagues, jusqu'au milieu du port, où l'ancre tout à coup tombait. Ensuite le bateau se plaçait contre le quai. Les matelots

jetaient par-dessus le bordage des poissons palpi-
tants ; une file de charrettes les attendait, et des
femmes en bonnet de coton s'élançaient pour
prendre les corbeilles et embrasser leurs hommes.

Une d'elles, un jour, aborda Félicité, qui peu de
temps après entra dans la chambre, toute joyeuse.
Elle avait retrouvé une sœur ; et Nastasie Barette,
femme Leroux, apparut, tenant un nourrisson à sa
poitrine, de la main droite un autre enfant, et à sa
gauche un petit mousse les poings sur les hanches et
le béret sur l'oreille.

Au bout d'un quart d'heure, Mme Aubain la
congédia.

On les rencontrait toujours aux abords de la cuisine, ou dans les promenades que l'on faisait. Le
mari ne se montrait pas.

Félicité se prit d'affection pour eux. Elle leur
acheta une couverture, des chemises, un fourneau ;
évidemment ils l'exploitaient. Cette faiblesse agaçait
Mme Aubain, qui d'ailleurs n'aimait pas les familia-
rités du neveu, — car il tutoyait son fils ; — et,
comme Virginie toussait et que la saison n'était plus
bonne, elle revint à Pont-l'Évêque.

M. Bourais l'éclaira sur le choix d'un collège. Celui
de Caen passait pour le meilleur. Paul y fut envoyé ;
et fit bravement ses adieux, satisfait d'aller vivre
dans une maison où il aurait des camarades.

Mme Aubain se résigna à l'éloignement de son
fils, parce qu'il était indispensable. Virginie y songea
de moins en moins. Félicité regrettait son tapage.
Mais une occupation vint la distraire ; à partir de
Noël, elle mena tous les jours la petite fille au catéchisme.

III

Quand elle avait fait à la porte une génuflexion, elle s'avançait sous la haute nef entre la double ligne des chaises, ouvrait le banc de Mme Aubain, s'asseyait, et promenait ses yeux autour d'elle.

Les garçons à droite, les filles à gauche, emplissaient les stalles du chœur ; le curé se tenait debout près du lutrin ; sur un vitrail de l'abside, le Saint-Esprit dominait la Vierge ; un autre la montrait à genoux devant l'Enfant-Jésus, et, derrière le tabernacle, un groupe en bois représentait saint Michel terrassant le dragon.

Le prêtre fit d'abord un abrégé de l'Histoire sainte. Elle croyait voir le paradis, le déluge, la tour de Babel, des villes en flammes, des peuples qui mouraient, des idoles renversées ; et elle garda de cet éblouissement le respect du Très-Haut et la crainte de sa colère. Puis, elle pleura en écoutant la Passion. Pourquoi l'avaient-ils crucifié, lui qui chérissait les enfants, nourrissait les foules, guérissait les aveugles, et avait voulu, par douceur, naître au milieu des pauvres, sur le fumier d'une étable ? Les semailles, les moissons, les pressoirs, toutes ces choses familières dont parle l'Évangile, se trouvaient dans sa vie ; le passage de Dieu les avait sanctifiées ; et elle aima plus tendrement les agneaux par amour de l'Agneau, les colombes à cause du Saint-Esprit.

Elle avait peine à imaginer sa personne ; car il

n'était pas seulement oiseau, mais encore un feu, et d'autres fois un souffle. C'est peut-être sa lumière qui voltige la nuit aux bords des marécages, son haleine qui pousse les nuées, sa voix qui rend les cloches harmonieuses ; et elle demeurait dans une adoration, jouissant de la fraîcheur des murs et de la tranquillité de l'église.

Quant aux dogmes, elle n'y comprenait rien, ne tâcha même pas de comprendre. Le curé discourait, les enfants récitaient, elle finissait par s'endormir ; et se réveillait tout à coup, quand ils faisaient en s'en allant claquer leurs sabots sur les dalles.

Ce fut de cette manière, à force de l'entendre, qu'elle apprit le catéchisme, son éducation religieuse ayant été négligée dans sa jeunesse ; et dès lors elle imita toutes les pratiques de Virginie, jeûnait comme elle, se confessait avec elle. A la Fête-Dieu, elles firent ensemble un reposoir.

La première communion la tourmentait d'avance. Elle s'agita pour les souliers, pour le chapelet, pour le livre, pour les gants. Avec quel tremblement elle aida sa mère à l'habiller !

Pendant toute la messe, elle éprouva une angoisse. M. Bourais lui cachait un côté du chœur ; mais juste en face, le troupeau des vierges portant des couronnes blanches par-dessus leurs voiles abaissés formait comme un champ de neige ; et elle reconnaissait de loin la chère petite à son cou plus mignon et à son attitude recueillie. La cloche tinta. Les têtes se courbèrent ; il y eut un silence. Aux éclats de l'orgue, les chantres et la foule entonnèrent l'*Agnus Dei* ; puis le défilé des garçons commença ; et, après eux, les filles se levèrent. Pas à pas, et les mains jointes, elles allaient vers l'autel tout illuminé, s'agenouillaient sur la première marche, recevaient l'hostie successivement, et dans le même ordre revenaient à leurs prie-Dieu. Quand ce fut le tour de Virginie, Félicité se pencha pour la voir ; et, avec l'imagination que donnent les vraies tendresses, il lui sembla

qu'elle était elle-même cette enfant ; sa figure devenait la sienne, sa robe l'habillait, son cœur lui battait
dans la poitrine ; au moment d'ouvrir la bouche, en
fermant les paupières, elle manqua s'évanouir.

Le lendemain, de bonne heure, elle se présenta
dans la sacristie, pour que M. le curé lui donnât la
communion. Elle la reçut dévotement, mais n'y
goûta pas les mêmes délices.

Mme Aubain voulait faire de sa fille une personne
accomplie ; et, comme Guyot ne pouvait lui montrer
ni l'anglais ni la musique, elle résolut de la mettre en
pension chez les Ursulines d'Honfleur.

L'enfant n'objecta rien. Félicité soupirait, trouvant
Madame insensible. Puis elle songea que sa maîtresse, peut-être, avait raison. Ces choses dépas-
saient sa compétence.

Enfin, un jour, une vieille tapissière s'arrêta
devant la porte ; et il en descendit une religieuse qui
venait chercher Mademoiselle. Félicité monta les
bagages sur l'impériale, fit des recommandations au
cocher, et plaça dans le coffre six pots de confiture
et une douzaine de poires, avec un bouquet de violettes.

Virginie, au dernier moment, fut prise d'un grand
sanglot ; elle embrassait sa mère qui la baisait au
front en répétant : — « Allons ! du courage ! du courage ! » Le marchepied se releva, la voiture partit.

Alors Mme Aubain eut une défaillance ; et le soir
tous ses amis, le ménage Lormeau, Mme Lechaptois, *ces* demoiselles Rochefeuille, M. de Houppeville et Bourais se présentèrent pour la consoler.

La privation de sa fille lui fut d'abord très doulou-
reuse. Mais trois fois la semaine elle en recevait une
lettre, les autres jours lui écrivait, se promenait dans
son jardin, lisait un peu, et de cette façon comblait
le vide des heures.

Le matin, par habitude, Félicité entrait dans la
chambre de Virginie, et regardait les murailles. Elle
s'ennuyait de n'avoir plus à peigner ses cheveux, à

lui lacer ses bottines, à la border dans son lit, — et de ne plus voir continuellement sa gentille figure, de ne plus la tenir par la main quand elles sortaient ensemble. Dans son désœuvrement, elle essaya de faire de la dentelle. Ses doigts trop lourds cassaient les fils ; elle n'entendait à rien, avait perdu le sommeil, suivant son mot, était « minée ».

Pour « se dissiper », elle demanda la permission de recevoir son neveu Victor.

Il arrivait le dimanche après la messe, les joues roses, la poitrine nue, et sentant l'odeur de la campagne qu'il avait traversée. Tout de suite, elle dressait son couvert. Ils déjeunaient l'un en face de l'autre ; et, mangeant elle-même le moins possible pour épargner la dépense, elle le bourrait tellement de nourriture qu'il finissait par s'endormir. Au premier coup des vêpres, elle le réveillait, brossait son pantalon, nouait sa cravate, et se rendait à l'église, appuyée sur son bras dans un orgueil maternel.

Ses parents le chargeaient toujours d'en tirer quelque chose, soit un paquet de cassonade, du savon, de l'eau-de-vie, parfois même de l'argent. Il apportait ses nippes à raccommoder ; et elle acceptait cette besogne, heureuse d'une occasion qui le forçait à revenir.

Au mois d'août, son père l'emmena au cabotage.

C'était l'époque des vacances. L'arrivée des enfants la consola. Mais Paul devenait capricieux, et Virginie n'avait plus l'âge d'être tutoyée, ce qui mettait une gêne, une barrière entre elles.

Victor alla successivement à Morlaix, à Dunkerque et à Brighton ; au retour de chaque voyage, il lui offrait un cadeau. La première fois, ce fut une boîte en coquilles ; la seconde, une tasse à café ; la troisième, un grand bonhomme en pain d'épice. Il embellissait, avait la taille bien prise, un peu de moustache, de bons yeux francs, et un petit chapeau de cuir, placé en arrière comme un pilote. Il l'amusait en lui racontant des histoires mêlées de termes marins.

Un lundi, 14 juillet 1819 (elle n'oublia pas la date), Victor annonça qu'il était engagé au long cours, et, dans la nuit du surlendemain, par le paquebot de Honfleur, irait rejoindre sa goélette, qui devait démarrer du Havre prochainement. Il serait, peut-être, deux ans parti.

La perspective d'une telle absence désola Félicité ; et pour lui dire encore adieu, le mercredi soir, après le dîner de Madame, elle chaussa des galoches, et avala les quatre lieues qui séparent Pont-l'Évêque de Honfleur.

Quand elle fut devant le Calvaire, au lieu de prendre à gauche, elle prit à droite, se perdit dans des chantiers, revint sur ses pas ; des gens qu'elle accosta l'engagèrent à se hâter. Elle fit le tour du bassin rempli de navires, se heurtait contre des amarres ; puis le terrain s'abaissa, des lumières s'entrecroisèrent, et elle se crut folle, en apercevant des chevaux dans le ciel.

Au bord du quai, d'autres hennissaient, effrayés par la mer. Un palan qui les enlevait les descendait dans un bateau, où des voyageurs se bousculaient entre les barriques de cidre, les paniers de fromage, les sacs de grain ; on entendait chanter des poules, le capitaine jurait ; et un mousse restait accoudé sur le bossoir, indifférent à tout cela. Félicité, qui ne l'avait pas reconnu, criait : « Victor ! » Il leva la tête ; elle s'élançait, quand on retira l'échelle tout à coup.

Le paquebot, que des femmes halaient en chantant, sortit du port. Sa membrure craquait, les vagues pesantes fouettaient sa proue. La voile avait tourné, on ne vit plus personne ; — et, sur la mer argentée par la lune, il faisait une tache noire qui pâlissait toujours, s'enfonça, disparut.

Félicité, en passant près du Calvaire, voulut recommander à Dieu ce qu'elle chérissait le plus ; et elle pria pendant longtemps, debout, la face baignée de pleurs, les yeux vers les nuages. La ville dormait, des douaniers se promenaient ; et de l'eau tombait sans discontinuer par les trous de l'écluse, avec un bruit de torrent. Deux heures sonnèrent.

Le parloir n'ouvrirait pas avant le jour. Un retard, bien sûr, contrarierait Madame ; et, malgré son désir d'embrasser l'autre enfant, elle s'en retourna. Les filles de l'auberge s'éveillaient, comme elle entrait dans Pont-l'Évêque.

Le pauvre gamin durant des mois allait donc rouler sur les flots ! Ses précédents voyages ne l'avaient pas effrayé. De l'Angleterre et de la Bretagne, on revenait ; mais l'Amérique, les Colonies, les Îles, cela était perdu dans une région incertaine, à l'autre bout du monde.

Dès lors, Félicité pensa exclusivement à son neveu. Les jours de soleil, elle se tourmentait de la soif ; quand il faisait de l'orage, craignait pour lui la foudre. En écoutant le vent qui grondait dans la cheminée et emportait les ardoises, elle le voyait battu par cette même tempête, au sommet d'un mât fracassé, tout le corps en arrière, sous une nappe d'écume ; ou bien, — souvenirs de la géographie en estampes, — il était mangé par les sauvages, pris dans un bois par des singes, se mourait le long d'une plage déserte. Et jamais elle ne parlait de ses inquiétudes.

Mme Aubain en avait d'autres sur sa fille.

Les bonnes sœurs trouvaient qu'elle était affectueuse, mais délicate. La moindre émotion l'énervait. Il fallut abandonner le piano.

Sa mère exigeait du couvent une correspondance réglée. Un matin que le facteur n'était pas venu, elle s'impatienta ; et elle marchait dans la salle, de son fauteuil à la fenêtre. C'était vraiment extraordinaire ! depuis quatre jours, pas de nouvelles !

Pour qu'elle se consolât par son exemple, Félicité lui dit :

— « Moi, Madame, voilà six mois que je n'en ai reçu !... »

— « De qui donc ?... »

La servante répliqua doucement :

— « Mais... de mon neveu ! »

— « Ah ! votre neveu ! » Et, haussant les épaules, Mme Aubain reprit sa promenade, ce qui voulait dire : « Je n'y pensais pas !... Au surplus, je m'en moque ! un mousse, un gueux, belle affaire !... tandis que ma fille... Songez donc !... »

Félicité, bien que nourrie dans la rudesse, fut indignée contre Madame, puis oublia.

Il lui paraissait tout simple de perdre la tête à l'occasion de la petite.

Les deux enfants avaient une importance égale ; un lien de son cœur les unissait, et leurs destinées devaient être la même.

Le pharmacien lui apprit que le bateau de Victor était arrivé à La Havane. Il avait lu ce renseignement dans une gazette.

A cause des cigares, elle imaginait La Havane un pays où l'on ne fait pas autre chose que de fumer, et Victor circulait parmi les nègres dans un nuage de tabac. Pouvait-on « en cas de besoin » s'en retourner par terre ? A quelle distance était-ce de Pont-l'Évêque ? Pour le savoir, elle interrogea M. Bourais.

Il atteignit son atlas, puis commença des explications sur les longitudes ; et il avait un beau sourire de cuistre devant l'ahurissement de Félicité. Enfin, avec son porte-crayon, il indiqua dans les découpures d'une tache ovale un point noir, imperceptible, en ajoutant : « Voici. » Elle se pencha sur la carte ; ce réseau de lignes coloriées fatiguait sa vue, sans lui rien apprendre ; et Bourais l'invitant à dire ce qui l'embarrassait, elle le pria de lui montrer la maison où demeurait Victor. Bourais leva les bras, il éternua, rit énormément ; une candeur pareille excitait sa joie ; et Félicité n'en comprenait pas le motif, — elle qui s'attendait peut-être à voir jusqu'au portrait de son neveu, tant son intelligence était bornée !

Ce fut quinze jours après que Liébard, à l'heure du

marché comme d'habitude, entra dans la cuisine, et lui remit une lettre qu'envoyait son beau-frère. Ne sachant lire aucun des deux, elle eut recours à sa maîtresse.

Mme Aubain, qui comptait les mailles d'un tricot, le posa près d'elle, décacheta la lettre, tressaillit, et, d'une voix basse, avec un regard profond :

— « C'est un malheur... qu'on vous annonce. Votre neveu... »

Il était mort. On n'en disait pas davantage.

Félicité tomba sur une chaise, en s'appuyant la tête à la cloison, et ferma ses paupières, qui devinrent roses tout à coup. Puis, le front baissé, les mains pendantes, l'œil fixe, elle répétait par intervalles :

— « Pauvre petit gars ! pauvre petit gars ! »

Liébard la considérait en exhalant des soupirs. Mme Aubain tremblait un peu.

Elle lui proposa d'aller voir sa sœur, à Trouville.

Félicité répondit, par un geste, qu'elle n'en avait pas besoin.

Il y eut un silence. Le bonhomme Liébard jugea convenable de se retirer.

Alors elle dit :

— « Ça ne leur fait rien, à eux ! »

Sa tête retomba ; et machinalement elle soulevait, de temps à autre, les longues aiguilles sur la table à ouvrage.

Des femmes passèrent dans la cour avec un bard d'où dégouttelait du linge.

En les apercevant par les carreaux, elle se rappela sa lessive ; l'ayant coulée la veille, il fallait aujourd'hui la rincer ; et elle sortit de l'appartement.

Sa planche et son tonneau étaient au bord de la Touques. Elle jeta sur la berge un tas de chemises, retroussa ses manches, prit son battoir ; et les coups forts qu'elle donnait s'entendaient dans les autres jardins à côté. Les prairies étaient vides, le vent agitait la rivière ; au fond, de grandes herbes s'y penchaient, comme des chevelures de cadavres flottant dans l'eau. Elle retenait sa douleur, jusqu'au soir fut très brave ; mais, dans sa chambre, elle s'y abandonna, à plat ventre sur son matelas, le visage dans l'oreiller, et les deux poings contre les tempes.

Beaucoup plus tard, par le capitaine de Victor lui-même, elle connut les circonstances de sa fin. On l'avait trop saigné à l'hôpital, pour la fièvre jaune. Quatre médecins le tenaient à la fois. Il était mort immédiatement, et le chef avait dit :

— « Bon ! encore un ! »

Ses parents l'avaient toujours traité avec barbarie. Elle aima mieux ne pas les revoir ; et ils ne firent aucune avance, par oubli, ou endurcissement de misérables.

Virginie s'affaiblissait.

Des oppressions, de la toux, une fièvre continuelle et des marbrures aux pommettes décelaient quelque affection profonde. M. Poupart avait conseillé un séjour en Provence. Mme Aubain s'y décida, et eût tout de suite repris sa fille à la maison, sans le climat de Pont-l'Évêque.

Elle fit un arrangement avec un loueur de voitures, qui la menait au couvent chaque mardi. Il y a dans le jardin une terrasse d'où l'on découvre la Seine. Virginie s'y promenait à son bras, sur les feuilles de pampre tombées. Quelquefois le soleil traversant les nuages la forçait à cligner ses paupières, pendant qu'elle regardait les voiles au loin et tout l'horizon, depuis le château de Tancarville jusqu'aux phares du Havre. Ensuite on se reposait sous la tonnelle. Sa mère s'était procuré un petit fût d'excellent vin de Malaga ; et, riant à l'idée d'être grise, elle en buvait deux doigts, pas davantage.

Ses forces reparurent. L'automne s'écoula doucement. Félicité rassurait Mme Aubain. Mais, un soir qu'elle avait été aux environs faire une course, elle rencontra devant la porte le cabriolet de M. Poupart ; et il était dans le vestibule. Mme Aubain nouait son chapeau.

— « Donnez-moi ma chaufferette, ma bourse, mes gants ; plus vite donc ! »

Virginie avait une fluxion de poitrine ; c'était peut-être désespéré.

— « Pas encore ! » dit le médecin ; et tous deux montèrent dans la voiture, sous des flocons de neige qui tourbillonnaient. La nuit allait venir. Il faisait très froid.

Félicité se précipita dans l'église, pour allumer un cierge. Puis elle courut après le cabriolet, qu'elle rejoignit une heure plus tard, sauta légèrement par-derrière, où elle se tenait aux torsades, quand une réflexion lui vint : « La cour n'était pas fermée ! si des voleurs s'introduisaient ? » Et elle descendit.

Le lendemain, dès l'aube, elle se présenta chez le docteur. Il était rentré, et reparti à la campagne. Puis elle resta dans l'auberge, croyant que des inconnus apporteraient une lettre. Enfin, au petit jour, elle prit la diligence de Lisieux.

Le couvent se trouvait au fond d'une ruelle escarpée. Vers le milieu, elle entendit des sons étranges, un glas de mort. « C'est pour d'autres », pensa-t-elle ; et Félicité tira violemment le marteau.

Au bout de plusieurs minutes, des savates se traînèrent, la porte s'entrebâilla, et une religieuse parut.

La bonne sœur avec un air de componction dit qu'« elle venait de passer ». En même temps, le glas de Saint-Léonard redoublait.

Félicité parvint au second étage.

Dès le seuil de la chambre, elle aperçut Virginie étalée sur le dos, les mains jointes, la bouche ouverte, et la tête en arrière sous une croix noire s'inclinant vers elle, entre les rideaux immobiles, moins pâles que sa figure. Mme Aubain, au pied de la couche qu'elle tenait dans ses bras, poussait des hoquets d'agonie. La supérieure était debout, à droite. Trois chandeliers sur la commode faisaient des taches rouges, et le brouillard blanchissait les fenêtres. Des religieuses emportèrent Mme Aubain.

Pendant deux nuits, Félicité ne quitta pas la morte. Elle répétait les mêmes prières, jetait de l'eau bénite sur les draps, revenait s'asseoir, et la contemplait. A la fin de la première veille, elle remarqua que la figure avait jauni, les lèvres bleuirent, le nez se pinçait, les yeux s'enfonçaient. Elle les baisa plusieurs fois ; et n'eût pas éprouvé un immense étonnement si Virginie les eût rouverts ; pour de pareilles âmes le surnaturel est tout simple. Elle fit sa toilette, l'enveloppa de son linceul, la descendit dans sa bière, lui posa une couronne, étala ses cheveux. Ils étaient blonds, et extraordinaires de longueur à son âge. Félicité en coupa une grosse mèche, dont elle glissa la moitié dans sa poitrine, résolue à ne jamais s'en dessaisir.

Le corps fut ramené à Pont-l'Évêque, suivant les intentions de Mme Aubain, qui suivait le corbillard, dans une voiture fermée.

Après la messe, il fallut encore trois quarts d'heure pour atteindre le cimetière. Paul marchait en tête et sanglotait. M. Bourais était derrière, ensuite les principaux habitants, les femmes, couvertes de mantes noires, et Félicité. Elle songeait à son neveu, et, n'ayant pu lui rendre ces honneurs, avait un surcroît de tristesse, comme si on l'eût enterré avec l'autre.

Le désespoir de Mme Aubain fut illimité.

D'abord elle se révolta contre Dieu, le trouvant injuste de lui avoir pris sa fille — elle qui n'avait jamais fait de mal, et dont la conscience était si pure ! Mais non ! elle aurait dû l'emporter dans le Midi. D'autres docteurs l'auraient sauvée ! Elle s'accusait, voulait la rejoindre, criait en détresse au milieu de ses rêves. Un, surtout, l'obsédait. Son mari, costumé comme un matelot, revenait d'un long voyage, et lui disait en pleurant qu'il avait reçu l'ordre d'emmener Virginie. Alors ils se concertaient pour découvrir une cachette quelque part.

Une fois, elle rentra du jardin, bouleversée. Tout à

l'heure (elle montrait l'endroit) le père et la fille lui
étaient apparus l'un auprès de l'autre, et ils ne faisaient rien ; ils la regardaient.

Pendant plusieurs mois, elle resta dans sa
chambre, inerte. Félicité la sermonnait doucement ;
il fallait se conserver pour son fils, et pour l'autre, en
souvenir « d'elle ».

— « Elle ? » reprenait Mme Aubain, comme se
réveillant. « Ah ! oui !... oui !... Vous ne l'oubliez
pas ! » Allusion au cimetière, qu'on lui avait scrupu-
leusement défendu.

Félicité tous les jours s'y rendait.

A quatre heures précises, elle passait au bord des
maisons, montait la côte, ouvrait la barrière, et arrivait devant la tombe de Virginie. C'était une petite
colonne de marbre rose, avec une dalle dans le bas,
et des chaînes autour enfermant un jardinet. Les
plates-bandes disparaissaient sous une couverture
de fleurs. Elle arrosait leurs feuilles, renouvelait le
sable, se mettait à genoux pour mieux labourer la
terre. Mme Aubain, quand elle put y venir, en
éprouva un soulagement, une espèce de consolation.

Puis des années s'écoulèrent, toutes pareilles et
sans autres épisodes que le retour des grandes fêtes :
Pâques, l'Assomption, la Toussaint. Des événements
intérieurs faisaient une date, où l'on se reportait
plus tard. Ainsi, en 1825, deux vitriers badigeon-
nèrent le vestibule ; en 1827, une portion du toit,
tombant dans la cour, faillit tuer un homme. L'été
de 1828, ce fut à Madame d'offrir le pain bénit ;
Bourais, vers cette époque, s'absenta mystérieusement ; et les anciennes connaissances peu à peu s'en
allèrent : Guyot, Liébard, Mme Lechaptois, Robelin,
l'oncle Gremanville, paralysé depuis longtemps.

Une nuit, le conducteur de la malle-poste annonça
dans Pont-l'Évêque la Révolution de Juillet. Un
sous-préfet nouveau, peu de jours après, fut
nommé : le baron de Larsonnière, ex-consul en
Amérique, et qui avait chez lui, outre sa femme, sa

belle-sœur avec trois demoiselles, assez grandes déjà. On les apercevait sur leur gazon, habillées de blouses flottantes ; elles possédaient un nègre et un perroquet. Mme Aubain eut leur visite, et ne manqua pas de la rendre. Du plus loin qu'elles paraissaient, Félicité accourait pour la prévenir. Mais une chose était seule capable de l'émouvoir, les lettres de son fils.

Il ne pouvait suivre aucune carrière, étant absorbé dans les estaminets. Elle lui payait ses dettes ; il en refaisait d'autres ; et les soupirs que poussait Mme Aubain, en tricotant près de la fenêtre, arrivaient à Félicité, qui tournait son rouet dans la cuisine.

Elles se promenaient ensemble le long de l'espalier ; et causaient toujours de Virginie, se demandant si telle chose lui aurait plu, en telle occasion ce qu'elle eût dit probablement.

Toutes ses petites affaires occupaient un placard dans la chambre à deux lits. Mme Aubain les inspectait le moins souvent possible. Un jour d'été, elle se résigna ; et des papillons s'envolèrent de l'armoire.

Ses robes étaient en ligne sous une planche où il y avait trois poupées, des cerceaux, un ménage, la cuvette qui lui servait. Elles retirèrent également les jupons, les bas, les mouchoirs, et les étendirent sur les deux couches, avant de les replier. Le soleil éclairait ces pauvres objets, en faisait voir les taches, et des plis formés par les mouvements du corps. L'air était chaud et bleu, un merle gazouillait, tout semblait vivre dans une douceur profonde. Elles retrouvèrent un petit chapeau de peluche, à longs poils, couleur marron ; mais il était tout mangé de vermine. Félicité le réclama pour elle-même. Leurs yeux se fixèrent l'une sur l'autre, s'emplirent de larmes ; enfin la maîtresse ouvrit ses bras, la servante s'y jeta ; et elles s'étreignirent, satisfaisant leur douleur dans un baiser qui les égalisait.

C'était la première fois de leur vie, Mme Aubain

n'étant pas d'une nature expansive. Félicité lui en fut reconnaissante comme d'un bienfait, et désormais la chérit avec un dévouement bestial et une vénération religieuse.

La bonté de son cœur se développa.

Quand elle entendait dans la rue les tambours d'un régiment en marche, elle se mettait devant la porte avec une cruche de cidre, et offrait à boire aux soldats. Elle soigna des cholériques. Elle protégeait les Polonais ; et même il y en eut un qui déclarait la vouloir épouser. Mais ils se fâchèrent ; car un matin, en rentrant de l'angélus, elle le trouva dans sa cuisine, où il s'était introduit, et accommodé une vinaigrette qu'il mangeait tranquillement.

Après les Polonais, ce fut le père Colmiche, un vieillard passant pour avoir fait des horreurs en 93. Il vivait au bord de la rivière, dans les décombres d'une porcherie. Les gamins le regardaient par les fentes du mur, et lui jetaient des cailloux qui tombaient sur son grabat, où il gisait, continuellement secoué par un catarrhe, avec des cheveux très longs, les paupières enflammées, et au bras une tumeur plus grosse que sa tête. Elle lui procura du linge, tâcha de nettoyer son bouge, rêvait à l'établir dans le fournil, sans qu'il gênât Madame. Quand le cancer eut crevé, elle le pansa tous les jours, quelquefois lui apportait de la galette, le plaçait au soleil sur une botte de paille ; et le pauvre vieux, en bavant et en tremblant, la remerciait de sa voix éteinte, craignait de la perdre, allongeait les mains dès qu'il la voyait s'éloigner. Il mourut ; elle fit dire une messe pour le repos de son âme.

Ce jour-là, il lui advint un grand bonheur : au moment du dîner, le nègre de Mme de Larsonnière se présenta, tenant le perroquet dans sa cage, avec le bâton, la chaîne et le cadenas. Un billet de la baronne annonçait à Mme Aubain que, son mari étant élevé à une préfecture, ils partaient le soir ; et elle la priait d'accepter cet oiseau, comme un souvenir, et en témoignage de ses respects.

Il occupait depuis longtemps l'imagination de Félicité, car il venait d'Amérique ; et ce mot lui rappelait Victor, si bien qu'elle s'en informait auprès du nègre. Une fois même elle avait dit : — « C'est Madame qui serait heureuse de l'avoir ! »

Le nègre avait redit le propos à sa maîtresse, qui, ne pouvant l'emmener, s'en débarrassait de cette façon.

IV

Il s'appelait Loulou. Son corps était vert, le bout de ses ailes roses, son front bleu, et sa gorge dorée.

Mais il avait la fatigante manie de mordre son bâton, s'arrachait les plumes, éparpillait ses ordures, répandait l'eau de sa baignoire ; Mme Aubain, qu'il ennuyait, le donna pour toujours à Félicité.

Elle entreprit de l'instruire ; bientôt il répéta : « Charmant garçon ! Serviteur, monsieur ! Je vous salue, Marie ! » Il était placé auprès de la porte, et plusieurs s'étonnaient qu'il ne répondît pas au nom de Jacquot, puisque tous les perroquets s'appellent Jacquot. On le comparait à une dinde, à une bûche : autant de coups de poignard pour Félicité ! Étrange obstination de Loulou, ne parlant plus du moment qu'on le regardait !

Néanmoins il recherchait la compagnie ; car le dimanche, pendant que *ces* demoiselles Rochefeuille, monsieur de Houppeville et de nouveaux habitués : Onfroy l'apothicaire, monsieur Varin et le capitaine Mathieu, faisaient leur partie de cartes, il cognait les vitres avec ses ailes, et se démenait si furieusement qu'il était impossible de s'entendre.

La figure de Bourais, sans doute, lui paraissait très drôle. Dès qu'il l'apercevait, il commençait à rire, à rire de toutes ses forces. Les éclats de sa voix bondissaient dans la cour, l'écho les répétait, les

voisins se mettaient à leurs fenêtres, riaient aussi ;
et, pour n'être pas vu du perroquet, M. Bourais se
coulait le long du mur, en dissimulant son profil
avec son chapeau, atteignait la rivière, puis entrait
par la porte du jardin ; et les regards qu'il envoyait à
l'oiseau manquaient de tendresse.

Loulou avait reçu du garçon boucher une chique-
naude, s'étant permis d'enfoncer la tête dans sa corbeille ; et depuis lors il tâchait toujours de le pincer
à travers sa chemise. Fabu menaçait de lui tordre le
cou, bien qu'il ne fût pas cruel, malgré le tatouage
de ses bras et ses gros favoris. Au contraire ! il avait
plutôt du penchant pour le perroquet, jusqu'à vouloir, par humeur joviale, lui apprendre des jurons.
Félicité, que ces manières effrayaient, le plaça dans
la cuisine. Sa chaînette fut retirée, et il circulait par
la maison.

Quand il descendait l'escalier, il appuyait sur les
marches la courbe de son bec, levait la patte droite,
puis la gauche ; et elle avait peur qu'une telle gym-
nastique ne lui causât des étourdissements. Il devint
malade, ne pouvant plus parler ni manger. C'était
sous sa langue une épaisseur, comme en ont les
poules quelquefois. Elle le guérit, en arrachant cette
pellicule avec ses ongles. M. Paul, un jour, eut
l'imprudence de lui souffler aux narines la fumée
d'un cigare ; une autre fois que Mme Lormeau l'agaçait du bout de son ombrelle, il en happa la virole ;
enfin, il se perdit.

Elle l'avait posé sur l'herbe pour le rafraîchir,
s'absenta une minute ; et, quand elle revint, plus de
perroquet ! D'abord elle le chercha dans les buissons, au bord de l'eau et sur les toits, sans écouter sa
maîtresse qui lui criait : — « Prenez donc garde !
vous êtes folle ! » Ensuite elle inspecta tous les jardins de Pont-l'Évêque ; et elle arrêtait les passants :
— « Vous n'auriez pas vu, quelquefois, par hasard,
mon perroquet ? » A ceux qui ne connaissaient pas
le perroquet, elle en faisait la description. Tout à

coup, elle crut distinguer derrière les moulins, au
bas de la côte, une chose verte qui voltigeait. Mais
au haut de la côte, rien ! Un porte-balle lui affirma
qu'il l'avait rencontré tout à l'heure, à Melaine, dans
la boutique de la mère Simon. Elle y courut. On ne
savait pas ce qu'elle voulait dire. Enfin elle rentra,
épuisée, les savates en lambeaux, la mort dans
l'âme ; et, assise au milieu du banc, près de
Madame, elle racontait toutes ses démarches, quand
un poids léger lui tomba sur l'épaule, Loulou ! Que
diable avait-il fait ? Peut-être qu'il s'était promené
aux environs !

Elle eut du mal à s'en remettre, ou plutôt ne s'en
remit jamais.

Par suite d'un refroidissement, il lui vint une
angine ; peu de temps après, un mal d'oreilles. Trois
ans plus tard, elle était sourde ; et elle parlait très
haut, même à l'église. Bien que ses péchés auraient
pu sans déshonneur pour elle, ni inconvénient pour
le monde, se répandre à tous les coins du diocèse,
M. le curé jugea convenable de ne plus recevoir sa
confession que dans la sacristie.

Des bourdonnements illusoires achevaient de la
troubler. Souvent sa maîtresse lui disait : — « Mon
Dieu ! comme vous êtes bête ! » elle répliquait : —
« Oui, Madame », en cherchant quelque chose autour d'elle.

Le petit cercle de ses idées se rétrécit encore, et le
carillon des cloches, le mugissement des bœufs,
n'existaient plus. Tous les êtres fonctionnaient avec
le silence des fantômes. Un seul bruit arrivait maintenant à ses oreilles, la voix du perroquet.

Comme pour la distraire, il reproduisait le tic-tac
du tournebroche, l'appel aigu d'un vendeur de poisson, la scie du menuisier qui logeait en face ; et, aux
coups de la sonnette, imitait Mme Aubain, — « Félicité ! la porte ! la porte ! »

Ils avaient des dialogues, lui, débitant à satiété les
trois phrases de son répertoire, et elle, y répondant

par des mots sans plus de suite, mais où son cœur
s'épanchait. Loulou, dans son isolement, était
presque un fils, un amoureux. Il escaladait ses
doigts, mordillait ses lèvres, se cramponnait à son
fichu ; et, comme elle penchait son front en branlant
la tête à la manière des nourrices, les grandes ailes
du bonnet et les ailes de l'oiseau frémissaient
ensemble.

Quand des nuages s'amoncelaient et que le tonnerre grondait, il poussait des cris, se rappelant
peut-être les ondées de ses forêts natales. Le ruissel-
lement de l'eau excitait son délire ; il voletait,
éperdu, montait au plafond, renversait tout, et par la
fenêtre allait barboter dans le jardin ; mais revenait
vite sur un des chenets, et, sautillant pour sécher ses
plumes, montrait tantôt sa queue, tantôt son bec.

Un matin du terrible hiver de 1837, qu'elle l'avait
mis devant la cheminée, à cause du froid, elle le
trouva mort, au milieu de sa cage, la tête en bas, et
les ongles dans les fils de fer. Une congestion l'avait
tué, sans doute ? Elle crut à un empoisonnement par
le persil ; et, malgré l'absence de toutes preuves, ses
soupçons portèrent sur Fabu.

Elle pleura tellement que sa maîtresse lui dit : —
« Eh bien ! faites-le empailler ! »

Elle demanda conseil au pharmacien, qui avait
toujours été bon pour le perroquet.

Il écrivit au Havre. Un certain Fellacher se chargea de cette besogne. Mais, comme la diligence éga-
rait parfois les colis, elle résolut de le porter elle-
même jusqu'à Honfleur.

Les pommiers sans feuilles se succédaient aux
bords de la route. De la glace couvrait les fossés. Des
chiens aboyaient autour des fermes ; et les mains
sous son mantelet, avec ses petits sabots noirs et son
cabas, elle marchait prestement, sur le milieu du
pavé.

Elle traversa la forêt, dépassa le Haut-Chêne,
atteignit Saint-Gatien.

Derrière elle, dans un nuage de poussière et emportée par la descente, une malle-poste au grand galop se précipitait comme une trombe. En voyant cette femme qui ne se dérangeait pas, le conducteur se dressa par-dessus la capote, et le postillon criait aussi, pendant que ses quatre chevaux qu'il ne pouvait retenir accéléraient leur train ; les deux premiers la frôlaient ; d'une secousse de ses guides, il les jeta dans le débord, mais furieux releva le bras, et à pleine volée, avec son grand fouet, lui cingla du ventre au chignon un tel coup qu'elle tomba sur le dos.

Son premier geste, quand elle reprit connaissance, fut d'ouvrir son panier. Loulou n'avait rien, heureusement. Elle sentit une brûlure à la joue droite ; ses mains qu'elle y porta étaient rouges. Le sang coulait.

Elle s'assit sur un mètre de cailloux, se tamponna le visage avec son mouchoir, puis elle mangea une croûte de pain, mise dans son panier par précaution, et se consolait de sa blessure en regardant l'oiseau.

Arrivée au sommet d'Ecquemauville, elle aperçut les lumières de Honfleur qui scintillaient dans la nuit comme une quantité d'étoiles ; la mer, plus loin, s'étalait confusément. Alors une faiblesse l'arrêta ; et la misère de son enfance, la déception du premier amour, le départ de son neveu, la mort de Virginie, comme les flots d'une marée, revinrent à la fois, et, lui montant à la gorge, l'étouffaient.

Puis elle voulut parler au capitaine du bateau ; et, sans dire ce qu'elle envoyait, lui fit des recommandations.

Fellacher garda longtemps le perroquet. Il le promettait toujours pour la semaine prochaine ; au bout de six mois, il annonça le départ d'une caisse ; et il n'en fut plus question. C'était à croire que jamais Loulou ne reviendrait. « Ils me l'auront volé ! » pensait-elle.

Enfin il arriva, — et splendide, droit sur une branche d'arbre, qui se vissait dans un socle d'acajou, une patte en l'air, la tête oblique, et mordant une noix, que l'empailleur par amour du grandiose avait dorée.

Elle l'enferma dans sa chambre.

Cet endroit, où elle admettait peu de monde, avait l'air tout à la fois d'une chapelle et d'un bazar, tant il contenait d'objets religieux et de choses hétéroclites.

Une grande armoire gênait pour ouvrir la porte. En face de la fenêtre surplombant le jardin, un œil-de-bœuf regardait la cour ; une table, près du lit de sangle, supportait un pot à l'eau, deux peignes, et un cube de savon bleu dans une assiette ébréchée. On voyait contre les murs : des chapelets, des médailles, plusieurs bonnes Vierges, un bénitier en noix de coco ; sur la commode, couverte d'un drap comme un autel, la boîte en coquillages que lui avait donnée Victor ; puis un arrosoir et un ballon, des cahiers d'écriture, la géographie en estampes, une paire de bottines ; et au clou du miroir, accroché par ses rubans, le petit chapeau de peluche ! Félicité poussait même ce genre de respect si loin, qu'elle conservait une des redingotes de Monsieur. Toutes les vieilleries dont ne voulait plus Mme Aubain, elle les prenait pour sa chambre. C'est ainsi qu'il y avait des fleurs artificielles au bord de la commode, et le portrait du comte d'Artois dans l'enfoncement de la lucarne.

Au moyen d'une planchette, Loulou fut établi sur un corps de cheminée qui avançait dans l'appartement. Chaque matin, en s'éveillant, elle l'apercevait à la clarté de l'aube, et se rappelait alors les jours disparus, et d'insignifiantes actions jusqu'en leurs moindres détails, sans douleur, pleine de tranquillité.

Ne communiquant avec personne, elle vivait dans une torpeur de somnambule. Les processions de la Fête-Dieu la ranimaient. Elle allait quêter chez les voisines des flambeaux et des paillassons, afin d'embellir le reposoir que l'on dressait dans la rue.

A l'église, elle contemplait toujours le Saint-Esprit, et observa qu'il avait quelque chose du perroquet. Sa ressemblance lui parut encore plus manifeste sur une image d'Épinal, représentant le baptême de Notre-Seigneur. Avec ses ailes de pourpre et son corps d'émeraude, c'était vraiment le portrait de Loulou.

L'ayant acheté, elle le suspendit à la place du comte d'Artois, — de sorte que, du même coup d'œil, elle les voyait ensemble. Ils s'associèrent dans sa pensée, le perroquet se trouvant sanctifié par ce rapport avec le Saint-Esprit, qui devenait plus vivant à ses yeux et intelligible. Le Père, pour s'énoncer, n'avait pu choisir une colombe, puisque ces bêtes-là n'ont pas de voix, mais plutôt un des ancêtres de Loulou. Et Félicité priait en regardant l'image, mais de temps à autre se tournait un peu vers l'oiseau.

Elle eut envie de se mettre dans les demoiselles de la Vierge. Mme Aubain l'en dissuada.

Un événement considérable surgit : le mariage de Paul.

Après avoir été d'abord clerc de notaire, puis dans le commerce, dans la douane, dans les contributions, et même avoir commencé des démarches pour les eaux et forêts, à trente-six ans, tout à coup, par une inspiration du Ciel, il avait découvert sa voie : l'enregistrement ! et y montrait de si hautes facultés qu'un vérificateur lui avait offert sa fille, en lui promettant sa protection.

Paul, devenu sérieux, l'amena chez sa mère.

Elle dénigra les usages de Pont-l'Évêque, fit la princesse, blessa Félicité. Mme Aubain, à son départ, sentit un allégement.

La semaine suivante, on apprit la mort de M. Bourais, en basse Bretagne, dans une auberge. La rumeur d'un suicide se confirma ; des doutes s'élevèrent sur sa probité. Mme Aubain étudia ses comptes, et ne tarda pas à connaître la kyrielle de ses noirceurs : détournements d'arrérages, ventes de bois dissimulées, fausses quittances, etc. De plus, il avait un enfant naturel, et « des relations avec une personne de Dozulé ».

Ces turpitudes l'affligèrent beaucoup. Au mois de mars 1853, elle fut prise d'une douleur dans la poitrine ; sa langue paraissait couverte de fumée, les sangsues ne calmèrent pas l'oppression ; et le neuvième soir elle expira, ayant juste soixante-douze ans.

On la croyait moins vieille à cause de ses cheveux bruns, dont les bandeaux entouraient sa figure blême, marquée de petite vérole. Peu d'amis la regrettèrent, ses façons étant d'une hauteur qui éloignait.

Félicité la pleura, comme on ne pleure pas les maîtres. Que Madame mourût avant elle, cela troublait ses idées, lui semblait contraire à l'ordre des choses, inadmissible et monstrueux.

Dix jours après (le temps d'accourir de Besançon), les héritiers survinrent. La bru fouilla les tiroirs, choisit des meubles, vendit les autres, puis ils regagnèrent l'enregistrement.

Le fauteuil de Madame, son guéridon, sa chaufferette, les huit chaises, étaient partis ! La place des gravures se dessinait en carrés jaunes au milieu des cloisons. Ils avaient emporté les deux couchettes, avec leurs matelas, et dans le placard on ne voyait plus rien de toutes les affaires de Virginie ! Félicité remonta les étages, ivre de tristesse.

Le lendemain il y avait sur la porte une affiche ; l'apothicaire lui cria dans l'oreille que la maison était à vendre.

Elle chancela, et fut obligée de s'asseoir.

Ce qui la désolait principalement, c'était d'abandonner sa chambre, — si commode pour le pauvre Loulou. En l'enveloppant d'un regard d'angoisse, elle implorait le Saint-Esprit, et contracta l'habitude

idolâtre de dire ses oraisons agenouillée devant le
perroquet. Quelquefois, le soleil entrant par la
lucarne frappait son œil de verre, et en faisait jaillir
un grand rayon lumineux qui la mettait en extase.

Elle avait une rente de trois cent quatre-vingts
francs, léguée par sa maîtresse. Le jardin lui fournis-
sait des légumes. Quant aux habits, elle possédait de
quoi se vêtir jusqu'à la fin de ses jours, et épargnait
l'éclairage en se couchant dès le crépuscule.

Elle ne sortait guère, afin d'éviter la boutique du
brocanteur, où s'étalaient quelques-uns des anciens
meubles. Depuis son étourdissement, elle traînait
une jambe ; et, ses forces diminuant, la mère Simon,
ruinée dans l'épicerie, venait tous les matins fendre
son bois et pomper de l'eau.

Ses yeux s'affaiblirent. Les persiennes n'ouvraient
plus. Bien des années se passèrent. Et la maison ne
se louait pas, et ne se vendait pas.

Dans la crainte qu'on ne la renvoyât, Félicité ne
demandait aucune réparation. Les lattes du toit
pourrissaient ; pendant tout un hiver son traversin
fut mouillé. Après Pâques, elle cracha du sang.

Alors la mère Simon eut recours à un docteur.
Félicité voulut savoir ce qu'elle avait. Mais, trop
sourde pour entendre, un seul mot lui parvint :
« Pneumonie ». Il lui était connu, et elle répliqua
doucement : — « Ah ! comme Madame », trouvant
naturel de suivre sa maîtresse.

Le moment des reposoirs approchait.

Le premier était toujours au bas de la côte, le
second devant la poste, le troisième vers le milieu de
la rue. Il y eut des rivalités à propos de celui-là ; et
les paroissiennes choisirent finalement la cour de
Mme Aubain.

Les oppressions et la fièvre augmentaient. Félicité
se chagrinait de ne rien faire pour le reposoir. Au
moins, si elle avait pu y mettre quelque chose ! Alors
elle songea au perroquet. Ce n'était pas convenable,
objectèrent les voisines. Mais le curé accorda cette

permission ; elle en fut tellement heureuse qu'elle le
pria d'accepter, quand elle serait morte, Loulou, sa
seule richesse.

Du mardi au samedi, veille de la Fête-Dieu, elle
toussa plus fréquemment. Le soir son visage était
grippé, ses lèvres se collaient à ses gencives, des
vomissements parurent ; et le lendemain, au petit
jour, se sentant très bas, elle fit appeler un prêtre.

Trois bonnes femmes l'entouraient pendant
l'extrême-onction. Puis elle déclara qu'elle avait
besoin de parler à Fabu.

Il arriva en toilettes des dimanches, mal à son aise
dans cette atmosphère lugubre.

— « Pardonnez-moi », dit-elle avec un effort pour
étendre le bras, « je croyais que c'était vous qui
l'aviez tué ! »

Que signifiaient des potins pareils ? L'avoir soup-
çonné d'un meurtre, un homme comme lui ! et il
s'indignait, allait faire du tapage. — « Elle n'a plus
sa tête, vous voyez bien ! »

Félicité de temps à autre parlait à des ombres. Les
bonnes femmes s'éloignèrent. La Simonne déjeuna.

Un peu plus tard, elle prit Loulou, et, l'approchant
de Félicité :

— « Allons ! dites-lui adieu ! »

Bien qu'il ne fût pas un cadavre, les vers le dévoraient ; une de ses ailes était cassée, l'étoupe lui
sortait du ventre. Mais, aveugle à présent, elle le
baisa au front, et le gardait contre sa joue. La
Simonne le reprit, pour le mettre sur le reposoir.

V

Les herbages envoyaient l'odeur de l'été ; des mouches bourdonnaient ; le soleil faisait luire la rivière, chauffait les ardoises. La mère Simon, revenue dans la chambre, s'endormait doucement.

Des coups de cloche la réveillèrent ; on sortait des vêpres. Le délire de Félicité tomba. En songeant à la procession, elle la voyait, comme si elle l'eût suivie.

Tous les enfants des écoles, les chantres et les pompiers marchaient sur les trottoirs, tandis qu'au milieu de la rue, s'avançaient premièrement : le suisse armé de sa hallebarde, le bedeau avec une grande croix, l'instituteur surveillant les gamins, la religieuse inquiète de ses petites filles ; trois des plus mignonnes, frisées comme des anges, jetaient dans l'air des pétales de roses ; le diacre, les bras écartés, modérait la musique ; et deux encenseurs se retournaient à chaque pas vers le Saint-Sacrement, que portait, sous un dais de velours ponceau tenu par quatre fabriciens, M. le curé, dans sa belle chasuble. Un flot de monde se poussait derrière, entre les nappes blanches couvrant le mur des maisons ; et l'on arriva au bas de la côte.

Une sueur froide mouillait les tempes de Félicité. La Simonne l'épongeait avec un linge, en se disant qu'un jour il lui faudrait passer par là.

Le murmure de la foule grossit, fut un moment très fort, s'éloignait.

Une fusillade ébranla les carreaux. C'était les postillons saluant l'ostensoir. Félicité roula ses prunelles, et elle dit, le moins bas qu'elle put : — « Est-il bien ? » tourmentée du perroquet.

Son agonie commença. Un râle, de plus en plus précipité, lui soulevait les côtes. Des bouillons d'écume venaient aux coins de sa bouche, et tout son corps tremblait.

Bientôt, on distingua le ronflement des ophicléides, les voix claires des enfants, la voix profonde des hommes. Tout se taisait par intervalles, et le battement des pas, que des fleurs amortissaient, faisait le bruit d'un troupeau sur du gazon.

Le clergé parut dans la cour. La Simonne grimpa sur une chaise pour atteindre à l'œil-de-bœuf, et de cette manière dominait le reposoir.

Des guirlandes vertes pendaient sur l'autel, orné d'un falbala en point d'Angleterre. Il y avait au milieu un petit cadre enfermant des reliques, deux oranges dans les angles, et, tout le long, des flambeaux d'argent et des vases en porcelaine, d'où s'élançaient des tournesols, des lis, des pivoines, des digitales, des touffes d'hortensias. Ce monceau de couleurs éclatantes descendait obliquement, du premier étage jusqu'au tapis se prolongeant sur les pavés ; et des choses rares tiraient les yeux. Un sucrier de vermeil avait une couronne de violettes, des pendeloques en pierres d'Alencon brillaient sur de la mousse, deux écrans chinois montraient leurs paysages. Loulou, caché sous des roses, ne laissait voir que son front bleu, pareil à une plaque de lapis.

Les fabriciens, les chantres, les enfants se rangèrent sur les trois côtés de la cour. Le prêtre gravit lentement les marches, et posa sur la dentelle son grand soleil d'or qui rayonnait. Tous s'agenouillèrent. Il se fit un grand silence. Et les encensoirs, allant à pleine volée, glissaient sur leurs chaînettes.

Une vapeur d'azur monta dans la chambre de Félicité. Elle avança les narines, en la humant avec une sensualité mystique ; puis ferma les paupières. Ses lèvres souriaient. Les mouvements de son cœur se ralentirent un à un, plus vagues chaque fois, plus doux, comme une fontaine s'épuise, comme un écho disparaît, et, quand elle exhala son dernier souffle, elle crut voir, dans les cieux entrouverts, un perroquet gigantesque, planant au-dessus de sa tête.

LA LÉGENDE DE SAINT JULIEN
L'HOSPITALIER

I

Le père et la mère de Julien habitaient un château, au milieu des bois, sur la pente d'une colline.

Les quatre tours aux angles avaient des toits pointus recouverts d'écailles de plomb, et la base des murs s'appuyait sur les quartiers de rocs, qui dévalaient abruptement jusqu'au fond des douves.

Les pavés de la cour étaient nets comme le dallage d'une église. De longues gouttières, figurant des dragons la gueule en bas, crachaient l'eau des pluies vers la citerne ; et sur le bord des fenêtres, à tous les étages, dans un pot d'argile peinte, un basilic ou un héliotrope s'épanouissait.

Une seconde enceinte, faite de pieux, comprenait d'abord un verger d'arbres à fruits, ensuite un parterre où des combinaisons de fleurs dessinaient des chiffres, puis une treille avec des berceaux pour prendre le frais, et un jeu de mail qui servait au divertissement des pages. De l'autre côté se trouvaient le chenil, les écuries, la boulangerie, le pressoir et les granges. Un pâturage de gazon vert se développait tout autour, enclos lui-même d'une forte haie d'épines.

On vivait en paix depuis si longtemps que la herse ne s'abaissait plus ; les fossés étaient pleins d'eau ; des hirondelles faisaient leur nid dans la fente des créneaux ; et l'archer qui tout le long du jour se promenait sur la courtine, dès que le soleil brillait trop fort rentrait dans l'échauguette, et s'endormait comme un moine.

A l'intérieur, les ferrures partout reluisaient ; des tapisseries dans les chambres protégeaient du froid ; et les armoires regorgeaient de linge, les tonnes de vin s'empilaient dans les celliers, les coffres de chêne craquaient sous le poids des sacs d'argent.

On voyait dans la salle d'armes, entre des étendards et des mufles de bêtes fauves, des armes de tous les temps et de toutes les nations, depuis les frondes des Amalécites et les javelots des Garamantes jusqu'aux braquemarts des Sarrasins et aux cottes de mailles des Normands.

La maîtresse broche de la cuisine pouvait faire tourner un bœuf ; la chapelle était somptueuse comme l'oratoire d'un roi. Il y avait même, dans un endroit écarté, une étuve à la romaine, mais le bon seigneur s'en privait, estimant que c'est un usage des idolâtres.

Toujours enveloppé d'une pelisse de renard, il se promenait dans sa maison, rendait la justice à ses vassaux, apaisait les querelles de ses voisins. Pendant l'hiver, il regardait les flocons de neige tomber, ou se faisait lire des histoires. Dès les premiers beaux jours, il s'en allait sur sa mule le long des petits chemins, au bord des blés qui verdoyaient, et causait avec les manants, auxquels il donnait des conseils. Après beaucoup d'aventures, il avait pris pour femme une demoiselle de haut lignage.

Elle était très blanche, un peu fière et sérieuse. Les cornes de son hennin frôlaient le linteau des portes ; la queue de sa robe de drap traînait de trois pas derrière elle. Son domestique était réglé comme l'intérieur d'un monastère ; chaque matin elle distribuait la besogne à ses servantes, surveillait les confitures et les onguents, filait à la quenouille ou brodait des nappes d'autel. A force de prier Dieu, il lui vint un fils.

Alors il y eut de grandes réjouissances, et un repas

qui dura trois jours et quatre nuits, dans l'illumina-
tion des flambeaux, au son des harpes, sur des jon-
chées de feuillages. On y mangea les plus rares
épices, avec des poules grosses comme des moutons ; par divertissement, un nain sortit d'un pâté et,
les écuelles ne suffisant plus, car la foule augmentait
toujours, on fût obligé de boire dans les oliphants et
dans les casques.

La nouvelle accouchée n'assista pas à ces fêtes.
Elle se tenait dans son lit, tranquillement. Un soir,
elle se réveilla, et elle aperçut, sous un rayon de la
lune qui entrait par la fenêtre, comme une ombre
mouvante. C'était un vieillard en froc de bure, avec
un chapelet au côté, une besace sur l'épaule, toute
l'apparence d'un ermite. Il s'approcha de son chevet
et lui dit, sans desserrer les lèvres :

— « Réjouis-toi, ô mère ! ton fils sera un saint ! »

Elle allait crier ; mais, glissant sur le rais de la
lune, il s'éleva dans l'air doucement, puis disparut.
Les chants du banquet éclatèrent plus fort. Elle
entendit les voix des anges ; et sa tête retomba sur
l'oreiller, que dominait un os de martyr dans un
cadre d'escarboucles.

Le lendemain, tous les serviteurs interrogés déclarèrent qu'ils n'avaient pas vu d'ermite. Songe ou
réalité, cela devait être une communication du ciel ;
mais elle eut soin de n'en rien dire, ayant peur qu'on
ne l'accusât d'orgueil.

Les convives s'en allèrent au petit jour ; et le père
de Julien se trouvait en dehors de la poterne, où il
venait de reconduire le dernier, quand tout à coup
un mendiant se dressa devant lui, dans le brouillard.
C'était un Bohême à barbe tressée, avec des anneaux
d'argent aux deux bras et les prunelles flamboyantes. Il bégaya d'un air inspiré ces mots sans
suite :

— « Ah ! ah ! ton fils !... beaucoup de sang !...
beaucoup de gloire !... toujours heureux ! La famille
d'un empereur. »

Et, se baissant pour ramasser son aumône, il se perdit dans l'herbe, s'évanouit.

Le bon châtelain regarda de droite et de gauche, appela tant qu'il put. Personne ! Le vent sifflait, les brumes du matin s'envolaient.

Il attribua cette vision à la fatigue de sa tête pour avoir trop peu dormi. « Si j'en parle, on se moquera de moi », se dit-il. Cependant les splendeurs destinées à son fils l'éblouissaient, bien que la promesse n'en fût pas claire et qu'il doutât même de l'avoir entendue.

Les époux se cachèrent leur secret. Mais tous deux chérissaient l'enfant d'un pareil amour ; et, le respectant comme marqué de Dieu, ils eurent pour sa personne des égards infinis. Sa couchette était rembourrée du plus fin duvet ; une lampe en forme de colombe brûlait dessus, continuellement ; trois nourrices le berçaient ; et, bien serré dans ses langes, la mine rose et les yeux bleus, avec son manteau de brocart et son béguin chargé de perles, il ressemblait à un petit Jésus. Les dents lui poussèrent sans qu'il pleurât une seule fois.

Quand il eut sept ans, sa mère lui apprit à chanter. Pour le rendre courageux, son père le hissa sur un gros cheval. L'enfant souriait d'aise, et ne tarda pas à savoir tout ce qui concerne les destriers.

Un vieux moine très savant lui enseigna l'Écriture sainte, la numération des Arabes, les lettres latines, et à faire sur le vélin des peintures mignonnes. Ils travaillaient ensemble, tout en haut d'une tourelle, à l'écart du bruit.

La leçon terminée, ils descendaient dans le jardin, où, se promenant pas à pas, ils étudiaient les fleurs.

Quelquefois on apercevait, cheminant au fond de la vallée, une file de bêtes de somme, conduites par un piéton, accoutré à l'orientale. Le châtelain, qui l'avait reconnu pour marchand, expédiait vers lui un valet. L'étranger, prenant confiance, se détournait de sa route ; et, introduit dans le parloir, il retirait de

ses coffres des pièces de velours et de soie, des
orfèvreries, des aromates, des choses singulières
d'un usage inconnu ; à la fin le bonhomme s'en
allait, avec un gros profit, sans avoir enduré aucune
violence. D'autres fois, une troupe de pèlerins frappait à la porte. Leurs habits mouillés fumaient
devant l'âtre ; et, quand ils étaient repus, ils
racontaient leurs voyages : les erreurs des nefs sur la
mer écumeuse, les marches à pied dans les sables
brûlants, la férocité des païens, les cavernes de la
Syrie, la Crèche et le Sépulcre. Puis ils donnaient au
jeune seigneur des coquilles de leur manteau.

Souvent le châtelain festoyait ses vieux compagnons d'armes. Tout en buvant, ils se rappelaient
leurs guerres, les assauts des forteresses avec le battement des machines et les prodigieuses blessures.
Julien, qui les écoutait, en poussait des cris ; alors
son père ne doutait pas qu'il ne fût plus tard un
conquérant. Mais le soir, au sortir de l'angélus,
quand il passait entre les pauvres inclinés, il puisait
dans son escarcelle avec tant de modestie et d'un air
si noble, que sa mère comptait bien le voir par la
suite archevêque.

Sa place dans la chapelle était aux côtés de ses
parents ; et, si longs que fussent les offices, il restait
à genoux sur son prie-Dieu, la toque par terre et les
mains jointes.

Un jour, pendant la messe, il aperçut, en relevant
la tête, une petite souris blanche qui sortait d'un
trou, dans la muraille. Elle trottina sur la première
marche de l'autel, et, après deux ou trois tours de
droite et de gauche, s'enfuit du même côté. Le
dimanche suivant, l'idée qu'il pourrait la revoir le
troubla. Elle revint ; et chaque dimanche il l'attendait, en était importuné, fut pris de haine contre
elle, et résolut de s'en défaire.

Ayant donc fermé la porte, et semé sur les
marches les miettes d'un gâteau, il se posta devant le
trou, une baguette à la main.

Au bout de très longtemps un museau rose parut, puis la souris tout entière. Il frappa un coup léger, et demeura stupéfait devant ce petit corps qui ne bougeait plus. Une goutte de sang tachait la dalle. Il l'essuya bien vite avec sa manche, jeta la souris dehors, et n'en dit rien à personne.

Toutes sortes d'oisillons picoraient les graines du jardin. Il imagina de mettre des pois dans un roseau creux. Quand il entendait gazouiller dans un arbre, il en approchait avec douceur, puis levait son tube, enflait ses joues ; et les bestioles lui pleuvaient sur les épaules si abondamment qu'il ne pouvait s'empêcher de rire, heureux de sa malice.

Un matin, comme il s'en retournait par la courtine, il vit sur la crête du rempart un gros pigeon qui se rengorgeait au soleil. Julien s'arrêta pour le regarder ; le mur de cet endroit ayant une brèche, un éclat de pierre se rencontra sous ses doigts. Il tourna son bras, et la pierre abattit l'oiseau qui tomba d'un bloc dans le fossé.

Il se précipita vers le fond, se déchirant aux broussailles, furetant partout, plus leste qu'un jeune chien.

Le pigeon, les ailes cassées, palpitait, suspendu dans les branches d'un troène.

La persistance de sa vie irrita l'enfant. Il se mit à l'étrangler ; et les convulsions de l'oiseau faisaient battre son cœur, l'emplissaient d'une volupté sauvage et tumultueuse. Au dernier roidissement, il se sentit défaillir.

Le soir, pendant le souper, son père déclara que l'on devait à son âge apprendre la vénerie ; et il alla chercher un vieux cahier d'écriture contenant, par demandes et réponses, tout le déduit des chasses. Un maître y démontrait à son élève l'art de dresser les chiens et d'affaiter les faucons, de tendre les pièges, comment reconnaître le cerf à ses fumées, le renard à ses empreintes, le loup à ses déchaussures, le bon moyen de discerner leurs voies, de quelle manière on les lance, où se trouvent ordinairement leurs refuges, quels sont les vents les plus propices, avec l'énumération des cris et les règles de la curée.

Quand Julien put réciter par cœur toutes ces choses, son père lui composa une meute.

D'abord on y distinguait vingt-quatre lévriers barbaresques, plus véloces que des gazelles, mais sujets à s'emporter ; puis dix-sept couples de chiens bretons, tiquetés de blanc sur fond rouge, inébranlables dans leur créance, forts de poitrine et grands hurleurs. Pour l'attaque du sanglier et les refuites périlleuses, il y avait quarante griffons poilus comme des ours. Des mâtins de Tartarie, presque aussi hauts que des ânes, couleur de feu, l'échine large et le jarret droit, étaient destinés à poursuivre les aurochs. La robe noire des épagneuls luisait comme du satin ; le jappement des talbots valait celui des bigles chanteurs. Dans une cour à part, grondaient, en secouant leur chaîne et roulant leurs prunelles, huit dogues alains, bêtes formidables qui sautent au ventre des cavaliers et n'ont pas peur des lions.

Tous mangeaient du pain de froment, buvaient dans des auges de pierre, et portaient un nom sonore.

La fauconnerie, peut-être, dépassait la meute ; le bon seigneur, à force d'argent, s'était procuré des tiercelets du Caucase, des sacres de Babylone, des gerfauts d'Allemagne, et des faucons pèlerins, capturés sur les falaises, au fond des mers froides, en de lointains pays. Ils logeaient dans un hangar couvert de chaume, et, attachés par rang de taille sur le perchoir, avaient devant eux une motte de gazon, où de temps à autre on les posait afin de les dégourdir.

Des bourses, des hameçons, des chaussetrapes, toute sorte d'engins, furent confectionnés.

Souvent on menait dans la campagne des chiens d'oysel, qui tombaient bien vite en arrêt. Alors des piqueurs, s'avançant pas à pas, étendaient avec précaution sur leurs corps impassibles un immense filet. Un commandement les faisait aboyer ; des cailles s'envolaient ; et les dames des alentours conviées avec leurs maris, les enfants, les camérières, tout le monde se jetait dessus, et les prenait facilement.

D'autres fois, pour débucher les lièvres, on battait du tambour ; des renards tombaient dans des fosses, ou bien un ressort, se débandant, attrapait un loup par le pied.

Mais Julien méprisa ces commodes artifices ; il préférait chasse loin du monde, avec son cheval et son faucon. C'était presque toujours un grand tartaret de Scythie, blanc comme la neige. Son capuchon de cuir était surmonté d'un panache, des grelots d'or tremblaient à ses pieds bleus : et il se tenait ferme sur le bras de son maître pendant que le cheval galopait, et que les plaines se déroulaient. Julien, dénouant ses longes, le lâchait tout à coup ; la bête hardie montait droit dans l'air comme une flèche ; et l'on voyait deux taches inégales tourner, se joindre, puis disparaître dans les hauteurs de l'azur. Le faucon ne tardait pas à descendre en déchirant quelque oiseau, et revenait se poser sur le gantelet, les deux ailes frémissantes.

Julien vola de cette manière le héron, le milan, la corneille et le vautour.

Il aimait, en sonnant de la trompe, à suivre ses chiens qui couraient sur le versant des collines, sautaient les ruisseaux, remontaient vers le bois ; et, quand le cerf commençait à gémir sous les morsures, il l'abattait prestement, puis se délectait à la furie des mâtins qui le dévoraient, coupé en pièces sur sa peau fumante.

Les jours de brume, il s'enfonçait dans un marais pour guetter les oies, les loutres et les halbrans.

Trois écuyers, dès l'aube, l'attendaient au bas du perron ; et le vieux moine, se penchant à sa lucarne, avait beau faire des signes pour le rappeler, Julien ne se retournait pas. Il allait à l'ardeur du soleil,

sous la pluie, par la tempête, buvait l'eau des
sources dans sa main, mangeait en trottant des
pommes sauvages, s'il était fatigué se reposait sous
un chêne ; et il rentrait au milieu de la nuit, couvert
de sang et de boue, avec des épines dans les cheveux
et sentant l'odeur des bêtes farouches. Il devint
comme elles. Quand sa mère l'embrassait, il acceptait froidement son étreinte, paraissant rêver à des
choses profondes.

Il tua des ours à coups de couteau, des taureaux
avec la hache, des sangliers avec l'épieu ; et même
une fois, n'ayant plus qu'un bâton, se défendit
contre des loups qui rongeaient des cadavres au
pied d'un gibet.

Un matin d'hiver, il partit avant le jour, bien
équipé, une arbalète sur l'épaule et un trousseau de
flèches à l'arçon de sa selle.

Son genêt danois, suivi de deux bassets, en marchant d'un pas égal faisait résonner la terre. Des
gouttes de verglas se collaient à son manteau, une
brise violente soufflait. Un côté de l'horizon s'éclair-
cit ; et, dans la blancheur du crépuscule, il aperçut
des lapins sautillant au bord de leurs terriers. Les
deux bassets, tout de suite, se précipitèrent sur eux ;
et, çà et là, vivement, leur brisaient l'échine.

Bientôt, il entra dans un bois. Au bout d'une
branche, un coq de bruyère engourdi par le froid
dormait la tête sous l'aile. Julien, d'un revers d'épée,
lui faucha les deux pattes, et sans le ramasser continua sa route.

Trois heures après, il se trouva sur la pointe d'une
montagne tellement haute que le ciel semblait
presque noir. Devant lui, un rocher pareil à un long
mur s'abaissait, en surplombant un précipice ; et, à
l'extrémité, deux boucs sauvages regardaient
l'abîme. Comme il n'avait pas ses flèches (car son
cheval était resté en arrière), il imagina de descendre jusqu'a eux ; à demi courbé, pieds nus, il

arriva enfin au premier des boucs, et lui enfonça un
poignard sous les côtes. Le second, pris de terreur,
sauta dans le vide. Julien s'élança pour le frapper, et,
glissant du pied droit, tomba sur le cadavre de
l'autre, la face au-dessus de l'abîme et les deux bras
écartés.

Redescendu dans la plaine, il suivit des saules qui
bordaient une rivière. Des grues, volant très bas, de
temps à autre passaient au-dessus de sa tête. Julien
les assommait avec son fouet, et n'en manqua pas
une.

Cependant l'air plus tiède avait fondu le givre, de
larges vapeurs flottaient, et le soleil se montra. Il vit
reluire tout au loin un lac figé, qui ressemblait à du
plomb. Au milieu du lac, il y avait une bête que
Julien ne connaissait pas, un castor à museau noir.
Malgré la distance, une flèche l'abattit ; et il fut
chagrin de ne pouvoir emporter la peau.

Puis il s'avança dans une avenue de grands arbres,
formant avec leurs cimes comme un arc de
triomphe, à l'entrée d'une forêt. Un chevreuil bondit
hors d'un fourré, un daim parut dans un carrefour,
un blaireau sortit d'un trou, un paon sur le gazon
déploya sa queue ; — et quand il les eut tous occis,
d'autres chevreuils se présentèrent, d'autres daims,
d'autres blaireaux, d'autres paons, et des merles, des
geais, des putois, des renards, des hérissons, des
lynx, une infinité de bêtes, à chaque pas plus nombreuses. Elles tournaient autour de lui, tremblantes,
avec un regard plein de douceur et de supplication.
Mais Julien ne se fatiguait pas de tuer, tour à tour
bandant son arbalète, dégainant l'épée, pointant du
coutelas, et ne pensait à rien, n'avait souvenir de
quoi que ce fût. Il était en chasse dans un pays
quelconque, depuis un temps indéterminé, par le
fait seul de sa propre existence, tout s'accomplissant
avec la facilité que l'on éprouve dans les rêves. Un
spectacle extraordinaire l'arrêta. Des cerfs emplissaient un vallon ayant la forme d'un cirque ; et tas-

sés, les uns près des autres, ils se réchauffaient avec leurs haleines que l'on voyait fumer dans le brouillard.

L'espoir d'un pareil carnage, pendant quelques minutes, le suffoqua de plaisir. Puis il descendit de cheval, retroussa ses manches, et se mit à tirer.

Au sifflement de la première flèche, tous les cerfs à la fois tournèrent la tête. Il se fit des enfonçures dans leur masse ; des voix plaintives s'élevaient, et un grand mouvement agita le troupeau.

Le rebord du vallon était trop haut pour le franchir. Ils bondissaient dans l'enceinte, cherchant à s'échapper. Julien visait, tirait ; et les flèches tombaient comme les rayons d'une pluie d'orage. Les cerfs rendus furieux se battirent, se cabraient, montaient les uns par-dessus les autres ; et leurs corps avec leurs ramures emmêlées faisaient un large monticule, qui s'écroulait, en se déplaçant.

Enfin ils moururent, couchés sur le sable, la bave aux naseaux, les entrailles sorties, et l'ondulation de leurs ventres s'abaissant par degrés. Puis tout fut immobile.

La nuit allait venir ; et derrière le bois, dans les intervalles des branches, le ciel était rouge comme une nappe de sang.

Julien s'adossa contre un arbre. Il contemplait d'un œil béant l'énormité du massacre, ne comprenant pas comment il avait pu le faire.

De l'autre côté du vallon, sur le bord de la forêt, il aperçut un cerf, une biche et son faon.

Le cerf, qui était noir et monstrueux de taille, portait seize andouillers avec une barbe blanche. La biche, blonde comme les feuilles mortes, broutait le gazon ; et le faon tacheté, sans l'interrompre dans sa marche, lui tétait la mamelle.

L'arbalète encore une fois ronfla. Le faon, tout de suite, fut tué. Alors sa mère, en regardant le ciel, brama d'une voix profonde, déchirante, humaine. Julien exaspéré, d'un coup en plein poitrail, l'étendit par terre.

Le grand cerf l'avait vu, fit un bond. Julien lui envoya sa dernière flèche. Elle l'atteignit au front, et y resta plantée.

Le grand cerf n'eut pas l'air de la sentir ; en enjambant par-dessus les morts, il avançait toujours, allait fondre sur lui, l'éventrer ; et Julien reculait dans une épouvante indicible. Le prodigieux animal s'arrêta ; et les yeux flamboyants, solennel comme un patriarche et comme un justicier, pendant qu'une cloche au loin tintait, il répéta trois fois :

— « Maudit ! maudit ! maudit ! Un jour, cœur féroce, tu assassineras ton père et ta mère ! »

Il plia les genoux, ferma doucement ses paupières, et mourut.

Julien fut stupéfait, puis accablé d'une fatigue soudaine ; et un dégoût, une tristesse immense l'envahit. Le front dans les deux mains, il pleura pendant longtemps.

Son cheval était perdu ; ses chiens l'avaient abandonné ; la solitude qui l'enveloppait lui sembla toute menaçante des périls indéfinis. Alors, poussé par un effroi, il prit sa course à travers la campagne, choisit au hasard un sentier, et se trouva presque immédiatement à la porte du château.

La nuit, il ne dormit pas. Sous le vacillement de la lampe suspendue, il revoyait toujours le grand cerf noir. Sa prédiction l'obsédait ; il se débattait contre elle. « Non ! non ! non ! je ne veux pas les tuer ! » puis, il songeait : « Si je le voulais, pourtant ?... » et il avait peur que le Diable ne lui en inspirât l'envie.

Durant trois mois, sa mère en angoisse pria au chevet de son lit, et son père, en gémissant, marchait continuellement dans les couloirs. Il manda les maîtres mires les plus fameux, lesquels ordonnèrent des quantités de drogues. Le mal de Julien, disaient-ils, avait pour cause un vent funeste, ou un désir d'amour. Mais le jeune homme, à toutes les questions, secouait la tête.

Les forces lui revinrent ; et on le promenait dans

la cour, le vieux moine et le bon seigneur le soutenant chacun par un bras.

Quand il fut rétabli complètement, il s'obstina à
ne point chasser.

Son père, le voulant réjouir, lui fit cadeau d'une
grande épée sarrasine.

Elle était au haut d'un pilier, dans une panoplie.
Pour l'atteindre, il fallut une échelle. Julien y monta.
L'épée trop lourde lui échappa des doigts, et en
tombant frôla le bon seigneur de si près que sa
houppelande en fut coupée ; Julien crut avoir tué
son père, et s'évanouit.

Dès lors, il redouta les armes. L'aspect d'un fer nu
le faisait pâlir. Cette faiblesse était une désolation
pour sa famille.

Enfin le vieux moine, au nom de Dieu, de l'honneur et des ancêtres, lui commanda de reprendre ses
exercices de gentilhomme.

Les écuyers, tous les jours, s'amusaient au manie-
ment de la javeline. Julien y excella bien vite. Il
envoyait la sienne dans le goulot des bouteilles, cas-
sait les dents des girouettes, frappait à cent pas les
clous des portes.

Un soir d'été, à l'heure où la brume rend les
choses indistinctes, étant sous la treille du jardin, il
aperçut tout au fond deux ailes blanches qui voletaient à la hauteur de l'espalier. Il ne douta pas que
ce ne fût une cigogne ; et il lança son javelot.

Un cri déchirant partit.

C'était sa mère, dont le bonnet à longues barbes
restait cloué contre le mur.

Julien s'enfuit du château, et ne reparut plus.

II

Il s'engagea dans une troupe d'aventuriers qui passaient.

Il connut la faim, la soif, les fièvres et la vermine. Il s'accoutuma au fracas des mêlées, à l'aspect des moribonds. Le vent tanna sa peau. Ses membres se durcirent par le contact des armures ; et comme il était très fort, courageux, tempérant, avisé, il obtint sans peine le commandement d'une compagnie.

Au début des batailles, il enlevait ses soldats d'un grand geste de son épée. Avec une corde à nœuds, il grimpait aux murs des citadelles, la nuit, balancé par l'ouragan, pendant que les flammèches du feu grégeois se collaient à sa cuirasse, et que la résine bouillante et le plomb fondu ruisselaient des créneaux. Souvent le heurt d'une pierre fracassa son bouclier. Des ponts trop chargés d'hommes croulèrent sous lui. En tournant sa masse d'armes, il se débarrassa de quatorze cavaliers. Il défit, en champ clos, tous ceux que se proposèrent. Plus de vingt fois, on le crut mort.

Grâce à la faveur divine, il en réchappa toujours ; car il protégeait les gens d'église, les orphelins, les veuves, et principalement les vieillards. Quand il en voyait un marchant devant lui, il criait pour connaître sa figure, comme s'il avait eu peur de le tuer par méprise.

Des esclaves en fuite, des manants révoltés, des

bâtards sans fortune, toutes sortes d'intrépides affluèrent sous son drapeau, et il se composa une armée.

Elle grossit. Il devint fameux. On le recherchait.

Tour à tour, il secourut le Dauphin de France et le roi d'Angleterre, les templiers de Jérusalem, le suréna des Parthes, le négus d'Abyssinie, et l'empereur de Calicut. Il combattit des Scandinaves recouverts d'écailles de poisson, des Nègres munis de rondaches en cuir d'hippopotame et montés sur des ânes rouges, des Indiens couleur d'or et brandissant par-dessus leurs diadèmes de larges sabres, plus clairs que des miroirs. Il vainquit les Troglodytes et les Anthropophages. Il traversa des régions si torrides que sous l'ardeur du soleil les chevelures s'allumaient d'elles-mêmes, comme des flambeaux ; et d'autres qui étaient si glaciales, que les bras, se détachant du corps, tombaient par terre ; et des pays où il y avait tant de brouillard que l'on marchait environné de fantômes.

Des républiques en embarras le consultèrent. Aux entrevues d'ambassadeurs, il obtenait des conditions inespérées. Si un monarque se conduisait trop mal, il arrivait tout à coup, et lui faisait des remontrances. Il affranchit des peuples. Il délivra des reines enfermées dans des tours. C'est lui, et pas un autre, qui assomma la guivre de Milan et le dragon d'Oberbirbach.

Or l'empereur d'Occitanie, ayant triomphé des Musulmans espagnols, s'était joint par concubinage à la sœur du calife de Cordoue ; et il en conservait une fille, qu'il avait élevée chrétiennement. Mais le calife, faisant mine de vouloir se convertir, vint lui rendre visite, accompagné d'une escorte nombreuse, massacra toute sa garnison, et le plongea dans un cul-de-basse-fosse, où il le traitait durement, afin d'en extirper des trésors.

Julien accourut à son aide, détruisit l'armée des infidèles, assiégea la ville, tua le calife, coupa sa tête, et la jeta comme une boule par-dessus les remparts. Puis il tira l'empereur de sa prison, et le fit remonter sur son trône, en présence de toute sa cour.

L'empereur, pour prix d'un tel service, lui présenta dans des corbeilles beaucoup d'argent ; Julien n'en voulut pas. Croyant qu'il en désirait davantage, il lui offrit les trois quarts de ses richesses ; nouveau refus ; puis de partager son royaume ; Julien le remercia ; et l'empereur en pleurait de dépit, ne sachant de quelle manière témoigner sa reconnaissance, quand il se frappa le front, dit un mot à l'oreille d'un courtisan ; les rideaux d'une tapisserie se relevèrent, et une jeune fille parut.

Ses grands yeux noirs brillaient comme deux lampes très douces. Un sourire charmant écartait ses lèvres. Les anneaux de sa chevelure s'accrochaient aux pierreries de sa robe entrouverte ; et, sous la transparence de sa tunique, on devinait la jeunesse de son corps. Elle était toute mignonne et potelée, avec la taille fine.

Julien fut ébloui d'amour, d'autant plus qu'il avait mené jusqu'alors une vie très chaste.

Donc il reçut en mariage la fille de l'empereur, avec un château qu'elle tenait de sa mère ; et, les noces étant terminées, on se quitta, après des politesses infinies de part et d'autre.

C'était un palais de marbre blanc, bâti à la moresque, sur un promontoire, dans un bois d'orangers. Des terrasses de fleurs descendaient jusqu'au bord d'un golfe, où des coquilles roses craquaient sous les pas. Derrière le château, s'étendait une forêt ayant le dessin d'un éventail. Le ciel continuellement était bleu, et les arbres se penchaient tour à tour sous la brise de la mer et le vent des montagnes, qui fermaient au loin l'horizon.

Les chambres, pleines de crépuscule, se trouvaient éclairées par les incrustations des murailles. De hautes colonnettes, minces comme des roseaux, supportaient la voûte des coupoles, décorées de reliefs imitant les stalactites des grottes.

Il y avait des jets d'eau dans les salles, des mosaïques dans les cours, des cloisons festonnées, mille délicatesses d'architecture, et partout un tel silence que l'on entendait le frôlement d'une écharpe ou l'écho d'un soupir.

Julien ne faisait plus la guerre. Il se reposait, entouré d'un peuple tranquille ; et chaque jour, une foule passait devant lui, avec des génuflexions et des baisemains à l'orientale.

Vêtu de pourpre, il restait accoudé dans l'embrasure d'une fenêtre, en se rappelant ses chasses d'autrefois ; et il aurait voulu courir sur le désert après les gazelles et les autruches, être caché dans les bambous à l'affût des léopards, traverser des forêts pleines de rhinocéros, atteindre au sommet des monts les plus inaccessibles pour viser mieux les aigles, et sur les glaçons de la mer combattre les ours blancs.

Quelquefois, dans un rêve, il se voyait comme notre père Adam au milieu du Paradis, entre toutes les bêtes ; en allongeant le bras, il les faisait mourir ; ou bien, elles défilaient, deux à deux, par rang de taille, depuis les éléphants et les lions jusqu'aux hermines et aux canarads, comme le jour qu'elles entrèrent dans l'arche de Noé. A l'ombre d'une caverne, il dardait sur elles des javelots infaillibles ; il en survenait d'autres ; cela n'en finissait pas ; et il se réveillait en roulant des yeux farouches.

Des princes de ses amis l'invitèrent à chasser. Il s'y refusa toujours, croyant, par cette sorte de pénitence, détourner son malheur ; car il lui semblait que du meurtre des animaux dépendait le sort de ses parents. Mais il souffrait de ne pas les voir, et son autre envie devenait insupportable.

Sa femme, pour le récréer, fit venir des jongleurs et des danseuses.

Elle se promenait avec lui, en litière ouverte, dans la campagne ; d'autres fois, étendus sur le bord d'une chaloupe, ils regardaient les poissons vagabonder dans l'eau, claire comme le ciel. Souvent elle lui jetait des fleurs au visage ; accroupie devant ses pieds, elle tirait des airs d'une mandoline à trois cordes ; puis, lui posant sur l'épaule ses deux mains jointes, disait d'une voix timide : — « Qu'avez-vous donc, cher seigneur ? »

Il ne répondait pas, ou éclatait en sanglots ; enfin, un jour, il avoua son horrible pensée.

Elle la combattit, en raisonnant très bien : son père et sa mère, probablement, étaient morts ; si jamais il les revoyait, par quel hasard, dans quel but, arriverait-il à cette abomination ? Donc, sa crainte n'avait pas de cause, et il devait se remettre à chasser.

Julien souriait en l'écoutant, mais ne se décidait pas à satisfaire son désir.

Un soir du mois d'août qu'ils étaient dans leur chambre, elle venait de se coucher et il s'agenouillait pour sa prière quand il entendit le jappement d'un renard, puis des pas légers sous la fenêtre ; et il entrevit dans l'ombre comme des apparences d'animaux. La tentation était trop forte. Il décrocha son carquois.

Elle parut surprise.

— « C'est pour t'obéir ! » dit-il, « au lever du soleil, je serai revenu. »

Cependant elle redoutait une aventure funeste.

Il la rassura, puis sortit, étonné de l'inconséquence de son humeur.

Peu de temps après, un page vint annoncer que deux inconnus, à défaut du seigneur absent, réclamaient tout de suite la seigneuresse.

Et bientôt entrèrent dans la chambre un vieil homme et une vieille femme, courbés, poudreux, en habits de toile, et s'appuyant chacun sur un bâton.

Ils s'enhardirent et déclarèrent qu'ils apportaient à Julien des nouvelles de ses parents.

Elle se pencha pour les entendre.

Mais, s'étant concertés du regard, ils lui demandèrent s'il les aimait toujours, s'il parlait d'eux quelquefois.

— « Oh ! oui ! » dit-elle.

Alors, ils s'écrièrent :

— « Eh bien ! c'est nous ! » et ils s'assirent, étant fort las et recrus de fatigue.

Rien n'assurait à la jeune femme que son époux fût leur fils.

Ils en donnèrent la preuve, en décrivant des signes particuliers qu'il avait sur la peau.

Elle sauta hors de sa couche, appela son page, et on leur servit un repas.

Bien qu'ils eussent grand-faim, ils ne pouvaient guère manger ; et elle observait à l'écart le tremblement de leurs mains osseuses, en prenant les gobelets.

Ils firent mille questions sur Julien. Elle répondait à chacune, mais eut soin de taire l'idée funèbre qui les concernait.

Ne le voyant pas revenir, ils étaient partis de leur château ; et ils marchaient depuis plusieurs années, sur de vagues indications, sans perdre l'espoir. Il avait fallu tant d'argent au péage des fleuves et dans les hôtelleries, pour les droits des princes et les exigences des voleurs, que le fond de leur bourse était vide, et qu'ils mendiaient maintenant. Qu'importe, puisque bientôt ils embrasseraient leur fils ? Ils exaltaient son bonheur d'avoir une femme aussi gentille, et ne se laissaient point de la contempler et de la baiser.

La richesse de l'appartement les étonnait beaucoup ; et le vieux, ayant examiné les murs, demanda pourquoi s'y trouvait le blason de l'empereur d'Occitanie.

Elle répliqua :

— « C'est mon père ! »

Alors il tressaillit, se rappelant la prédiction du Bohême ; et la vieille songeait à la parole de l'Ermite. Sans doute la gloire de son fils n'était que l'aurore des splendeurs éternelles ; et tous les deux restaient béants, sous la lumière du candélabre qui éclairait la table.

Ils avaient dû être très beaux dans leur jeunesse. La mère avait encore tous ses cheveux, dont les bandeaux fins, pareils à des plaques de neige, pendaient jusqu'au bas de ses joues ; et le père, avec sa taille haute et sa grande barbe, ressemblait à une statue d'église.

La femme de Julien les engagea à ne pas l'attendre. Elle les coucha elle-même dans son lit, puis ferma la croisée ; ils s'endormirent. Le jour allait paraître, et, derrière le vitrail, les petits oiseaux commençaient à chanter.

Julien avait traversé le parc ; et il marchait dans la forêt d'un pas nerveux, jouissant de la mollesse du gazon et de la douceur de l'air.

Les ombres des arbres s'étendaient sur la mousse. Quelquefois la lune faisait des taches blanches dans les clairières, et il hésitait à s'avancer, croyant apercevoir une flaque d'eau, ou bien la surface des mares tranquilles se confondait avec la couleur de l'herbe. C'était partout un grand silence ; et il ne découvrit aucune des bêtes qui, peu de minutes auparavant, erraient à l'entour de son château.

Le bois s'épaissit, l'obscurité devint profonde. Des bouffées de vent chaud passaient, pleines de senteurs amollissantes. Il enfonçait dans des tas de feuilles mortes, et il s'appuya contre un chêne pour haleter un peu.

Tout à coup, derrière son dos, bondit une masse plus noire, un sanglier. Julien n'eut pas le temps de saisir son arc, et il s'en affligea comme d'un malheur.

Puis, étant sorti du bois, il aperçut un loup qui filait le long d'une haie.

Julien lui envoya une flèche. Le loup s'arrêta, tourna la tête pour le voir et reprit sa course. Il trottait en gardant toujours la même distance, s'arrêtait de temps à autre, et, sitôt qu'il était visé, recommençait à fuir.

Julien parcourut de cette manière une plaine interminable, puis des monticules de sable, et enfin il se trouva sur un plateau dominant un grand espace de pays. Des pierres plates étaient clairsemées entre des caveaux en ruines. On trébuchait sur des ossements de morts ; de place en place, des croix vermoulues se penchaient d'un air lamentable. Mais des formes remuèrent dans l'ombre indécise des tombeaux ; et il en surgit des hyènes, tout effarées, pantelantes. En faisant claquer leurs ongles sur les dalles elles vinrent à lui et le flairaient avec un bâillement qui découvrait leurs gencives. Il dégaina son sabre. Elles partirent à la fois dans toutes les directions, et, continuant leur galop boiteux et précipité, se perdirent au loin sous un îlot de poussière.

Une heure après, il rencontra dans un ravin un taureau furieux, les cornes en avant, et qui grattait le sable avec son pied. Julien lui pointa sa lance sous les fanons. Elle éclata, comme si l'animal eût été de bronze ; il ferma les yeux, attendant sa mort. Quand il les rouvrit, le taureau avait disparu.

Alors son âme s'affaissa de honte. Un pouvoir supérieur détruisait sa force ; et, pour s'en retourner chez lui, il rentra dans la forêt.

Elle était embarrassée de lianes ; et il les coupait avec son sabre quand une fouine glissa brusquement entre ses jambes, une panthère fit un bond par-dessus son épaule, un serpent monta en spirale autour d'un frêne.

Il y avait dans son feuillage un choucas monstrueux, qui regardait Julien ; et çà et là, parurent entre les branches quantité de larges étincelles, comme si le firmament eût fait pleuvoir dans la forêt toutes ses étoiles. C'étaient des yeux d'animaux, des chats sauvages, des écureuils, des hiboux, des perroquets, des singes.

Julien darda contre eux ses flèches ; les flèches, avec leurs plumes, se posaient sur les feuilles comme des papillons blancs. Il leur jeta des pierres ; les pierres, sans rien toucher, retombaient. Il se maudit, aurait voulu se battre, hurla des imprécations, étouffait de rage.

Et tous les animaux qu'il avait poursuivis se représentèrent, faisant autour de lui un cercle étroit. Les uns étaient assis sur leur croupe, les autres dressés de toute leur taille. Il restait au milieu, glacé de terreur, incapable du moindre mouvement. Par un effort suprême de sa volonté, il fit un pas ; ceux qui perchaient sur les arbres ouvrirent leurs ailes, ceux qui foulaient le sol déplacèrent leurs membres ; et tous l'accompagnaient.

Les hyènes marchaient devant lui, le loup et le sanglier par-derrière. Le taureau, à sa droite, balançait la tête ; et, à sa gauche, le serpent ondulait dans les herbes, tandis que la panthère, bombant son dos, avançait à pas de velours et à grandes enjambées. Il allait le plus lentement possible pour ne pas les irriter ; et il voyait sortir de la profondeur des buissons des porcs-épics, des renards, des vipères, des chacals et des ours.

Julien se mit à courir ; ils coururent. Le serpent sifflait, les bêtes puantes bavaient. Le sanglier lui frottait les talons avec ses défenses, le loup l'intérieur des mains avec les poils de son museau. Les singes le pinçaient en grimaçant, la fouine se roulait sur ses pieds. Un ours, d'un revers de patte, lui enleva son chapeau ; et la panthère dédaigneusement, laissa tomber une flèche qu'elle portait à sa gueule.

Une ironie perçait dans leurs allures sournoises. Tout en l'observant du coin de leurs prunelles, ils semblaient méditer un plan de vengeance ; et, assourdi par le bourdonnement des insectes, battu par des queues d'oiseau, suffoqué par des haleines, il marchait les bras tendus et les paupières closes comme un aveugle, sans même avoir la force de crier « grâce ! »

Le chant d'un coq vibra dans l'air. D'autres y répondirent ; c'était le jour ; et il reconnut, au-delà des orangers, le faîte de son palais.

Puis, au bord d'un champ, il vit, à trois pas d'intervalle, des perdrix rouges qui voletaient dans les chaumes. Il dégrafa son manteau, et l'abattit sur elles comme un filet. Quand il les eut découvertes, il n'en trouva qu'une seule, et morte depuis longtemps, pourrie.

Cette déception l'exaspéra plus que toutes les autres. Sa soif de carnage le reprenait ; les bêtes manquant, il aurait voulu massacrer des hommes.

Il gravit les trois terrasses, enfonça la porte d'un coup de poing ; mais, au bas de l'escalier, le souvenir de sa chère femme détendit son cœur. Elle dormait sans doute, et il allait la surprendre.

Ayant retiré ses sandales, il tourna doucement la serrure, et entra.

Les vitraux garnis de plomb obscurcissaient la pâleur de l'aube. Julien se prit les pieds dans des vêtements, par terre ; un peu plus loin, il heurta une crédence encore chargée de vaisselle. « Sans doute, elle aura mangé », se dit-il ; et il avançait vers le lit, perdu dans les ténèbres au fond de la chambre. Quand il fut au bord, afin d'embrasser sa femme, il se pencha sur l'oreiller où les deux têtes reposaient l'une près de l'autre. Alors, il sentit contre sa bouche l'impression d'une barbe.

Il se recula, croyant devenir fou ; mais il revint près du lit, et ses doigts, en palpant, rencontrèrent des cheveux qui étaient très longs. Pour se convaincre de son erreur, il repassa lentement la main sur l'oreiller. C'était bien une barbe, cette fois, et un homme ! un homme couché avec sa femme !

Éclatant d'une colère démesurée, il bondit sur eux à coups de poignard ; et il trépignait, écumait, avec des hurlements de bête fauve. Puis il s'arrêta. Les

morts, percés au cœur, n'avaient même pas bougé. Il
écoutait attentivement leurs deux râles presque
égaux, et, à mesure qu'ils s'affaiblissaient, un autre,
tout au loin, les continuait. Incertaine d'abord, cette
voix plaintive longuement poussée, se rapprochait,
s'enfla, devint cruelle ; et il reconnut, terrifié, le bra-
mement du grand cerf noir.

Et comme il se retournait, il crut voir dans l'enca-
drement de la porte, le fantôme de sa femme, une
lumière à la main.

Le tapage du meurtre l'avait attirée. D'un large
coup d'œil, elle comprit tout, et s'enfuyant d'horreur
laissa tomber son flambeau.

Il le ramassa.

Son père et sa mère étaient devant lui, étendus sur
le dos avec un trou dans la poitrine ; et leurs visages,
d'une majestueuse douceur, avaient l'air de garder
comme un secret éternel. Des éclaboussures et des
flaques de sang s'étalaient au milieu de leur peau
blanche, sur les draps du lit, par terre, le long d'un
Christ d'ivoire suspendu dans l'alcôve. Le reflet écarlate du vitrail, alors frappé par le soleil, éclairait ces
taches rouges, et en jetait de plus nombreuses dans
tout l'appartement. Julien marcha vers les deux
morts en se disant, en voulant croire, que cela n'était
pas possible, qu'il s'était trompé, qu'il y a parfois des
ressemblances inexplicables. Enfin, il se baissa légèrement pour voir de tout près le vieillard ; et il
aperçut, entre ses paupières mal fermées, une pru-
nelle éteinte qui le brûla comme du feu. Puis il se
porta de l'autre côté de la couche, occupé par l'autre
corps, dont les cheveux blancs masquaient une partie de la figure. Julien lui passa les doigts sous ses
bandeaux, leva sa tête ; — et il la regardait, en la
tenant au bout de son bras roidi, pendant que de
l'autre main il s'éclairait avec le flambeau. Des
gouttes, suintant du matelas, tombaient une à une
sur le plancher.

A la fin du jour, il se présenta devant sa femme ;

et, d'une voix différente de la sienne, il lui
commanda premièrement de ne pas lui répondre, de
ne pas l'approcher, de ne plus même le regarder, et
qu'elle eût à suivre, sous peine de damnation, tous
ses ordres qui étaient irrévocables.

Les funérailles seraient faites selon les instructions qu'il avait laissées par écrit, sur un prie-Dieu,
dans la chambre des morts. Il lui abandonnait son
palais, ses vassaux, tous ses biens, sans même retenir les vêtements de son corps, et ses sandales, que
l'on trouverait au haut de l'escalier.

Elle avait obéi à la volonté de Dieu, en occasion-
nant son crime, et devait prier pour son âme,
puisque désormais il n'existait plus.

On enterra les morts avec magnificence, dans
l'église d'un monastère à trois journées du château.
Un moine en cagoule rabattue suivit le cortège, loin
de tous les autres, sans que personne osât lui parler.

Il resta pendant la messe, à plat ventre au milieu
du portail, les bras en croix, et le front dans la
poussière.

Après l'ensevelissement, on le vit prendre le chemin qui menait aux montagnes. Il se retourna plusieurs fois, et finit par disparaître.

III

Il s'en alla, mendiant sa vie par le monde.

Il tendait sa main aux cavaliers sur les routes, avec des génuflexions s'approchait des moissonneurs, ou restait immobile devant la barrière des cours ; et son visage était si triste que jamais on ne lui refusait l'aumône.

Par esprit d'humilité, il racontait son histoire ; alors tous s'enfuyaient, en faisant des signes de croix. Dans les villages où il avait déjà passé, sitôt qu'il était reconnu, on fermait les portes, on lui criait des menaces, on lui jetait des pierres. Les plus charitables posaient une écuelle sur le bord de leur fenêtre, puis fermaient l'auvent pour ne pas l'apercevoir.

Repoussé de partout, il évita les hommes ; et il se nourrit de racines, de plantes, de fruits perdus, et de coquillages qu'il cherchait le long des grèves.

Quelquefois, au tournant d'une côte, il voyait sous ses yeux une confusion de toits pressés, avec des flèches de pierre, des ponts, des tours, des rues noires s'entrecroisant, et d'où montait jusqu'à lui un bourdonnement continuel.

Le besoin de se mêler à l'existence des autres le faisait descendre dans la ville. Mais l'air bestial des figures, le tapage des métiers, l'indifférence des propos glaçaient son cœur. Les jours de fête, quand le bourdon des cathédrales mettait en joie dès l'aurore le peuple entier, il regardait les habitants sortir de leurs maisons, puis les danses sur les places, les fontaines de cervoise dans les carrefours, les tentures de damas devant le logis des princes, et le soir venu, par le vitrage des rez-de-chaussée, les longues tables de famille où des aïeux tenaient des petits enfants sur leurs genoux ; des sanglots l'étouffaient, et il s'en retournait vers la campagne.

Il contemplait avec des élancements d'amour les poulains dans les herbages, les oiseaux dans leurs nids, les insectes sur les fleurs ; tous, à son approche, couraient plus loin, se cachaient effarés, s'envolaient bien vite.

Il rechercha les solitudes. Mais le vent apportait à son oreille comme des râles d'agonie ; les larmes de la rosée tombant par terre lui rappelaient d'autres gouttes d'un poids plus lourd. Le soleil, tous les soirs, étalait du sang dans les nuages ; et chaque nuit, en rêve, son parricide recommençait.

Il se fit un cilice avec des pointes de fer. Il monta sur les deux genoux toutes les collines ayant une chapelle à leur sommet. Mais l'impitoyable pensée obscurcissait la splendeur des tabernacles, le torturait à travers les macérations de la pénitence.

Il ne se révoltait pas contre Dieu qui lui avait infligé cette action, et pourtant se désespérait de l'avoir pu commettre.

Sa propre personne lui faisait tellement horreur qu'espérant s'en délivrer il l'aventura dans des périls. Il sauva des paralytiques des incendies, des enfants du fond des gouffres. L'abîme le rejetait, les flammes l'épargnaient.

Le temps n'apaisa pas sa souffrance. Elle devenait intolérable. Il résolut de mourir.

Et un jour qu'il se trouvait au bord d'une fontaine, comme il se penchait dessus pour juger de la profondeur de l'eau, il vit paraître en face de lui un vieillard tout décharné, à barbe blanche·et d'un aspect si lamentable qu'il lui fut impossible de rete-

nir ses pleurs. L'autre, aussi, pleurait. Sans
reconnaître son image, Julien se rappelait confusément une figure ressemblant à celle-là. Il poussa un
cri ; c'était son père ; et il ne pensa plus à se tuer.

Ainsi, portant le poids de son souvenir, il parcourut beaucoup de pays ; et il arriva près d'un fleuve
dont la traversée était dangereuse, à cause de sa
violence et parce qu'il y avait sur les rives une
grande étendue de vase. Personne depuis longtemps
n'osait plus le passer.

Une vieille barque, enfouie à l'arrière, dressait sa
proue dans les roseaux. Julien en l'examinant découvrit une paire d'avirons ; et l'idée lui vint d'employer
son existence au service des autres.

Il commença par établir sur la berge une manière
de chaussée qui permettrait de descendre jusqu'au
chenal ; et il se brisait les ongles à remuer les pierres
énormes, les appuyait contre son ventre pour les
transporter, glissait dans la vase, y enfonçait, manqua périr plusieurs fois.

Ensuite, il répara le bateau avec des épaves de
navires, et il se fit une cahute avec de la terre glaise
et des troncs d'arbres.

Le passage étant connu, les voyageurs se présentèrent. Ils l'appelaient de l'autre bord, en agitant des
drapeaux ; Julien bien vite sautait dans sa barque.
Elle était très lourde ; et on la surchargeait par
toutes sortes de bagages et de fardeaux, sans compter les bêtes de somme, qui, ruant de peur, augmentaient l'encombrement. Il ne demandait rien
pour sa peine ; quelques-uns lui donnaient des
restes de victuailles qu'ils tiraient de leur bissac ou
des habits trop usés dont ils ne voulaient plus. Des
brutaux vociféraient des blasphèmes. Julien les
reprenait avec douceur ; et ils ripostaient par des
injures. Il se contentait de les bénir.

Une petite table, un escabeau, un lit de feuilles
mortes et trois coupes d'argile, voilà tout ce qu'était
son mobilier. Deux trous dans la muraille servaient

de fenêtres. D'un côté, s'étendaient à perte de vue
des plaines stériles ayant sur leur surface de pâles
étangs, çà et là ; et le grand fleuve, devant lui, roulait
ses flots verdâtres. Au printemps, la terre humide
avait une odeur de pourriture. Puis, un vent désordonné soulevait la poussière en tourbillons. Elle
entrait partout, embourbait l'eau, craquait sous les
gencives. Un peu plus tard, c'était des nuages de
moustiques, dont la susurration et les piqûres ne
s'arrêtaient ni jour ni nuit. Ensuite, survenaient
d'atroces gelées qui donnaient aux choses la rigidité
de la pierre, et inspiraient un besoin fou de manger
de la viande.

Des mois s'écoulaient sans que Julien vît personne. Souvent il fermait les yeux, tâchant, par la
mémoire, de revenir dans sa jeunesse ; — et la cour
d'un château apparaissait avec des lévriers sur un
perron, des valets dans la salle d'armes, et, sous un
berceau de pampres, un adolescent à cheveux
blonds entre un vieillard couvert de fourrures et une
dame à grand hennin ; tout à coup, les deux
cadavres étaient là. Il se jetait à plat ventre sur son
lit, et répétait en pleurant :

— « Ah ! pauvre père ! pauvre mère ! pauvre
mère ! » et tombait dans un assoupissement où les
visions funèbres continuaient.

Une nuit qu'il dormait, il crut entendre quelqu'un
l'appeler. Il tendit l'oreille et ne distingua que le
mugissement des flots.

Mais la voix reprit :

— « Julien ! »

Elle venait de l'autre bord, ce qui lui parut extraordinaire, vu la largeur du fleuve.

Une troisième fois on appela :

— « Julien ! »

Et cette voix haute avait l'intonation d'une cloche
d'église.

Ayant allumé sa lanterne, il sortit de la cahute. Un

ouragan furieux emplissait la nuit. Les ténèbres
étaient profondes, et çà et là déchirées par la blancheur des vagues qui bondissaient.

Après une minute d'hésitation, Julien dénoua
l'amarre. L'eau, tout de suite, devint tranquille, la
barque glissa dessus et toucha l'autre berge, où un
homme attendait.

Il était enveloppé d'une toile en lambeaux, la
figure pareille à un masque de plâtre et les deux
yeux plus rouges que des charbons. En approchant
de lui la lanterne, Julien s'aperçut qu'une lèpre
hideuse le recouvrait ; cependant, il avait dans son
attitude comme une majesté de roi.

Dès qu'il entra dans la barque, elle enfonça prodigieusement, écrasée par son poids ; une secousse la
remonta ; et Julien se mit à ramer.

A chaque coup d'aviron, le ressac des flots la soulevait par l'avant. L'eau, plus noire que de l'encre,
courait avec furie des deux côtés du bordage. Elle
creusait des abîmes, elle faisait des montagnes, et la
chaloupe sautait dessus, puis redescendait dans des
profondeurs où elle tournoyait, ballottée par le vent.

Julien penchait son corps, dépliait les bras, et,
s'arc-boutant des pieds, se renversait avec une tor-
sion de la taille, pour avoir plus de force. La grêle
cinglait ses mains, la pluie coulait dans son dos, la
violence de l'air l'étouffait, il s'arrêta. Alors le bateau
fut emporté à la dérive. Mais, comprenant qu'il
s'agissait d'une chose considérable, d'un ordre
auquel il ne fallait pas désobéir, il reprit ses avirons ;
et le claquement des tolets coupait la clameur de la
tempête.

La petite lanterne brûlait devant lui. Des oiseaux,
en voletant, la cachaient par intervalles. Mais toujours il apercevait les prunelles du Lépreux qui se
tenait debout à l'arrière, immobile comme une
colonne.

Et cela dura longtemps, très longtemps !

Quand ils furent arrivés dans la cahute, Julien

ferma la porte ; et il le vit siégeant sur l'escabeau.
L'espèce de linceul qui le recouvrait était tombé
jusqu'à ses hanches ; et ses épaules, sa poitrine, ses
bras maigres disparaissaient sous des plaques de
pustules écailleuses. Des rides énormes labouraient
son front. Tel qu'un squelette, il avait un trou à la
place du nez ; et ses lèvres bleuâtres dégageaient une
haleine épaisse comme du brouillard, et nauséa-
bonde.

— « J'ai faim ! » dit-il.

Julien lui donna ce qu'il possédait, un vieux quartier de lard et les croûtes d'un pain noir.

Quand il les eut dévorés, la table, l'écuelle et le
manche du couteau portaient les mêmes taches que
l'on voyait sur son corps.

Ensuite, il dit : « J'ai soif ! »

Julien alla chercher sa cruche ; et, comme il la
prenait, il en sortit un arôme qui dilata son cœur et
ses narines. C'était du vin ; quelle trouvaille ! mais le
Lépreux avança le bras, et d'un trait vida toute la
cruche.

Puis il dit : — « J'ai froid ! »

Julien, avec sa chandelle, enflamma un paquet de
fougères, au milieu de la cabane.

Le Lépreux vint s'y chauffer ; et, accroupi sur les
talons, il tremblait de tous ses membres, s'affaiblissait ; ses yeux ne brillaient plus, ses ulcères coulaient, et d'une voix presque éteinte, il murmura —
« Ton lit ! »

Julien l'aida doucement à s'y traîner, et même
étendit sur lui, pour le couvrir, la toile de son
bateau.

Le Lépreux gémissait. Les coins de sa bouche
découvraient ses dents, un râle accéléré lui secouait
la poitrine, et son ventre, à chacune de ses aspira-
tions, se creusait jusqu'aux vertèbres.

Puis il ferma les paupières.

— « C'est comme de la glace dans mes os ! Viens
près de moi ! »

Et Julien, écartant la toile, se coucha sur les feuilles mortes, près de lui, côte à côte.

Le Lépreux tourna la tête.

« Déshabille-toi, pour que j'aie la chaleur de ton corps ! »

Julien ôta ses vêtements ; puis, nu comme au jour de sa naissance, se replaça dans le lit ; et il sentait contre sa cuisse la peau du Lépreux, plus froide qu'un serpent et rude comme une lime.

Il tâchait de l'encourager ; et l'autre répondait, en haletant :

— « Ah ! je vais mourir !... Rapproche-toi, réchauffe-moi ! Pas avec les mains ! non ! toute ta personne. »

Julien s'étala dessus complètement, bouche contre bouche, poitrine sur poitrine.

Alors le Lépreux l'étreignit ; et ses yeux tout à coup prirent une clarté d'étoiles ; ses cheveux s'allongèrent comme les rais du soleil ; le souffle de ses narines avait la douceur des roses ; un nuage d'encens s'éleva du foyer, les flots chantaient. Cependant une abondance de délices, une joie sur- humaine descendait comme une inondation dans l'âme de Julien pâmé ; et celui dont les bras le ser- raient toujours grandissait, grandissait, touchant de sa tête et de ses pieds les deux murs de la cabane. Le toit s'envola, le firmament se déployait ; — et Julien monta vers les espaces bleus, face à face avec Notre-Seigneur Jésus, qui l'emportait dans le ciel.

Et voilà l'histoire de saint Julien l'Hospitalier, telle à peu près qu'on la trouve, sur un vitrail d'église, dans mon pays.

HÉRODIAS

I

La citadelle de Machaerous se dressait à l'orient de la mer Morte, sur un pic de basalte ayant la forme d'un cône. Quatre vallées profondes l'entouraient, deux vers les flancs, une en face, la quatrième au-delà. Des maisons se tassaient contre sa base, dans le cercle d'un mur qui ondulait suivant les inégalités du terrain ; et, par un chemin en zigzag tailladant le rocher, la ville se reliait à la forteresse, dont les murailles étaient hautes de cent vingts coudées, avec des angles nombreux, des créneaux sur le bord, et, çà et là, des tours qui faisaient comme des fleurons à cette couronne de pierres, suspendue au-dessus de l'abîme.

Il y avait dans l'intérieur un palais orné de portiques, et couvert d'une terrasse que fermait une balustrade en bois de sycomore, où des mâts étaient disposés pour tendre un vélarium.

Un matin, avant le jour, le Tétrarque Hérode Antipas vint s'y accouder, et regarda.

Les montagnes, immédiatement sous lui, commençaient à découvrir leurs crêtes, pendant que leur masse, jusqu'au fond des abîmes, était encore dans l'ombre. Un brouillard flottait, il se déchira, et les contours de la mer Morte apparurent. L'aube, qui se levait derrière Machaerous, épandait une rougeur. Elle illumina bientôt les sables de la grève, les collines, le désert, et, plus loin, tous les monts de la

Judée, inclinant leurs surfaces raboteuses et grises.
Engaddi, au milieu, traçait une barre noire ;
Hébron, dans l'enfoncement, s'arrondissait en
dôme ; Esquol avait des grenadiers, Sorek des
vignes, Karmel des champs de sésame ; et la tour
Antonia, de son cube monstrueux, dominait Jérusalem. Le Tétrarque en détourna la vue pour contempler, à droite, les palmiers de Jéricho ; et il songea
aux autres villes de sa Galilée : Capharnaüm, Endor,
Nazareth, Tibérias où peut-être il ne reviendrait
plus. Cependant le Jourdain coulait sur la plaine
aride. Toute blanche, elle éblouissait comme une
nappe de neige. Le lac, maintenant, semblait en
lapislazuli ; et à sa pointe méridionale, du côté de
l'Yémen, Antipas reconnut ce qu'il craignait d'apercevoir. Des tentes brunes étaient dispersées ; des
hommes avec des lances circulaient entre les chevaux, et des feux s'éteignant brillaient comme des
étincelles à ras du sol.

C'étaient les troupes du roi des Arabes, dont il
avait répudié la fille pour prendre Hérodias, mariée
à l'un de ses frères qui vivait en Italie, sans prétentions au pouvoir.

Antipas attendait les secours des Romains ; et
Vitellius, gouverneur de la Syrie, tardant à paraître,
il se rongeait d'inquiétudes.

Agrippa, sans doute, l'avait ruiné chez l'Empereur ? Philippe, son troisième frère, souverain de la
Batanée, s'armait clandestinement. Les Juifs ne voulaient plus de ses mœurs idolâtres, tous les autres de
sa domination ; si bien qu'il hésitait entre deux projets : adoucir les Arabes ou conclure une alliance
avec les Parthes ; et, sous le prétexte de fêter son
anniversaire, il avait convié, pour ce jour même, à
un grand festin, les chefs de ses troupes, les régis-
seurs de ses campagnes et les principaux de la Galilée.

Il fouilla d'un regard aigu toutes les routes. Elles
étaient vides. Des aigles volaient au-dessus de sa

tête ; les soldats, le long du rempart, dormaient contre les murs ; rien ne bougeait dans le château.

Tout à coup, une voix lointaine, comme échappée des profondeurs de la terre, fit pâlir le Tétrarque. Il se pencha pour écouter ; elle avait disparu. Elle reprit ; et en claquant dans ses mains, il cria : — « Mannaeï Mannaeï ! »

Un homme se présenta, nu jusqu'à la ceinture, comme les masseurs des bains. Il était très grand, vieux, décharné, et portait sur la cuisse un coutelas dans une gaine de bronze. Sa chevelure, relevée par un peigne, exagérait la longueur de son front. Une somnolence déclorait ses yeux, mais ses dents brillaient, et ses orteils posaient légèrement sur les dalles, tout son corps ayant la souplesse d'un singe, et sa figure l'impassibilité d'une momie.

— « Où est-il ? » demanda le Tétrarque.

Mannaeï répondit, en indiquant avec son pouce un objet derrière eux :

— « Là ! toujours ! »

— « J'avais cru l'entendre ! »

Et Antipas, quand il eut respiré largement, s'informa de Iaokanann, le même que les Latins appellent saint Jean-Baptiste. Avait-on revu ces deux hommes, admis par indulgence, l'autre mois, dans son cachot, et savait-on, depuis lors, ce qu'ils étaient venus faire ?

Mannaeï répliqua :

— « Ils ont échangé avec lui des paroles mystérieuses, comme les voleurs, le soir, aux carrefours des routes. Ensuite ils sont partis vers la Haute-Galilée, en annonçant qu'ils apporteraient une grande nouvelle. »

Antipas baissa la tête, puis d'un air d'épouvante :

— « Garde-le ! garde-le ! Et ne laisse entrer personne ! Ferme bien la porte ! Couvre la fosse ! On ne doit pas même soupçonner qu'il vit ! »

Sans avoir reçu ces ordres, Mannaeï les accomplissait ; car Iaokanann était Juif, et il exécrait les Juifs comme tous les Samaritains.

Leur temple de Garizim, désigné par Moïse pour être le centre d'Israël, n'existait plus depuis le roi Hyrcan ; et celui de Jérusalem les mettait dans la fureur d'un outrage, et d'une injustice permanente. Mannaeï s'y était introduit, afin d'en souiller l'autel avec des os de morts. Ses compagnons, moins rapides, avaient été décapités.

Il l'aperçut dans l'écartement de deux collines. Le soleil faisait resplendir ses murailles de marbre blanc et les lames d'or de sa toiture. C'était comme une montagne lumineuse, quelque chose de surhumain, écrasant tout de son opulence et de son orgueil.

Alors il étendit les bras du côté de Sion ; et, la taille droite, le visage en arrière, les poings fermés, lui jeta un anathème, croyant que les mots avaient un pouvoir effectif.

Antipas écoutait, sans paraître scandalisé.

Le Samaritain dit encore :

— « Par moments il s'agite, il voudrait fuir, il espère une délivrance. D'autres fois, il a l'air tranquille d'une bête malade ; ou bien je le vois qui marche dans les ténèbres, en répétant : « Qu'importe ? Pour qu'il grandisse, il faut que je diminue ! »

Antipas et Mannaeï se regardèrent. Mais le Tétrarque était las de réfléchir.

Tous ces monts autour de lui, comme des étages de grands flots pétrifiés, les gouffres noirs sur le flanc des falaises, l'immensité du ciel bleu, l'éclat violent du jour, la profondeur des abîmes le troublaient ; et une désolation l'envahissait au spectacle du désert, qui figure, dans le bouleversement de ses terrains, des amphithéâtres et des palais abattus. Le vent chaud apportait, avec l'odeur du soufre, comme l'exhalaison des villes maudites, ensevelies plus bas que le rivage sous les eaux pesantes. Ces marques d'une colère immortelle effrayaient sa pensée ; et il restait les deux coudes sur la balustrade, les yeux fixes et les tempes dans les mains. Quelqu'un l'avait touché. Il se retourna. Hérodias était devant lui.

Une simarre de pourpre légère l'enveloppait jusqu'aux sandales. Sortie précipitamment de sa chambre, elle n'avait ni colliers ni pendants d'oreilles ; une tresse de ses cheveux noirs lui tombait sur un bras, et s'enfonçait, par le bout, dans l'intervalle de ses deux seins. Ses narines, trop remontées, palpitaient ; la joie d'un triomphe éclairait sa figure ; et, d'une voix forte, secouant le Tétrarque :

— « César nous aime ! Agrippa est en prison ! »

— « Qui te l'a dit ? »

— « Je le sais ! »

Elle ajouta :

— « C'est pour avoir souhaité l'empire à Caïus ! »

Tout en vivant de leurs aumônes, il avait brigué le titre de roi, qu'ils ambitionnaient comme lui. Mais dans l'avenir plus de craintes ! — « Les cachots de Tibère s'ouvrent difficilement, et quelquefois l'existence n'y est pas sûre ! »

Antipas la comprit ; et, bien qu'elle fût la sœur d'Agrippa, son intention atroce lui semble justifiée. Ces meurtres étaient une conséquence des choses, une fatalité des maisons royales. Dans celle d'Hérode, on ne les comptait plus.

Puis elle étala son entreprise : les clients achetées, les lettres découvertes, des espions à toutes les portes, et comment elle était parvenue à séduire Eutychès le dénonciateur. — « Rien ne me coûtait ! Pour toi, n'ai-je pas fait plus ?... J'ai abandonné ma fille ! »

Après son divorce, elle avait laissé dans Rome cette enfant, espérant bien en avoir d'autres du Tétrarque. Jamais elle n'en parlait. Il se demanda pourquoi son accès de tendresse.

On avait déplié le vélarium et apporté vivement de larges coussins auprès d'eux. Hérodias s'y affaissa, et pleurait, en tournant le dos. Puis elle se passa la

main sur les paupières, dit qu'elle n'y voulait plus
songer, qu'elle se trouvait heureuse ; et elle lui rappela leurs causeries là-bas, dans l'atrium, les rencontres aux étuves, leurs promenades le long de la
voie Sacrée, et les soirs, dans les grandes villas, au
murmure des jets d'eau, sous des arcs de fleurs,
devant la campagne romaine. Elle le regardait
comme autrefois, en se frôlant contre sa poitrine,
avec des gestes câlins. — Il la repoussa. L'amour
qu'elle tâchait de ranimer était si loin, maintenant !
Et tous ses malheurs en découlaient ; car, depuis
douze ans bientôt, la guerre continuait. Elle avait
vieilli le Tétrarque. Ses épaules se voûtaient dans
une toge sombre, à bordure violette ; ses cheveux
blancs se mêlaient à sa barbe, et le soleil, qui traver-
sait le voile, baignait de lumière son front chagrin.
Celui d'Hérodias également avait des plis ; et, l'un en
face de l'autre, ils se considéraient d'une manière
farouche.

Les chemins dans la montagne commencèrent à
se peupler. Des pasteurs piquaient des bœufs, des
enfants tiraient des ânes, des palefreniers condui-
saient des chevaux. Ceux qui descendaient les hauteurs au-delà de Machaerous disparaissaient derrière le château ; d'autres montaient le ravin en face,
et, parvenus à la ville, déchargeaient leurs bagages
dans les cours. C'étaient les pourvoyeurs du
Tétrarque, et des valets, précédant ses convives.

Mais au fond de la terrasse, à gauche, un Essénien
parut, en robe blanche, nu-pieds, l'air stoïque. Mannaeï, du côté droit, se précipitait en levant son coutelas.

Hérodias lui cria : — « Tue-le ! »

— « Arrête ! » dit le Tétrarque.

Il devint immobile ; l'autre aussi.

Puis ils se retirèrent, chacun par un escalier dif-
férent, à reculons, sans se perdre des yeux.

— « Je le connais ! » dit Hérodias, « il se nomme
Phanuel, et cherche à voir Iaokanann, puisque tu as
l'aveuglement de le conserver ! »

Antipas objecta qu'il pouvait un jour servir. Ses attaques contre Jérusalem gagnaient à eux le reste des Juifs.

— « Non ! » reprit-elle, « ils acceptent tous les maîtres, et ne sont pas capables de faire une patrie ! » Quant à celui qui remuait le peuple avec des espérances conservées depuis Néhémias, la meilleure politique était de le supprimer.

Rien ne pressait, selon le Tétrarque. Iaokanann dangereux ! Allons donc ! Il affectait d'en rire.

— « Tais-toi ! » Et elle redit son humiliation, un jour qu'elle allait vers Galaad, pour la récolte du baume. « — Des gens, au bord du fleuve, remettaient leurs habits sur un monticule, à côté, un homme parlait. Il avait une peau de chameau autour des reins, et sa tête ressemblait à celle d'un lion. Dès qu'il m'aperçut, il cracha sur moi toutes les malédictions des prophètes. Ses prunelles flamboyaient ; sa voix rugissait ; il levait les bras, comme pour arracher le tonnerre. Impossible de fuir ! les roues de mon char avaient du sable jusqu'aux essieux ; et je m'éloignais lentement, m'abritant sous mon manteau, glacée par ces injures qui tombaient comme une pluie d'orage. »

Iaokanann l'empêchait de vivre. Quand on l'avait pris et lié avec des cordes, les soldats devaient le poignarder s'il résistait ; il s'était montré doux. On avait mis des serpents dans sa prison ; ils étaient morts.

L'inanité de ces embûches exaspérait Hérodias. D'ailleurs, pourquoi sa guerre contre elle ? Quel intérêt le poussait ? Ses discours, criés à des foules, s'étaient répandus, circulaient ; elle les entendait partout, ils emplissaient l'air. Contre des légions elle aurait eu de la bravoure. Mais cette force plus pernicieuse que les glaives, et qu'on ne pouvait saisir, était stupéfiante ; et elle parcourait la terrasse, blêmie par sa colère, manquant de mots pour exprimer ce qui l'étouffait.

Elle songeait aussi que le Tétrarque, cédant à l'opinion, s'aviserait peut-être de la répudier. Alors tout serait perdu ! Depuis son enfance, elle nourrissait le rêve d'un grand empire. C'était pour y atteindre que, délaissant son premier époux, elle s'était jointe à celui-là, qui l'avait dupée, pensait-elle.

— « J'ai pris un bon soutien, en entrant dans ta famille ! »

— « Elle vaut la tienne ! » dit simplement le Tétrarque.

Hérodias sentit bouillonner dans ses veines le sang des prêtres et des rois ses aïeux.

— « Mais ton grand-père balayait le temple d'Ascalon ! Les autres étaient bergers, bandits, conducteurs de caravanes, une horde, tributaire de Juda depuis le roi David ! Tous mes ancêtres ont battu les tiens ! Le premier des Makkabi vous a chassés d'Hébron, Hyrcan forcés à vous circoncire ! » Et, exhalant le mépris de la patricienne pour le plébéien, la haine de Jacob contre Édom, elle lui reprocha son indifférence aux outrages, sa mollesse envers les Pharisiens qui le trahissaient, sa lâcheté pour le peuple qui la détestait. « Tu es comme lui, avoue-le ! et tu regrettes la fille arabe qui danse autour des pierres. Reprends-la ! Va-t'en vivre avec elle, dans sa maison de toile ! dévore son pain cuit sous la cendre ! avale le lait caillé de ses brebis ! baise ses joues bleues ! et oublie-moi ! »

Le Tétrarque n'écoutait plus. Il regardait la plate-forme d'une maison, où il y avait une jeune fille, et une vieille femme tenant un parasol à manche de roseau, long comme la ligne d'un pêcheur. Au milieu du tapis, un grand panier de voyage restait ouvert. Des ceintures, des voiles, des pendeloques d'orfèvrerie en débordaient confusément. La jeune fille, par intervalles, se penchait vers ces choses, et les secouait à l'air. Elle était vêtue comme les Romaines, d'une tunique calamistrée avec un péplum à glands d'émeraude ; et des lanières bleues enfermaient sa chevelure, trop lourde, sans doute, car, de temps à autre, elle y portait la main. L'ombre du parasol se promenait au-dessus d'elle, en la cachant à demi. Antipas aperçut deux ou trois fois son col délicat, l'angle d'un œil, le coin d'une petite bouche. Mais il voyait, des hanches à la nuque, toute sa taille qui s'inclinait pour se redresser d'une manière élastique. Il épiait le retour de ce mouvement, et sa respiration devenait plus forte ; des flammes s'allumaient dans ses yeux. Hérodias l'observait.

Il demanda : — « Qui est-ce ? »

Elle répondit n'en rien savoir, et s'en alla soudainement apaisée.

Le Tétrarque était attendu sous les portiques par des Galiléens, le maître des écritures, le chef des pâturages, l'administrateur des salines et un Juif de Babylone, commandant ses cavaliers. Tous le saluèrent d'une acclamation. Puis, il disparut vers les chambres intérieures.

Phanuel surgit à l'angle d'un couloir.

— « Ah ! encore ? Tu viens pour Iaokanann, sans doute ? »

— « Et pour toi ! j'ai à t'apprendre une chose considérable. »

Et, sans quitter Antipas, il pénétra, derrière lui, dans un appartement obscur.

Le jour tombait par un grillage, se développant tout du long sous la corniche. Les murailles étaient peintes d'une couleur grenat, presque noir. Dans le fond s'étalait un lit d'ébène, avec des sangles en peau de bœuf. Un bouclier d'or, au-dessus, luisait comme un soleil.

Antipas traversa toute la salle, se coucha sur le lit.

Phanuel était debout. Il leva son bras, et dans une attitude inspirée :

— « Le Très-Haut envoie par moments un de ses fils. Iaokanann en est un. Si tu l'opprimes, tu seras châtié. »

— « C'est lui qui me persécute ! » s'écria Antipas.
« Il a voulu de moi une action impossible. Depuis ce
temps-là il me déchire. Et je n'étais pas dur, au
commencement ! Il a même dépêché de Machaerous
des hommes qui bouleversent mes provinces. Malheur à sa vie ! Puisqu'il m'attaque, je me défends ! »

— « Ses colères ont trop de violence », répliqua
Phanuel. « N'importe ! Il faut le délivrer. »

— « On ne relâche pas les bêtes furieuses ! » dit le
Tétrarque.

L'Essénien répondit :

— « Ne t'inquiète plus ! Il ira chez les Arabes, les
Gaulois, les Scythes. Son œuvre doit s'étendre
jusqu'au bout de la terre ! »

Antipas semblait perdu dans une vision.

— « Sa puissance est forte !... Malgré moi, je
l'aime ! »

— « Alors, qu'il soit libre ? »

Le Tétrarque hocha la tête. Il craignait Hérodias,
Mannaeï et l'inconnu.

Phanuel tâcha de le persuader, en alléguant, pour
garantie de ses projets, la soumission des Esséniens
aux rois. On respectait ces hommes pauvres,
indomptables par les supplices, vêtus de lin, et qui
lisaient l'avenir dans les étoiles.

Antipas se rappela un mot de lui, tout à l'heure.

— « Quelle est cette chose, que tu m'annonçais
comme importante ? »

Un nègre survint. Son corps était blanc de poussière. Il râlait et ne put que dire :

— « Vitellius ! »

— « Comment ? Il arrive ? »

— « Je l'ai vu. Avant trois heures, il est ici ! »

Les portières des corridors furent agitées comme
par le vent. Une rumeur emplit le château, un
vacarme de gens qui couraient, de meubles qu'on
traînait, d'argenteries s'écroulant ; et, du haut des
tours, des buccins sonnaient, pour avertir les
esclaves dispersés.

II

Les remparts étaient couverts de monde quand Vitellius entra dans la cour. Il s'appuyait sur le bras de son interprète, suivi d'une grande litière rouge ornée de panaches et de miroirs, ayant la toge, le laticlave, les brodequins d'un consul et des licteurs autour de sa personne.

Ils plantèrent contre la porte leurs douze faisceaux, des baguettes reliées par une courroie avec une hache dans le milieu. Alors, tous frémirent devant la majesté du peuple romain.

La litière, que huit hommes manœuvraient, s'arrêta. Il en sortit un adolescent, le ventre gros, la face bourgeonnée, des perles le long des doigts. On lui offrit une coupe pleine de vin et d'aromates. Il la but, et en réclama une seconde.

Le Tétrarque était tombé aux genoux du Proconsul, chagrin, disait-il, de n'avoir pas connu plus tôt la faveur de sa présence. Autrement, il eût ordonné sur les routes tout ce qu'il fallait pour les Vitellius. Ils descendaient de la déesse Vitellia. Une voie, menant du Janicule à la mer, portait encore leur nom. Les questures, les consulats étaient innombrables dans la famille ; et quant à Lucius, maintenant son hôte, on devait le remercier comme vainqueur des Clites et père de ce jeune Aulus, qui semblait revenir dans son domaine, puisque l'Orient était la patrie des dieux. Ces hyperboles furent exprimées en latin. Vitellius les accepta impassiblement.

Il répondit que le grand Hérode suffisait à la
gloire d'une nation. Les Athéniens lui avaient donné
la surintendance des jeux Olympiques. Il avait bâti
des temples en l'honneur d'Auguste, été patient,
ingénieux, terrible, et fidèle toujours aux Césars.

Entre les colonnes à chapiteaux d'airain, on aperçut Hérodias qui s'avançait d'un air d'impératrice,
au milieu de femmes et d'eunuques tenant sur des
plateaux de vermeil des parfums allumés.

Le Proconsul fit trois pas à sa rencontre ; et,
l'ayant saluée d'une inclinaison de tête :

— « Quel bonheur ! » s'écria-t-elle, « que désormais Agrippa, l'ennemi de Tibère, fût dans l'impossibilité de nuire ! »

Il ignorait l'événement, elle lui parut dangereuse ;
et comme Antipas jurait qu'il ferait tout pour
l'Empereur, Vitellius ajouta : « Même au détriment
des autres ? »

Il avait tiré des otages du roi des Parthes, et
l'Empereur n'y songeait plus ; car Antipas, présent à
la conférence, pour se faire valoir, en avait tout de
suite expédié la nouvelle. De là, une haine profonde,
et les retards à fournir des secours.

Le Tétrarque balbutia. Mais Aulus dit en riant :

— « Calme-toi, je te protège ! »

Le Proconsul feignit de n'avoir pas entendu. La
fortune du père dépendait de la souillure du fils ; et
cette fleur des fanges de Caprée lui procurait des
bénéfices tellement considérables, qu'il l'entourait
d'égards, tout en se méfiant, parce qu'elle était véné-
neuse.

Un tumulte s'éleva sous la porte. On introduisait
une file de mules blanches, montées par des personnages en costume de prêtres. C'étaient des Sadducéens et des Pharisiens, que la même ambition
poussait à Machaerous, les premiers voulant obtenir
la sacrificature, et les autres la conserver. Leurs
visages étaient sombres, ceux des Pharisiens surtout, ennemis de Rome et du Tétrarque. Les pans de

leur tunique les embarrassaient dans la cohue ; et leur tiare chancelait à leur front par-dessus des bandelettes de parchemin, où des écritures étaient tracées.

Presque en même temps, arrivèrent des soldats de l'avant-garde. Ils avaient mis leurs boucliers dans des sacs, par précaution contre la poussière ; et derrière eux était Marcellus, lieutenant du Proconsul, avec des publicains, serrant sous leurs aisselles des tablettes de bois.

Antipas nomma les principaux de son entourage : Tolmaï, Kanthera, Séhon, Ammonius d'Alexandrie, qui lui achetait de l'asphalte, Naâmann, capitaine de ses vélites, Iaçim le Babylonien.

Vitellius avait remarqué Mannaeï.

— « Celui-là, qu'est-ce donc ? »

Le Tétrarque fit comprendre, d'un geste, que c'était le bourreau.

Puis, il présenta les Sadducéens.

Jonathas, un petit homme libre d'allures et parlant grec, supplia le maître de les honorer d'une visite à Jérusalem. Il s'y rendrait probablement.

Éléazar, le nez crochu et la barbe longue, réclama pour les Pharisiens le manteau du grand prêtre détenu dans la tour Antonia par l'autorité civile.

Ensuite, les Galiléens dénoncèrent Ponce Pilate. A l'occasion d'un fou qui cherchait les vases d'or de David dans une caverne, près de Samarie, il avait tué des habitants ; et tous parlaient à la fois, Mannaeï plus violemment que les autres. Vitellius affirma que les criminels seraient punis.

Des vociférations éclatèrent en face d'un portique, où les soldats avaient suspendu leurs boucliers. Les housses étant défaites, on voyait sur les *umbo* la figure de César. C'était pour les Juifs une idolâtrie. Antipas les harangua, pendant que Vitellius, dans la colonnade, sur un siège élevé, s'étonnait de leur fureur. Tibère avait eu raison d'en exiler quatre cents en Sardaigne. Mais chez eux ils étaient forts ; et il commanda de retirer les boucliers.

Alors, ils entourèrent le Proconsul, en implorant des réparations d'injustice, des privilèges, des aumônes. Les vêtements étaient déchirés, on s'écrasait ; et, pour faire de la place, des esclaves avec des bâtons frappaient de droite et de gauche. Les plus voisins de la porte descendirent sur le sentier, d'autres le montaient ; ils refluèrent ; deux courants se croisaient dans cette masse d'hommes qui oscillait, comprimée par l'enceinte des murs.

Vitellius demanda pourquoi tant de monde. Antipas en dit la cause : le festin de son anniversaire ; et il montra plusieurs de ses gens, qui, penchés sur les créneaux, halaient d'immenses corbeilles de viandes, de fruits, de légumes, des antilopes et des cigognes, de larges poissons couleur d'azur, des raisins, des pastèques, des grenades élevées en pyramides. Aulus n'y tint pas. Il se précipita vers les cuisines, emporté par cette goinfrerie qui devait surprendre l'univers.

En passant près d'un caveau, il aperçut des marmites pareilles à des cuirasses. Vitellius vint les regarder ; et exigea qu'on lui ouvrît les chambres souterraines de la forteresse.

Elles étaient taillées dans le roc en hautes voûtes, avec des piliers de distance en distance. La première contenait de vieilles armures ; mais la seconde regorgeait de piques, et qui allongeaient toutes leurs pointes, émergeant d'un bouquet de plumes. La troisième semblait tapissée en nattes de roseaux, tant les flèches minces étaient perpendiculairement les unes à côté des autres. Des lames de cimeterres couvraient les parois de la quatrième. Au milieu de la cinquième, des rangs de casques faisaient, avec leurs crêtes, comme un bataillon de serpents rouges. On ne voyait dans la sixième que des carquois ; dans la septième, que des cnémides ; dans la huitième, que des brassards ; dans les suivantes, des fourches, des grappins, des échelles, des cordages, jusqu'à des mâts pour les catapultes, jusqu'à des grelots pour le poitrail des dromadaires ! et comme la montagne allait en s'élargissant vers sa base, évidée à l'intérieur telle qu'une ruche d'abeilles, au-dessous de ces chambres il y en avait de plus nombreuses, et d'encore plus profondes.

Vitellius, Phinées son interprète, et Sisenna le chef des publicains, les parcouraient à la lumière des flambeaux, que portaient trois eunuques.

On distinguait dans l'ombre des choses hideuses inventées par les barbares : casse-tête garnis de clous, javelots empoisonnant les blessures, tenailles qui ressemblaient à des mâchoires de crocodile ; enfin le Tétrarque possédait dans Machaerous des munitions de guerre pour quarante mille hommes.

Il les avait rassemblées en prévision d'une alliance de ses ennemis. Mais le Proconsul pouvait croire, ou dire, que c'était pour combattre les Romains, et il cherchait des explications.

Elles n'étaient pas à lui ; beaucoup servaient à se défendre des brigands ; d'ailleurs il en fallait contre les Arabes ; ou bien, tout cela avait appartenu à son père. Et, au lieu de marcher derrière le Proconsul, il allait devant, à pas rapides. Puis il se rangea le long du mur, qu'il masquait de sa toge, avec ses deux coudes écartés ; mais le haut d'une porte dépassait sa tête. Vitellius la remarqua, et voulut savoir ce qu'elle enfermait.

Le Babylonien pouvait seul l'ouvrir.

— « Appelle le Babylonien ! »

On l'attendit.

Son père était venu des bords de l'Euphrate s'offrir au grand Hérode, avec cinq cents cavaliers, pour défendre les frontières orientales. Après le partage du royaume, Iaçim était demeuré chez Philippe, et maintenant servait Antipas.

Il se présenta, un arc sur l'épaule, un fouet à la main. Des cordons multicolores serraient étroitement ses jambes torses. Ses gros bras sortaient d'une tunique sans manches, et un bonnet de four-

rure ombrageait sa mine, dont la barbe était frisée
en anneaux.

D'abord, il eut l'air de ne pas comprendre l'interprète. Mais Vitellius lança un coup d'œil à Antipas,
qui répéta tout de suite son commandement. Alors
Iaçim appliqua ses deux mains contre la porte. Elle
glissa dans le mur.

Un souffle d'air chaud s'exhala des ténèbres. Une
allée descendait en tournant ; ils la prirent et arrivèrent au seuil d'une grotte, plus étendue que les
autres souterrains.

Une arcade s'ouvrait au fond sur le précipice, qui
de ce côté-là défendait la citadelle. Un chèvrefeuille,
se cramponnant à la voûte, laissait retomber ses
fleurs en pleine lumière. A ras du sol, un filet d'eau
murmurait.

Des chevaux blancs étaient là, une centaine peut-
être, et qui mangeaient de l'orge sur une planche au
niveau de leur bouche. Ils avaient tous la crinière
peinte en bleu, les sabots dans des mitaines de sparterie, et les poils d'entre les oreilles bouffant sur le
frontal, comme une perruque. Avec leur queue très
longue, ils se battaient mollement les jarrets. Le
Proconsul en resta muet d'admiration.

C'étaient de merveilleuses bêtes, souples comme
des serpents, légères comme des oiseaux. Elles partaient avec la flèche du cavalier, renversaient les
hommes en les mordant au ventre, se tiraient de
l'embarras des rochers, sautaient par-dessus des
abîmes, et pendant tout un jour continuaient dans
les plaines leur galop frénétique ; un mot les arrêtait. Dès que Iaçim entra, elles vinrent à lui, comme
des moutons quand paraît le berger ; et, avançant
leur encolure, elles le regardaient inquiètes avec
leurs yeux d'enfant. Par habitude, il lança du fond
de sa gorge un cri rauque qui les mit en gaieté ; et
elles se cabraient, affamées d'espace, demandant à
courir.

Antipas, de peur que Vitellius ne les enlevât, les

avait emprisonnées dans cet endroit, spécial pour les animaux, en cas de siège.

— « L'écurie est mauvaise », dit le Proconsul, « et tu risques de les perdre ! Fais l'inventaire, Sisenna ! »

Le publicain retira une tablette de sa ceinture, compta les chevaux et les inscrivit.

Les agents des compagnies fiscales corrompaient les gouverneurs, pour piller les provinces. Celui-là flairait partout, avec sa mâchoire de fouine et ses paupières clignotantes.

Enfin, on remonta dans la cour.

Des rondelles de bronze au milieu des pavés, çà et là, couvraient les citernes. Il en observa une, plus grande que les autres, et qui n'avait pas sous les talons leur sonorité. Il les frappa toutes alternativement, puis hurla, en piétinant :

— « Je l'ai ! je l'ai ! C'est ici le trésor d'Hérode ! »

La recherche de ses trésors était une folie des Romains.

Ils n'existaient pas, jura le Tétrarque.

Cependant, qu'y avait-il là-dessous ?

— « Rien ! un homme, un prisonnier. »

— « Montre-le ! » dit Vitellius.

Le Tétrarque n'obéit pas ; les Juifs auraient connu son secret. Sa répugnance à ouvrir la rondelle impatientait Vitellius.

— « Enfoncez-la ! » cria-t-il aux licteurs.

Mannaeï avait deviné ce qui les occupait. Il crut, en voyant une hache, qu'on allait décapiter Iaokanann ; et il arrêta le licteur au premier coup sur la plaque, insinua entre elle et les pavés une manière de crochet, puis, roidissant ses longs bras maigres, la souleva doucement, elle s'abattit ; tous admirèrent la force de ce vieillard. Sous le couvercle doublé de bois, s'étendait une trappe de même dimenion. D'un coup de poing, elle se replia en deux panneaux ; on vit alors un trou, une fosse énorme que contournait un escalier sans rampe ; et ceux qui se penchèrent sur le bord aperçurent au fond quelque chose de vague et d'effrayant.

Un être humain était couché par terre sous de longs cheveux se confondant avec les poils de bête qui garnissaient son dos. Il se leva. Son front touchait à une grille horizontalement scellée ; et, de temps à autre, il disparaissait dans les profondeurs de son antre.

Le soleil faisait briller la pointe des tiares, le pommeau des glaives, chauffait à outrance les dalles ; et des colombes, s'envolant des frises, tournoyaient au-dessus de la cour. C'était l'heure où Mannaeï, ordinairement, leur jetait du grain. Il se tenait accroupi devant le Tétrarque, qui était debout près de Vitellius. Les Galiléens, les prêtres, les soldats, formaient un cercle par-derrière ; tous se taisaient, dans l'angoisse de ce qui allait arriver.

Ce fut d'abord un grand soupir, poussé d'une voix caverneuse.

Hérodias l'entendit à l'autre bout du palais. Vaincue par une fascination, elle traversa la foule ; et elle écoutait, une main sur l'épaule de Mannaeï, le corps incliné.

La voix s'éleva :

« Malheur à vous, Pharisiens et Sadducéens race de vipères, outres gonflées, cymbales retentissantes ! »

On avait reconnu Iaokanann. Son nom circulait. D'autres accoururent.

— « Malheur à toi, ô peuple ! et aux traîtres de Juda, aux ivrognes d'Ephraïm, à ceux qui habitent la vallée grasse, et que les vapeurs du vin font chanceler !

« Qu'ils se dissipent comme l'eau qui s'écoule, comme la limace qui se fond en marchant, comme l'avorton d'une femme qui ne voit pas le soleil.

« Il faudra, Moab, te réfugier dans les cyprès comme les passereaux, dans les cavernes comme les gerboises. Les portes des forteresses seront plus vite brisées que des écailles de noix, les murs crouleront, les villes brûleront ; et le fléau de l'Éternel ne s'arrêtera pas. Il retournera vos membres dans votre sang, comme de la laine dans la cuve d'un teinturier. Il vous déchirera comme une herse neuve ; il répandra sur les montagnes tous les morceaux de votre chair ! »

De quel conquérant parlait-il ? Était-ce de Vitellius ? Les Romains seuls pouvaient produire cette extermination. Des plaintes s'échappaient : — « Assez ! assez ! qu'il finisse ! »

Il continua, plus haut :

— « Auprès du cadavre de leurs mères, les petits enfants se traîneront sur les cendres. On ira, la nuit, chercher son pain à travers les décombres, au hasard des épées. Les chacals s'arracheront des ossements sur les places publiques, où le soir les vieillards causaient. Tes vierges, en avalant leurs pleurs, joueront de la cithare dans les festins de l'étranger, et tes fils les plus braves baisseront leur échine, écorchée par des fardeaux trop lourds ! »

Le peuple revoyait les jours de son exil, toutes les catastrophes de son histoire. C'étaient les paroles des anciens prophètes. Iaokanann les envoyait, comme de grands coups, l'une après l'autre.

Mais la voix se fit douce, harmonieuse, chantante. Il annonçait un affranchissement, des splendeurs au ciel, le nouveau-né un bras dans la caverne du dragon, l'or à la place de l'argile, le désert s'épanouissant comme une rose : — « Ce qui maintenant vaut soixante kiccars ne coûtera pas une obole. Des fontaines de lait jailliront des rochers ; on s'endormira dans les pressoirs le ventre plein ! Quand viendras-tu, toi que j'espère ? D'avance, tous les peuples s'agenouillent, et ta domination sera éternelle, Fils de David ! »

Le Tétrarque se rejeta en arrière, l'existence d'un Fils de David l'outrageant comme une menace.

Iaokanann l'invectiva pour sa royauté. — « Il n'y a

pas d'autre roi que l'Éternel ! et pour ses jardins, pour ses statues, pour ses meubles d'ivoire, comme l'impie Achab ! »

Antipas brisa la cordelette du cachet suspendu à sa poitrine, et le lança dans la fosse, en lui commandant de se taire.

La voix répondit :

— « Je crierai comme un ours, comme un âne sauvage, comme une femme qui enfante !

« Le châtiment est déjà dans ton inceste. Dieu t'afflige de la stérilité du mulet ! »

Et des rires s'élevèrent, pareils au clapotement des flots.

Vitellius s'obstinait à rester. L'interprète, d'un ton impassible, redisait, dans la langue des Romains, toutes les injures que Iaokanann rugissait dans la sienne. Le Tétrarque et Hérodias étaient forcés de les subir deux fois. Il haletait, pendant qu'elle observait béante le fond du puits.

L'homme effroyable se renversa la tête ; et, empoignant les barreaux, y colla son visage, qui avait l'air d'une broussaille, où étincelaient deux charbons :

— « Ah ! c'est toi, Iézabel !

« Tu as pris son cœur avec le craquement de ta chaussure. Tu hennissais comme une cavale. Tu as dressé ta couche sur les monts, pour accomplir tes sacrifices !

« Le seigneur arrachera tes pendants d'oreilles, tes robes de pourpre, tes voiles de lin, les anneaux de tes bras, les bagues de tes pieds, et les petits croissants d'or qui tremblent sur ton front, tes miroirs d'argent, tes éventails en plumes d'autruche, les patins de nacre qui haussent ta taille, l'orgueil de tes diamants, les senteurs de tes cheveux, la peinture de tes ongles, tous les artifices de ta mollesse ; et les cailloux manqueront pour lapider l'adultère ! »

Elle chercha du regard une défense autour d'elle. Les Pharisiens baissaient hypocritement leurs yeux. Les Sadducéens tournaient la tête, craignant d'offenser le Proconsul. Antipas paraissait mourir.

La voix grossissait, se développait, roulait avec des déchirements de tonnerre, et, l'écho dans la montagne la répétant, elle foudroyait Machaerous d'éclats multipliés.

— « Étale-toi dans la poussière, fille de Babylone ! Fais moudre de la farine ! Ote ta ceinture, détache ton soulier, trousse-toi, passe les fleuves ! ta honte sera découverte, ton opprobre sera vu ! tes sanglots te briseront les dents ! L'Éternel exècre la puanteur de tes crimes ! Maudite ! maudite ! Crève comme une chienne ! »

La trappe se ferma, le couvercle se rabattit. Mannaeï voulait étrangler Iaokanann.

Hérodias disparut. Les Pharisiens étaient scandalisés. Antipas, au milieu d'eux, se justifiait.

— « Sans doute », reprit Éléazar, « il faut épouser la femme de son frère, mais Hérodias n'était pas veuve, et de plus elle avait un enfant, ce qui constituait l'abomination. »

— « Erreur ! erreur ! » objecta le Sadducéen Jonathas. « La Loi condamne ces mariages, sans les proscrire absolument. »

— « N'importe ! On est pour moi bien injuste ! » disait Antipas, « car, enfin, Absalon a couché avec les femmes de son père, Juda avec sa bru, Amnon avec sa sœur, Loth avec ses filles. »

Aulus, qui venait de dormir, reparut à ce moment-là. Quand il fut instruit de l'affaire, il approuva le Tétrarque. On ne devait point se gêner pour de pareilles sottises ; et il riait beaucoup du blâme des prêtres, et de la fureur de Iaokanann.

Hérodias, au milieu du perron, se retourna vers lui.

— « Tu as tort, mon maître ! Il ordonne au peuple de refuser l'impôt. »

— « Est-ce vrai ? » demanda tout de suite le Publicain.

Les réponses furent généralement affirmatives. Le Tétrarque les renforçait.

Vitellius songea que le prisonnier pouvait s'enfuir ; et comme la conduite d'Antipas lui semblait douteuse, il établit des sentinelles aux portes, le long des murs et dans la cour.

Ensuite, il alla vers son appartement. Les députations des prêtres l'accompagnèrent.

Sans aborder la question de la sacrificature, chacune émettait ses griefs.

Tous l'obsédaient. Il les congédia.

Jonathas le quittait, quand il aperçut, dans un créneau, Antipas causant avec un homme à longs cheveux et en robe blanche, un Essénien ; et il regretta de l'avoir soutenu.

Une réflexion avait consolé le Tétrarque. Iaokanann ne dépendait plus de lui ; les Romains s'en chargeaient. Quel soulagement ! Phanuel se promenait alors sur le chemin de ronde.

Il l'appela et, désignant les soldats :

— « Ils sont les plus forts ! je ne peux le délivrer ! ce n'est pas ma faute ! »

La cour était vide. Les esclaves se reposaient. Sur la rougeur du ciel, qui enflammait l'horizon, les moindres objets perpendiculaires se détachaient en noir. Antipas distingua les salines à l'autre bout de la mer Morte, et ne voyait plus les tentes des Arabes. Sans doute ils étaient partis ? La lune se levait ; un apaisement descendait dans son cœur.

Phanuel, accablé, restait le menton sur la poitrine. Enfin, il révéla ce qu'il avait à dire.

Depuis le commencement du mois, il étudiait le ciel avant l'aube, la constellation de Persée se trouvant au zénith. Agalah se montrait à peine, Algol brillait moins, Mira-Cœti avait disparu ; d'où il augurait la mort d'un homme considérable, cette nuit même, dans Machaerous.

Lequel ? Vitellius était trop bien entouré. On n'exécuterait pas Iaokanann. « C'est donc moi ! » pensa le Tétrarque.

Peut-être que les Arabes allaient revenir ? Le Pro-

consul découvrirait ses relations avec les Parthes !
Des sicaires de Jérusalem escortaient les prêtres ; ils
avaient sous leurs vêtements des poignards ; et le
Tétrarque ne doutait pas de la science de Phanuel.

Il eut l'idée de recourir à Hérodias. Il la haïssait
pourtant. Mais elle lui donnerait du courage ; et tous
les liens n'étaient pas rompus de l'ensorcellement
qu'il avait autrefois subi.

Quand il entra dans sa chambre, du cinnamome
fumait sur une vasque de porphyre ; et des poudres,
des onguents, des étoffes pareilles à des nuages, des
broderies plus légères que des plumes, étaient dispersés.

Il ne dit pas la prédiction de Phanuel, ni sa peur
des Juifs et des Arabes ; elle l'eût accusé d'être lâche.
Il parla seulement des Romains ; Vitellius ne lui
avait rien confié de ses projets militaires. Il le suppo-
sait ami de Caïus, que fréquentait Agrippa ; et il
serait envoyé en exil, ou peut-être on l'égorgerait.

Hérodias, avec une indulgence dédaigneuse, tâcha
de le rassurer. Enfin, elle tira d'un petit coffre une
médaille bizarre, ornée du profil de Tibère. Cela
suffisait à faire pâlir les lecteurs et fondre les
accusations.

Antipas, ému de reconnaissance, lui demanda
comment elle l'avait.

— « On me l'a donnée », reprit-elle.

Sous une portière en face, un bras nu s'avança, un
bras jeune, charmant et comme tourné dans l'ivoire
par Polyclète. D'une façon un peu gauche, et cependant gracieuse, il ramait dans l'air pour saisir une
tunique oubliée sur une escabelle près de la
muraille.

Une vieille femme la passa doucement, en écartant le rideau.

Le Tétrarque eut un souvenir, qu'il ne pouvait
préciser.

— « Cette esclave est-elle à toi ? »

— « Que t'importe ? » répondit Hérodias.

III

Les convives emplissaient la salle du festin.

Elle avait trois nefs, comme une basilique, et que séparaient des colonnes en bois d'algumim, avec des chapiteaux de bronze couverts de sculptures. Deux galeries à claire-voie s'appuyaient dessus ; et une troisième en filigrane d'or se bombait au fond, vis-à-vis d'un cintre énorme, qui s'ouvrait à l'autre bout.

Des candélabres, brûlant sur les tables alignées dans toute la longueur du vaisseau, faisaient des buissons de feux, entre les coupes de terre peinte et les plats de cuivre, les cubes de neige, les monceaux de raisin ; mais ces clartés rouges se perdaient progressivement, à cause de la hauteur du plafond, et des points lumineux brillaient, comme des étoiles, la nuit, à travers des branches. Par l'ouverture de la grande baie, on apercevait des flambeaux sur les terrasses des maisons ; car Antipas fêtait ses amis, son peuple, et tous ceux qui s'étaient présentés.

Des esclaves, alertes comme des chiens et les orteils dans des sandales de feutre, circulaient, en portant des plateaux.

La table proconsulaire occupait, sous la tribune dorée, une estrade en planches de sycomore. Des tapis de Babylone l'enfermaient dans une espèce de pavillon.

Trois lits d'ivoire, un en face et deux sur les flancs, contenaient Vitellius, son fils et Antipas ; le Pro-

consul étant près de la porte, à gauche, Aulus à
droite, le Tétrarque au milieu.

Il avait un lourd manteau noir, dont la trame
disparaissait sous des applications de couleur, du
fard aux pommettes, la barbe en éventail, et de la
poudre d'azur dans ses cheveux, serrés par un diadème de pierreries. Vitellius gardait son baudrier de
pourpre, qui descendait en diagonale sur une toge
de lin. Aulus s'était fait nouer dans le dos les
manches de sa robe en soie violette, lamée d'argent.
Les boudins de sa chevelure formaient des étages, et
un collier de saphirs étincelait à sa poitrine, grasse
et blanche comme celle d'une femme. Près de lui,
sur une natte et jambes croisées, se tenait un enfant
très beau, qui souriait toujours. Il l'avait vu dans les
cuisines, ne pouvait plus s'en passer, et, ayant peine
à retenir son nom chaldéen, l'appelait simplement :
« l'Asiatique ». De temps à autre, il s'étalait sur le
triclinium. Alors, ses pieds nus dominaient l'assemblée.

De ce côté-là, il y avait les prêtres et les officiers
d'Antipas, des habitants de Jérusalem, les principaux des villes grecques ; et, sous le Proconsul :
Marcellus avec les Publicains, des amis du
Tétrarque, les personnages de Kana, Ptolémaïde,
Jéricho ; puis, pêle-mêle, des montagnards du
Liban, et les vieux soldats d'Hérode : douze Thraces,
un Gaulois, deux Germains, des chasseurs de
gazelles, des pâtres de l'Idumée, le sultan de Palmyre, des marins d'Éziongaber. Chacun avait
devant soi une galette de pâte molle, pour s'essuyer
les doigts ; et les bras, s'allongeant comme des cous
de vautour, prenaient des olives, des pistaches, des
amandes. Toutes les figures étaient joyeuses, sous
des couronnes de fleurs.

Les Pharisiens les avaient repoussées comme
indécence romaine. Ils frissonnèrent quand on les
aspergea de galbanum et d'encens, composition
réservée aux usages du Temple.

Aulus en frotta son aisselle ; et Antipas lui en promit tout un chargement, avec trois couffes de ce véritable baume, qui avait fait convoiter la Palestine à Cléopâtre.

Un capitaine de sa garnison de Tibériade, survenu tout à l'heure, s'était placé derrière lui, pour l'entretenir d'événements extraordinaires. Mais son attention était partagée entre le Proconsul et ce qu'on disait aux tables voisines.

On y causait de Iaokanann et des gens de son espèce ; Simon de Gittoï lavait les péchés avec du feu. Un certain Jésus...

— « Le pire de tous », s'écria Éléazar. « Quel infâme bateleur ! »

Derrière le Tétrarque, un homme se leva, pâle comme la bordure de sa chlamyde. Il descendit l'estrade, et, interpellant les Pharisiens :

— « Mensonge ! Jésus fait des miracles ! »

Antipas désirait en voir.

— « Tu aurais dû l'amener ! Renseigne-nous ! »

Alors il conta que lui, Jacob, ayant une fille malade, s'était rendu à Capharnaüm, pour supplier le Maître de vouloir la guérir. Le Maître avait répondu : « Retourne chez toi, elle est guérie ! » Et il l'avait trouvée sur le seuil, étant sortie de sa couche quand le gnomon du palais marquait la troisième heure, l'instant même où il abordait Jésus.

Certainement, objectèrent les Pharisiens, il existait des pratiques, des herbes puissantes ! Ici même, à Machaerous, quelquefois on trouvait le baaras qui rend invulnérable ; mais guérir sans voir ni toucher était une chose impossible, à moins que Jésus n'employât les démons.

Et les amis d'Antipas, les principaux de la Galilée, reprirent, en hochant la tête :

— « Les démons, évidemment. »

Jacob, debout entre leur table et celle des prêtres, se taisait d'une manière hautaine et douce.

Ils le sommaient de parler : — « Justifie son pouvoir ! »

Il courba les épaules, et à voix basse, lentement, comme effrayé de lui-même :

— « Vous ne savez donc pas que c'est le Messie ? »

Tous les prêtres se regardèrent ; et Vitellius demanda l'explication du mot. Son interprète fut une minute avant de répondre.

Ils appelaient ainsi un libérateur qui leur apporterait la jouissance de tous les biens et la domination de tous les peuples. Quelques-uns même soutenaient qu'il fallait compter sur deux. Le premier serait vaincu par Gog et Magog, des démons du Nord ; mais l'autre exterminerait le Prince du Mal ; et, depuis des siècles, ils l'attendaient à chaque minute.

Les prêtres s'étant concertés, Éléazar prit la parole.

D'abord le Messie serait enfant de David, et non d'un charpentier ; il confirmerait la Loi. Ce Nazaréen l'attaquait ; et, argument plus fort, il devait être précédé par la venue d'Élie.

Jacob répliqua :

— « Mais il est venu, Élie ! »

— « Élie ! Élie ! » répéta la foule, jusqu'à l'autre bout de la salle.

Tous, par l'imagination, apercevaient un vieillard sous un vol de corbeaux, la foudre allumant un autel, des pontifes idolâtres jetés aux torrents ; et les femmes, dans les tribunes, songeaient à la veuve de Sarepta.

Jacob s'épuisait à redire qu'il le connaissait ! Il l'avait vu ! et le peuple aussi !

— « Son nom ? »

Alors, il cria de toutes ses forces :

— « Iaokanann ! »

Antipas se renversa comme frappé en pleine poitrine. Les Sadducéens avaient bondi sur Jacob. Éléazar pérorait, pour se faire écouter.

Quand le silence fut établi, il drapa son manteau, et comme un juge posa des questions.

— « Puisque le prophète est mort... »

Des murmures l'interrompirent. On croyait Élie
disparu seulement.

Il s'emporta contre la foule, et, continuant son
enquête :

— « Tu penses qu'il est ressuscité ? »

— « Pourquoi pas ? » dit Jacob.

Les Sadducéens haussèrent les épaules ; Jonathas,
écarquillant ses petits yeux, s'efforçait de rire
comme un bouffon. Rien de plus sot que la préten-
tion du corps à la vie éternelle ; et il déclama, pour le
Proconsul, ce vers d'un poète contemporain :

Nec crescit, nec post mortem durare videtur.

Mais Aulus était penché au bord du triclinium, le
front en sueur, le visage vert, les poings sur l'estomac.

Les Sadducéens feignirent un grand émoi ; — le
lendemain, la sacrificature leur fut rendue ; — Antipas étalait du désespoir ; Vitellius demeurait impassible. Ses angoisses étaient pourtant violentes ; avec
son fils il perdait sa fortune.

Aulus n'avait pas fini de se faire vomir, qu'il voulu
remanger.

— « Qu'on me donne de la râpure de marbre, du
schiste de Naxos, de l'eau de mer, n'importe quoi !
Si je prenais un bain ? »

Il croqua de la neige, puis, ayant balancé entre
une terrine de Commagène et des merles roses, se
décida pour des courges au miel. L'Asiatique le
contemplait, cette faculté d'engloutissement déno-
tant un être prodigieux et d'une race supérieure.

On servit des rognons de taureau, des loirs, des
rossignols, des hachis dans des feuilles de pampre ;
et les prêtres discutaient sur la résurrection. Ammonius, élève de Philon le Platonicien, les jugeait stupides, et le disait à des Grecs qui se moquaient des
oracles. Marcellus et Jacob s'étaient joints. Le premier narrait au second le bonheur qu'il avait res-

senti sous le baptême de Mithra, et Jacob l'engageait à suivre Jésus. Les vins de palme et de tamaris, ceux de Safet et de Byblos, coulaient des amphores dans les cratères, des cratères dans les coupes, des coupes dans les gosiers ; on bavardait, les cœurs s'épanchaient. Iaçim, bien que Juif, ne cachait plus son adoration des planètes. Un marchand d'Aphaka ébahissait des nomades, en détaillant les merveilles du temple d'Hiérapolis ; et ils demandaient combien coûterait le pèlerinage. D'autres tenaient à leur religion natale. Un Germain presque aveugle chantait un hymne célébrant ce promontoire de la Scandinavie, où les dieux apparaissent avec les rayons de leurs figures ; et des gens de Sichem ne mangèrent pas de tourterelles, par déférence pour la colombe Azima.

Plusieurs causaient debout, au milieu de la salle ; et la vapeur des haleines avec les fumées des candélabres faisaient un brouillard dans l'air. Phanuel passa le long des murs. Il venait encore d'étudier le firmament, mais n'avançait pas jusqu'au Tétrarque, redoutant les taches d'huile qui, pour les Esséniens, étaient une grande souillure.

Des coups retentirent contre la porte du château.

On savait maintenant que Iaokanann s'y trouvait détenu. Des hommes avec des torches grimpaient le sentier ; une masse noire fourmillait dans le ravin ; et ils hurlaient de temps à autre : — « Iaokanann ! Iaokanann ! »

— « Il dérange tout ! » dit Jonathas.

— « On n'aura plus d'argent, s'il continue ! » ajoutèrent les Pharisiens.

Et des récriminations partaient :

— « Protège-nous ! »

— « Qu'on en finisse ! »

— « Tu abandonnes la religion ! »

— « Impie comme les Hérode ! »

— « Moins que vous ! » répliqua Antipas. « C'est mon père qui a édifié votre temple ! »

Alors, les Pharisiens, les fils des proscrits, les partisans des Matathias, accusèrent le Tétrarque des crimes de sa famille.

Ils avaient des crânes pointus, la barbe hérissée, des mains faibles et méchantes, ou la face camuse, de gros yeux ronds, l'air de bouledogues. Une douzaine, scribes et valets des prêtres, nourris par le rebut des holocaustes, s'élancèrent jusqu'au bas de l'estrade ; et avec des couteaux ils menaçaient Antipas, qui les haranguait, pendant que les Sadducéens le défendaient mollement. Il aperçut Mannaeï, et lui fit signe de s'en aller, Vitellius indiquant par sa contenance que ces choses ne le regardaient pas.

Les Pharisiens, restés sur leur triclinium, se mirent dans une fureur démoniaque. Ils brisèrent les plats devant eux. On leur avait servi le ragoût chéri de Mécène, de l'âne sauvage, une viande immonde.

Aulus les railla à propos de la tête d'âne, qu'ils honoraient, disait-on, et débita d'autres sarcasmes sur leur antipathie du pourceau. C'était sans doute parce que cette grosse bête avait tué leur Bacchus ; et ils aimaient trop le vin, puisqu'on avait découvert dans le Temple une vigne d'or.

Les prêtres ne comprenaient pas ses paroles. Phinées, Galiléen d'origine, refusa de les traduire. Alors sa colère fut démesurée, d'autant plus que l'Asiatique, pris de peur, avait disparu ; et le repas lui déplaisait, les mets étaient vulgaires, point déguisés suffisamment ! Il se calma, en voyant des queues de brebis syriennes, qui sont des paquets de graisse.

Le caractère des Juifs semblait hideux à Vitellius. Leur Dieu pouvait bien être Moloch, dont il avait rencontré des autels sur la route ; et les sacrifices d'enfants lui revinrent à l'esprit, avec l'histoire de l'homme qu'ils engraissaient mystérieusement. Son cœur de Latin était soulevé de dégoût par leur intolérance, leur rage iconoclaste, leur achoppement de brute. Le Proconsul voulait partir. Aulus s'y refusa.

La robe abaissée jusqu'aux hanches, il gisait derrière un morceau de victuailles, trop repu pour en prendre, mais s'obstinant à ne point les quitter.

L'exaltation du peuple grandit. Ils s'abandonnèrent à des projets d'indépendance. On rappelait la gloire d'Israël. Tous les conquérants avaient été châtiés : Antigone, Crassus, Varus...

— « Misérables ! » dit le Proconsul ; car il entendait le syriaque ; son interprète ne servait qu'à lui donner du loisir pour répondre.

Antipas, bien vite, tira la médaille de l'Empereur, et, l'observant avec tremblement, il la présentait du côté de l'image.

Les panneaux de la tribune d'or se déployèrent tout à coup ; et à la splendeur des cierges, entre ses esclaves et des festons d'anémone, Hérodias apparut, — coiffée d'une mitre assyrienne qu'une mentonnière attachait à son front ; ses cheveux en spirales s'épandaient sur un péplos d'écarlate, fendu dans la longueur des manches. Deux monstres en pierre, pareils à ceux du trésor des Atrides, se dressant contre la porte, elle ressemblait à Cybèle accotée de ses lions ; et du haut de la balustrade qui dominait Antipas, avec une patère à la main, elle cria :

— « Longue vie à César ! »

Cet hommage fut répété par Vitellius, Antipas et les prêtres.

Mais il arriva du fond de la salle un bourdonnement de surprise et d'admiration. Une jeune fille venait d'entrer.

Sous un voile bleuâtre lui cachant la poitrine et la tête on distinguait les arcs de ses yeux, les calcédoines de ses oreilles, la blancheur de sa peau. Un carré de soie gorge-pigeon, en couvrant les épaules, tenait aux reins par une ceinture d'orfèvrerie. Ses caleçons noirs étaient semés de mandragores, et d'une manière indolente elle faisait claquer de petites pantoufles en duvet de colibri.

Sur le haut de l'estrade, elle retira son voile.
C'était Hérodias, comme autrefois dans sa jeunesse.
Puis, elle se mit à danser.

Ses pieds passaient l'un devant l'autre, au rythme
de la flûte et d'une paire de crotales. Ses bras arron-
dis appelaient quelqu'un, qui s'enfuyait toujours.
Elle le poursuivait, plus légère qu'un papillon,
comme une Psyché curieuse, comme une âme vaga-
bonde, et semblait prête à s'envoler.

Les sons funèbres de la gingras remplacèrent les
crotales. L'accablement avait suivi l'espoir. Ses attitudes exprimaient des soupirs, et toute sa personne
une telle langueur qu'on ne savait pas si elle pleurait
un dieu, ou se mourait dans sa caresse. Les paupières entre-closes, elle se tordait la taille, balançait
son ventre avec des ondulations de houle, faisait
trembler ses deux seins, et son visage demeurait
immobile, et ses pieds n'arrêtaient pas.

Vitellius la compara à Mnester, le pantomime.
Aulus vomissait encore. Le Tétrarque se perdait
dans un rêve, et ne songeait plus à Hérodias. Il crut
la voir près des Sadducéens. La vision s'éloigna.

Ce n'était pas une vision. Elle avait fait instruire,
loin de Machaerous, Salomé sa fille, que le
Tétrarque aimerait ; et l'idée était bonne. Elle en
était sûre, maintenant !

Puis, ce fut l'emportement de l'amour qui veut
être assouvi. Elle dansa comme les prêtresses des
Indes, comme les Nubiennes des cataractes, comme
les bacchantes de Lydie. Elle se renversait de tous
les côtés, pareille à une fleur que la tempête agite.
Les brillants de ses oreilles sautaient, l'étoffe de son
dos chatoyait ; de ses bras, de ses pieds, de ses
vêtements jaillissaient d'invisibles étincelles qui
enflammaient les hommes. Une harpe chanta ; la
multitude y répondit par des acclamations. Sans
fléchir ses genoux en écartant les jambes, elle se
courba si bien que son menton frôlait le plancher ;
et les nomades habitués à l'abstinence, les soldats de

Rome experts en débauches, les avares publicains, les vieux prêtres aigris par les disputes, tous, dilatant leurs narines, palpitaient de convoitise.

Ensuite elle tourna autour de la table d'Antipas, frénétiquement, comme le rhombe des sorcières ; et d'une voix que des sanglots de volupté entrecoupaient, il lui disait : — « Viens ! viens ! » Elle tournait toujours ; les tympanons sonnaient à éclater, la foule hurlait. Mais le Tétrarque criait plus fort : « Viens ! viens ! Tu auras Capharnaüm ! la plaine de Tibérias ! mes citadelles ! la moitié de mon royaume ! »

Elle se jeta sur les mains, les talons en l'air, parcourut ainsi l'estrade comme un grand scarabée ; et s'arrêta, brusquement.

Sa nuque et ses vertèbres faisaient un angle droit. Les fourreaux de couleur qui enveloppaient ses jambes, lui passant par-dessus l'épaule, comme des arcs-en-ciel, accompagnaient sa figure, à une coudée du sol. Ses lèvres étaient peintes, ses sourcils très noirs, ses yeux presque terribles, et des gouttelettes à son front semblaient une vapeur sur du marbre blanc.

Elle ne parlait pas. Ils se regardaient.

Un claquement de doigts se fit dans la tribune. Elle y monta, reparut ; et, en zézayant un peu, prononça ces mots, d'un air enfantin :

— « Je veux que tu me donnes dans un plat, la tête... » Elle avait oublié le nom, mais reprit en souriant : « La tête de Iaokanann ! »

Le Tétrarque s'affaissa sur lui-même, écrasé.

Il était contraint par sa parole, et le peuple attendait. Mais la mort qu'on lui avait prédite, en s'appliquant à un autre, peut-être détournerait la sienne ? Si Iaokanann était véritablement Élie, il pourrait s'y soustraire ; s'il ne l'était pas, le meurtre n'avait plus d'importance.

Mannaeï était à ses côtés, et comprit son intention.

Vitellius le rappela pour lui confier le mot d'ordre, des sentinelles gardant la fosse.

Ce fut un soulagement. Dans une minute, tout serait fin !

Cependant Mannaeï n'était guère prompt en besogne.

Il rentra, mais bouleversé.

Depuis quarante ans il exerçait la fonction de bourreau. C'était lui qui avait noyé Aristobule, étranglé Alexandre, brûlé vif Matathias, décapité Zosime, Pappus, Joseph et Antipater ; et il n'osait tuer Iaokanann ! Ses dents claquaient, tout son corps tremblait.

Il avait aperçu devant la fosse le Grand Ange des Samaritains, tout couvert d'yeux et brandissant un immense glaive, rouge, et dentelé comme une flamme. Deux soldats amenés en témoignage pouvaient le dire.

Ils n'avaient rien vu, sauf un capitaine juif, qui s'était précipité sur eux, et qui n'existait plus.

La fureur d'Hérodias dégorgea en un torrent d'injures populacières et sanglantes. Elle se cassa les ongles au grillage de la tribune, et les deux lions sculptés semblaient mordre ses épaules et rugir comme elle.

Antipas l'imita, les prêtres, les soldats, les Pharisiens, tous réclamant une vengeance, et les autres, indignés qu'on retardât leur plaisir.

Mannaeï sortit, en se cachant la face.

Les convives trouvèrent le temps encore plus long que la première fois. On s'ennuyait.

Tout à coup, un bruit de pas se répercuta dans les couloirs. Le malaise devenait intolérable.

La tête entra ; — et Mannaeï la tenait par les cheveux, au bout de son bras, fier des applaudissements.

Quand il l'eut mise sur un plat, il l'offrit à Salomé.

Elle monta lestement dans la tribune ; plusieurs minutes après, la tête fut rapportée par cette vieille femme que le Tétrarque avait distinguée le matin sur la plate-forme d'une maison et tantôt dans la chambre d'Hérodias.

Il se reculait pour ne pas la voir. Vitellius y jeta un regard indifférent.

Mannaeï descendit l'estrade, et l'exhiba aux capitaines romains, puis à tous ceux qui mangeaient de ce côté.

Ils l'examinèrent.

La lame aiguë de l'instrument, glissant du haut en bas, avait entamé la mâchoire. Une convulsion tirait les coins de la bouche. Du sang, caillé déjà, parsemait la barbe. Les paupières closes étaient blêmes comme des coquilles ; et les candélabres à l'entour envoyaient des rayons.

Elle arriva à la table des prêtres. Un Pharisien la retourna curieusement ; et Mannaeï, l'ayant remise d'aplomb, la posa devant Aulus, qui en fut réveillé. Par l'ouverture de leurs cils, les prunelles mortes et les prunelles éteintes semblaient se dire quelque chose.

Ensuite Mannaeï la présenta à Antipas. Des pleurs coulèrent sur les joues du Tétrarque.

Les flambeaux s'éteignaient. Les convives partirent ; et il ne resta plus dans la salle qu'Antipas, les mains contre ses tempes, et regardant toujours la tête coupée, tandis que Phanuel, debout au milieu de la grande nef, murmurait des prières, les bras étendus.

A l'instant où se levait le soleil, deux hommes, expédiés autrefois par Iaokanann, survinrent, avec la réponse si longtemps espérée.

Ils la confièrent à Phanuel, qui en eut un ravissement.

Puis il leur montra l'objet lugubre, sur le plateau, entre les débris du festin. Un des hommes dit :

— « Console-toi ! Il est descendu chez les morts annoncer le Christ ! »

L'Essénien comprenait maintenant ces paroles :
« Pour qu'il croisse, il faut que je diminue. »

Et tous les trois, ayant pris la tête de Iaokanann,
s'en allèrent du côté de la Galilée.

Comme elle était très lourde, ils la portaient alternativement.

LA TENTATION
DE SAINT ANTOINE

I

C'est dans la Thébaïde, au haut d'une montagne, sur une plate-forme arrondie en demi-lune, et qu'enferment de grosses pierres.

La cabane de l'Ermite occupe le fond. Elle est faite de boue et de roseaux, à toit plat, sans porte. On distingue dans l'intérieur une cruche avec un pain noir ; au milieu, sur une stèle de bois, un gros livre ; par terre, çà et là, des filaments de sparterie, deux ou trois nattes, une corbeille, un couteau.

A dix pas de la cabane, il y a une longue croix plantée dans le sol ; et, à l'autre bout de la plate-forme, un vieux palmier tordu se penche sur l'abîme, car la montagne est taillée à pic, et le Nil semble faire un lac au bas de la falaise.

La vue est bornée à droite et à gauche par l'enceinte des roches. Mais du côté du désert, comme des plages qui se succéderaient, d'immenses ondulations parallèles d'un blond cendré s'étirent les unes derrière les autres, en montant toujours ; — puis au-delà des sables, tout au loin, la chaîne libyque forme un mur couleur de craie, estompé légèrement par des vapeurs violettes. En face, le soleil s'abaisse. Le ciel, dans le nord, est d'une teinte gris perle, tandis qu'au zénith des nuages de pourpre, disposés comme les flocons d'une crinière gigantesque, s'allongent sur la voûte bleue. Ces rais de flamme se rembrunissent, les parties d'azur prennent une pâleur nacrée ; les buissons, les cailloux, la terre, tout maintenant paraît dur comme du bronze ; et dans l'espace flotte une poudre d'or tellement menue qu'elle se confond avec la vibration de la lumière.

SAINT ANTOINE

qui a une longue barbe, de longs cheveux, et une tunique
de peau de chèvre, est assis, jambes croisées, en train de
faire des nattes. Dès que le soleil disparaît, il pousse un
grand soupir, et regardant l'horizon :

Encore un jour ! un jour de passé !
Autrefois pourtant, je n'étais pas si misérable !
Avant la fin de la nuit, je commençais mes oraisons ;
puis, je descendais vers le fleuve chercher de l'eau, et
je remontais par le sentier rude avec l'outre sur mon
épaule, en chantant des hymnes. Ensuite, je m'amusais à ranger tout dans ma cabane. Je prenais mes
outils ; je tâchais que les nattes fussent bien égales et
les corbeilles légères ; car mes moindres actions me
semblaient alors des devoirs qui n'avaient rien de
pénible.
A des heures réglées je quittais mon ouvrage ; et
priant les deux bras étendus je sentais comme une
fontaine de miséricorde qui s'épanchait du haut du
ciel dans mon cœur. Elle est tarie, maintenant.
Pourquoi ?...

Il marche dans l'enceinte des roches, lentement.

Tous me blâmaient lorsque j'ai quitté la maison.
Ma mère s'affaissa mourante, ma sœur de loin me
faisait des signes pour revenir ; et l'autre pleurait,
Ammonaria, cette enfant que je rencontrais chaque
soir au bord de la citerne, quand elle amenait ses
buffles. Elle a couru après moi. Les anneaux de ses
pieds brillaient dans la poussière, et sa tunique
ouverte sur les hanches flottait au vent. Le vieil
ascète qui m'emmenait lui a crié des injures. Nos
deux chameaux galopaient toujours ; et je n'ai plus
revu personne.
D'abord, j'ai choisi pour demeure le tombeau d'un
Pharaon. Mais un enchantement circule dans ces

palais souterrains, où les ténèbres ont l'air épaissies par l'ancienne fumée des aromates. Du fond des sarcophages j'ai entendu s'élever une voix dolente qui m'appelait ; ou bien, je voyais vivre, tout à coup, les choses abominables peintes sur les murs ; et j'ai fui jusqu'au bord de la mer Rouge dans une citadelle en ruines. Là, j'avais pour compagnie des scorpions se traînant parmi les pierres, et au-dessus de ma tête, continuellement des aigles qui tournoyaient sur le ciel bleu. La nuit, j'étais déchiré par des griffes, mordu par des becs, frôlé par des ailes molles ; et d'épouvantables démons, hurlant dans mes oreilles, me renversaient par terre. Une fois même, les gens d'une caravane qui s'en allait vers Alexandrie m'ont secouru, puis emmené avec eux.

Alors, j'ai voulu m'instruire près du bon vieillard Didyme. Bien qu'il fût aveugle, aucun ne l'égalait dans la connaissance des Écritures. Quand la leçon était finie, il réclamait mon bras pour se promener. Je le conduisais sur le Paneum, d'où l'on découvre le Phare et la haute mer. Nous revenions ensuite par le port, en coudoyant des hommes de toutes les nations, jusqu'à des Cimmériens vêtus de peaux d'ours, et des Gymnosophistes du Gange frottés de bouse de vache. Mais sans cesse, il y avait quelque bataille dans les rues, à cause des Juifs refusant de payer l'impôt, ou des séditieux qui voulaient chasser les Romains. D'ailleurs la ville est pleine d'hérétiques, des sectateurs de Manès, de Valentin, de Basilide, d'Arius, — tous vous accaparant pour discuter et vous convaincre.

Leurs discours me reviennent quelquefois dans la mémoire. On a beau n'y pas faire attention, cela trouble.

Je me suis réfugié à Colzim ; et ma pénitence fut si haute que je n'avais plus peur de Dieu. Quelques-uns s'assemblèrent autour de moi pour devenir des anachorètes. Je leur ai imposé une règle pratique, en haine des extravagances de la Gnose et des assertions des philosophes. On m'envoyait de partout des messages. On venait me voir de très loin.

Cependant le peuple torturait les confesseurs, et la soif du martyre m'entraîna dans Alexandrie. La persécution avait cessé depuis trois jours.

Comme je m'en retournais, un flot de monde m'arrêta devant le temple de Sérapis. C'était, me dit-on, un dernier exemple que le gouverneur voulait faire. Au milieu du portique, en plein soleil, une femme nue était attachée contre une colonne, deux soldats la fouettant avec des lanières ; à chacun des coups son corps entier se tordait. Elle s'est retournée, la bouche ouverte ; — et par-dessus la foule, à travers ses longs cheveux qui lui couvraient la figure, j'ai cru reconnaître Ammonaria...

Cependant... celle-là était plus grande..., et belle..., prodigieusement !

Il se passe les mains sur le front.

Non ! non ! je ne veux pas y penser !

Une autre fois, Athanase m'appela pour le soutenir contre les Ariens. Tout s'est borné à des invectives et à des risées. Mais, depuis lors, il a été calomnié, dépossédé de son siège, mis en fuite. Où est-il, maintenant ? je n'en sais rien ! On s'inquiète si peu de me donner des nouvelles. Tous mes disciples m'ont quitté, Hilarion comme les autres !

Il avait peut-être quinze ans quand il est venu ; et son intelligence était si curieuse qu'il m'adressait à chaque moment des questions. Puis, il écoutait d'un air pensif ; — et les choses dont j'avais besoin, il me les apportait sans murmure, plus leste qu'un chevreau, gai d'ailleurs à faire rire les patriarches. C'était un fils pour moi !

Le ciel est rouge, la terre complètement noire. Sous les rafales du vent des traînées de sable se lèvent comme de grands linceuls, puis retombent. Dans une éclaircie, tout à coup, passent des oiseaux formant un bataillon triangulaire, pareil à un morceau de métal, et dont les bords seuls frémissent.

Antoine les regarde.

Ah ! que je voudrais les suivre !

Combien de fois, aussi, n'ai-je pas contemplé avec envie les longs bateaux, dont les voiles ressemblent à des ailes, et surtout quand ils emmenaient au loin ceux que j'avais reçus chez moi ! Quelles bonnes heures nous avions ! quels épanchements ! Aucun ne m'a plus intéressé qu'Ammon ; il me racontait son voyage à Rome, les Catacombes, le Colisée, la piété des femmes illustres, mille choses encore !... et je n'ai pas voulu partir avec lui ! D'où vient mon obstination à continuer une vie pareille ? J'aurais bien fait de rester chez les moines de Nitrie, puisqu'ils m'en suppliaient. Ils habitent de cellules à part, et cependant communiquent entre eux. Le dimanche, la trompette les assemble à l'église, où l'on voit accrochés trois martinets qui servent à punir les délinquants, les voleurs et les intrus, car leur discipline est sévère.

Ils ne manquent pas de certaines douceurs, néanmoins. Des fidèles leur apportent des œufs, des fruits, et même des instruments propres à ôter les épines des pieds. Il y a des vignobles autour de Pisperi, ceux de Pabène ont un radeau pour aller chercher les provisions.

Mais j'aurais mieux servi mes frères en étant tout simplement un prêtre. On secourt les pauvres, on distribue les sacrements, on a de l'autorité dans les familles.

D'ailleurs les laïques ne sont pas tous damnés, et il ne tenait qu'à moi d'être... par exemple... grammairien, philosophe. J'aurais dans ma chambre une sphère de roseaux, toujours des tablettes à la main, des jeunes gens autour de moi, et à ma porte, comme enseigne, une couronne de laurier suspendue.

Mais il y a trop d'orgueil à ces triomphes ! Soldat

valait mieux. J'étais robuste et hardi, — assez pour
tendre le câble des machines, traverser les forêts
sombres, entrer casque en tête dans les villes
fumantes !... Rien ne m'empêchait, non plus, d'acheter avec mon argent une charge de publicain au
péage de quelque pont ; et les voyageurs m'auraient
appris des histoires, en me montrant dans leurs
bagages des quantités d'objets curieux...

Les marchands d'Alexandrie naviguent les jours
de fête sur la rivière de Canope, et boivent du vin
dans des calices de lotus, au bruit des tambourins
qui font trembler les tavernes le long du bord ! Au-
delà, des arbres taillés en cône protègent contre le
vent du sud les fermes tranquilles. Le toit de la
haute maison s'appuie sur de minces colonnettes,
rapprochées comme les bâtons d'une claire-voie ; et
par ces intervalles le maître, étendu sur un long
siège, aperçoit toutes ses plaines autour de lui, avec
les chasseurs entre les blés, le pressoir où l'on ven-
dange, les bœufs qui battent la paille. Ses enfants
jouent par terre, sa femme se penche pour l'embrasser.

Dans l'obscurité blanchâtre de la nuit, apparaissent çà
et là des museaux pointus, avec des oreilles toutes droites
et des yeux brillants. Antoine marche vers eux. Des gra-
viers déroulent, les bêtes s'enfuient. C'était un troupeau de
chacals.

Un seul est resté, et qui se tient sur deux pattes, le corps
en demi-cercle et la tête oblique, dans une pose pleine de
défiance.

Comme il est joli ! je voudrais passer ma main sur
son dos, doucement.

Antoine siffle pour le faire venir. Le chacal disparaît.

Ah ! il s'en va rejoindre les autres ! Quelle solitude ! Quel ennui !

Riant amèrement :

C'est une si belle existence que de tordre au feu des bâtons de palmier pour faire des houlettes, et de façonner des corbeilles, de coudre des nattes, puis d'échanger tout cela avec les Nomades contre du pain qui vous brise les dents ! Ah ! misère de moi ! est-ce que ça ne finira pas ! Mais la mort vaudrait mieux ! Je n'en peux plus ! Assez ! assez !

Il frappe du pied, et tourne au milieu des roches d'un pas rapide, puis s'arrête hors d'haleine, éclate en sanglots et se couche par terre, sur le flanc.

La nuit est calme ; des étoiles nombreuses palpitent ; on n'entend que le claquement des tarentules.

Les deux bras de la croix font une ombre sur le sable ; Antoine, qui pleure, l'aperçoit.

Suis-je assez faible, mon Dieu ! Du courage, relevons-nous !

Il entre dans sa cabane, découvre un charbon enfoui, allume une torche et la plante sur la stèle de bois, de façon à éclairer le gros livre.

Si je prenais... la Vie des Apôtres ?... oui !... n'importe où !

« *Il vit le ciel ouvert avec une grande nappe qui descendait par les quatre coins, dans laquelle il y avait toutes sortes d'animaux terrestes et de bêtes sauvages, de reptiles et d'oiseaux ; et une voix lui dit : Pierre, lève-toi ! tue, et mange !* »

Donc le Seigneur voulait que son apôtre mangeât de tout ?... tandis que moi...

Antoine reste le menton sur la poitrine. Le frémissement des pages, que le vent agite, lui fait relever la tête, et il lit :

« *Les Juifs tuèrent tous leurs ennemis avec des glaives et ils en firent un grand carnage, de sorte qu'ils disposèrent à volonté de ceux qu'ils haïssaient.* »

Suit le dénombrement des gens tués par eux :

soixante-quinze mille. Ils avaient tant souffert !
D'ailleurs, leurs ennemis étaient les ennemis du vrai
Dieu. Et comme ils devaient jouir à se venger, tout
en massacrant des idolâtres ! La ville sans doute
regorgeait de morts ! Il y en avait au seuil des jardins, sur les escaliers, à une telle hauteur dans les
chambres que les portes ne pouvaient plus tourner !... — Mais voilà que je plonge dans des idées de
meurtre et de sang !

Il ouvre le livre à un autre endroit.

« *Nabuchodonosor se prosterna le visage contre
terre et adora Daniel.* »

Ah ! c'est bien ! Le Très-Haut exalte ses prophètes
au-dessus des rois ; celui-là pourtant vivait dans les
festins, ivre continuellement de délices et d'orgueil.
Mais Dieu, par punition, l'a changé en bête. Il marchait à quatre pattes !

Antoine se met à rire ; et en écartant les bras, du bout de
sa main, dérange les feuilles du livre. Ses yeux tombent
sur cette phrase :

« *Ézéchias eut une grande joie de leur arrivée. Il leur
montra ses parfums, son or et son argent, tous ses
aromates, ses huiles de senteur, tous ses vases pré-
cieux, et ce qu'il y avait dans ses trésors.* »

Je me figure... qu'on voyait entassés jusqu'au plafond des pierres fines, des diamants, des dariques.
Un homme qui en possède une accumulation si
grande n'est plus pareil aux autres. Il songe, tout en
les maniant, qu'il tient le résultat d'une quantité
innombrable d'efforts, et comme la vie des peuples
qu'il aurait pompée et qu'il peut répandre. C'est une
précaution utile aux rois. Le plus sage de tous n'y a
pas manqué. Ses flottes lui apportaient de l'ivoire,
des singes... Où est-ce donc ?

Il feuillette vivement.

Ah ! voici :

« *La Reine de Saba, connaissant la gloire de Salomon, vint le tenter, en lui proposant des énigmes.* »

Comment espérait-elle le tenter ? Le Diable a bien voulu tenter Jésus ! Mais Jésus a triomphé parce qu'il était Dieu, et Salomon grâce peut-être à sa science de magicien. Elle est sublime, cette science-là ! Car le monde, — ainsi qu'un philosophe me l'a expliqué, — forme un ensemble dont toutes les parties influent les unes sur les autres, comme les organes d'un seul corps. Il s'agit de connaître les amours et les répulsions naturelles des choses, puis de les mettre en jeu ?... On pourrait donc modifier ce qui paraît être l'ordre immuable ?

Alors les deux ombres dessinées derrière lui par les bras de la croix se projettent en avant. Elles font comme deux grandes cornes ; Antoine s'écrie :

Au secours, mon Dieu !

L'ombre est revenue à sa place.

Ah !... c'était une illusion ! pas autre chose ! Il est inutile que je me tourmente l'esprit ! Je n'ai rien à faire !... absolument rien à faire !

Il s'assoit, et se croise les bras.

Cependant... j'avais cru sentir l'approche... Mais pourquoi viendrait-*Il* ? D'ailleurs, est-ce que je ne connais pas ses artifices ? J'ai repoussé le monstrueux anachorète qui m'offrait, en riant, des petits pains chauds, le centaure qui tâchait de me prendre sur sa croupe, — et cet enfant noir apparu au milieu des sables, qui était très beau, et qui m'a dit s'appeler l'esprit de fornication.

Antoine marche de droite et de gauche, vivement.

C'est par mon ordre qu'on a bâti cette foule de
retraites saintes, pleines de moines portant des
cilices sous leurs peaux de chèvres, et nombreux à
pouvoir faire une armée ! J'ai guéri de loin des
malades ; j'ai chassé des démons ; j'ai passé le fleuve
au milieu des crocodiles ; l'empereur Constantin m'a
écrit trois lettres ; Balacius, qui avait craché sur les
miennes, a été déchiré par ses chevaux ; le peuple
d'Alexandrie, quand j'ai reparu, se battait pour me
voir, et Athanase m'a reconduit sur la route. Mais
aussi quelles œuvres ! Voilà plus de trente ans que je
suis dans le désert à gémir toujours ! J'ai porté sur
mes reins quatre-vingts livres de bronze comme
Eusèbe, j'ai exposé mon corps à la piqûre des
insectes comme Macaire, je suis resté cinquante-
trois nuits sans fermer l'œil comme Pacôme ; et ceux
qu'on décapite, qu'on tenaille ou qu'on brûle ont
moins de vertu, peut-être, puisque ma vie est un
continuel martyre !

Antoine se ralentit.

Certainement, il n'y a personne dans une détresse
aussi profonde ! Les cœurs charitables diminuent.
On ne me donne plus rien. Mon manteau est usé. Je
n'ai pas de sandales, pas même une écuelle ! — car,
j'ai distribué aux pauvres et à ma famille tout mon
bien, sans retenir une obole. Ne serait-ce que pour
avoir des outils indispensables à mon travail, il me
faudrait un peu d'argent. Oh ! pas beaucoup ! une
petite somme !... je la ménagerais.

Les Pères de Nicée, en robes de pourpre, se
tenaient comme des mages, sur des trônes, le long
du mur ; et on les a régalés dans un banquet, en les
comblant d'honneurs, surtout Paphnuce, parce qu'il
est borgne et boiteux depuis la persécution de Dioclétien ! L'Empereur lui a baisé plusieurs fois son
œil crevé ; quelle sottise ! Du reste, le Concile avait

des membres si infâmes ! Un évêque de Scythie,
Théophile ; un autre de Perse, Jean ; un gardeur de
bestiaux, Spiridion ! Alexandre était trop vieux.
Athanase aurait dû montrer plus de douceur aux
Ariens, pour en obtenir des concessions !

Est-ce qu'ils en auraient fait ! Ils n'ont pas voulu
m'entendre ! Celui qui parlait contre moi, — un
grand jeune homme à barbe frisée, — me lançait,
d'un air tranquille, des objections captieuses ; et,
pendant que je cherchais mes paroles, ils étaient à
me regarder avec leurs figures méchantes, en
aboyant comme des hyènes. Ah ! que ne puis-je les
faire exiler tous par l'Empereur, ou plutôt les battre,
les écraser, les voir souffrir ! Je souffre bien, moi !

Il s'appuie en défaillant contre sa cabane.

C'est d'avoir trop jeûné ! mes forces s'en vont. Si je
mangeais... une fois seulement, un morceau de
viande.

Il entreferme les yeux, avec langueur.

Ah ! de la chair rouge... une grappe de raisin qu'on
mord !... du lait caillé qui tremble sur un plat !...
Mais qu'ai-je donc !... Qu'ai-je donc !... Je sens
mon cœur grossir comme la mer, quand elle se
gonfle avant l'orage. Une mollesse infinie m'accable,
et l'air chaud me semble rouler le parfum d'une
chevelure. Aucune femme n'est venue, cependant ?...

Il se tourne vers le petit chemin entre les roches.

C'est par là qu'elles arrivent, balancées dans leurs
litières aux bras noirs des eunuques. Elles descendent, et joignant leurs mains chargées
d'anneaux, elles s'agenouillent. Elles me racontent
leurs inquiétudes. Le besoin d'une volupté surhu-
maine les torture ; elles voudraient mourir, elles ont
vu dans leurs songes des Dieux qui les appelaient ;

— et le bas de leur robe tombe sur mes pieds. Je les repousse. « Oh ! non, disent-elles, pas encore ! Que dois-je faire ! » Toutes les pénitences leur seraient bonnes. Elles demandent les plus rudes, à partager la mienne, à vivre avec moi.

Voilà longtemps que je n'en ai vu ! Peut-être qu'il en va venir ? pourquoi pas ? Si tout à coup... j'allais entendre tinter des clochettes de mulet dans la montagne. Il me semble...

Antoine grimpe sur une roche, à l'entrée du sentier ; et il se penche, en dardant ses yeux dans les ténèbres.

Oui ! là-bas, tout au fond, une masse remue, comme des gens qui cherchent leur chemin. Elle est là ! Ils se trompent.

Appelant :

De ce côté ! viens ! viens !

L'écho répète : Viens ! viens !
Il laisse tomber ses bras, stupéfait.

Quelle honte ! Ah ! pauvre Antoine !

Et tout de suite, il entend chuchoter : « Pauvre Antoine ! »

Quelqu'un ? répondez !

Le vent qui passe dans les intervalles des roches fait des modulations ; et dans leurs sonorités confuses, il distingue DES VOIX comme si l'air parlait. Elles sont basses, et insinuantes, sifflantes.

LA PREMIÈRE

Veux-tu des femmes ?

LA SECONDE

De grands tas d'argent, plutôt !

LA TROISIÈME

Une épée qui reluit ?

et   LES AUTRES

— Le Peuple entier t'admire !
— Endors-toi !
— Tu les égorgeras, va, tu les égorgeras !

En même temps, les objets se transforment. Au bord de la falaise, le vieux palmier, avec sa touffe de feuilles jaunes, devient le torse d'une femme penchée sur l'abîme, et dont les grands cheveux se balancent.

ANTOINE

se tourne vers sa cabane ; et l'escabeau soutenant le gros livre, avec ses pages chargées de lettres noires, lui semble un arbuste tout couvert d'hirondelles.

C'est la torche, sans doute, qui faisant un jeu de lumière... Éteignons-la !

Il l'éteint, l'obscurité est profonde ;

Et, tout à coup, passent au milieu de l'air, d'abord une flaque d'eau, ensuite une prostituée, le coin d'un temple, une figure de soldat, un char avec deux chevaux blancs, qui se cabrent.

Ces images arrivent brusquement, par secousses, se détachant sur la nuit comme des peintures d'écarlate sur de l'ébène.

Leur mouvement s'accélère. Elles défilent d'une façon vertigineuse. D'autres fois, elles s'arrêtent et pâlissent par degrés, se fondent ; ou bien, elles s'envolent, et immédiatement d'autres arrivent.

Antoine ferme ses paupières.

Elles se multiplient, l'entourent, l'assiègent. Une épouvante indicible l'envahit ; et il ne sent plus rien qu'une contraction brûlante à l'épigastre. Malgré le vacarme de sa tête, il perçoit un silence énorme qui le sépare du monde. Il tâche de parler ; impossible ! C'est comme si le lien général de son être se dissolvait ; et, ne résistant plus, Antoine tombe sur la natte.

II

Alors une grande ombre, plus subtile qu'une ombre naturelle, et que d'autres ombres festonnent le long de ses bords, se marque sur la terre.

C'est le Diable, accoudé contre le toit de la cabane et portant sous ses deux ailes, — comme une chauve-souris gigantesque qui allaiterait ses petits, — les Sept Péchés Capitaux, dont les têtes grimaçantes se laissent entrevoir confusément.

Antoine, les yeux toujours fermés, jouit de son inaction ; et il étale ses membres sur la natte.

Elle lui semble douce, de plus en plus, — si bien qu'elle se rembourre, elle se hausse, elle devient un lit, le lit une chaloupe ; de l'eau clapote contre ses flancs.

A droite et à gauche, s'élèvent deux langues de terre noire, que dominent des champs cultivés, avec un sycomore, de place en place. Un bruit de grelots, de tambours et de chanteurs retentit au loin. Ce sont des gens qui s'en vont à Canope dormir sur le temple de Sérapis pour avoir des songes. Antoine sait cela ; — et il glisse, poussé par le vent, entre les deux berges du canal. Les feuilles des papyrus et les fleurs rouges des nymphæas, plus grandes qu'un homme, se penchent sur lui. Il est étendu au fond de la barque ; un aviron, à l'arrière, traîne dans l'eau. De temps en temps un souffle tiède arrive, et les roseaux minces s'entrechoquent. Le murmure des petites vagues diminue. Un assoupissement le prend. Il songe qu'il est un solitaire d'Égypte.

Alors il se relève en sursaut.

Ai-je rêvé ?... c'était si net que j'en doute. La langue me brûle ! J'ai soif !

Il entre dans sa cabane, et tâte au hasard, partout.

Le sol est humide !... Est-ce qu'il a plu ? Tiens ! des morceaux ! ma cruche brisée !... mais l'outre ?

Il la trouve.

Vide ! complètement vide !
Pour descendre jusqu'au fleuve, il me faudrait trois heures au moins, et la nuit est si profonde que je n'y verrais pas à me conduire. Mes entrailles se tordent. Où est le pain ?

Après avoir cherché longtemps, il ramasse une croûte moins grosse qu'un œuf.

Comment ? Les chacals l'auront pris ? Ah, malédiction !

Et, de fureur, il jette le pain par terre.

A peine ce geste est-il fait qu'une table est là, couverte de toutes les choses bonnes à manger.
La nappe de byssus, striée comme les bandelettes des sphinx, produit d'elle-même des ondulations lumineuses. Il y a dessus d'énormes quartiers de viandes rouges, de grands poissons, des oiseaux avec leurs plumes, des quadrupèdes avec leurs poils, des fruits d'une coloration presque humaine ; et des morceaux de glace blanche et des buires de cristal violet se renvoient des feux. Antoine distingue au milieu de la table un sanglier fumant par tous ses pores, les pattes sous le ventre, les yeux à demi clos ; — et l'idée de pouvoir manger cette bête formidable le réjouit extrêmement. Puis, ce sont des choses qu'il n'a jamais vues, des hachis noirs, des gelées couleur d'or, des ragoûts où flottent des champignons comme des nénuphars sur des étangs, des mousses si légères qu'elles ressemblent à des nuages.
Et l'arôme de tout cela lui apporte l'odeur salée de l'Océan, la fraîcheur des fontaines, le grand parfum des bois. Il dilate ses narines tant qu'il peut ; il en bave ; il se dit qu'il en a pour un an, pour dix ans, pour sa vie entière !
A mesure qu'il promène sur les mets ses yeux écarquil-

lés, d'autres s'accumulent, formant une pyramide dont les angles s'écroulent. Les vins se mettent à couler, les poissons à palpiter, le sang dans les plats bouillonne, la pulpe des fruits s'avance comme des lèvres amoureuses ; et la table monte jusqu'à sa poitrine, jusqu'à son menton, — ne portant qu'une seule assiette et qu'un seul pain, qui se trouvent juste en face de lui.

Il va saisir le pain. D'autres pains se présentent.

Pour moi !... tous ! mais...

Antoine recule.

Au lieu d'un qu'il y avait, en voilà !... C'est un miracle, alors, le même que fit le Seigneur !...
Dans quel but ? Eh ! tout le reste n'est pas moins incompréhensible ! Ah ! démon, va-t'en ! va-t'en !

Il donne un coup de pied dans la table. Elle disparaît.

Plus rien ? — non !

Il respire largement.

Ah ! la tentation était forte. Mais comme je m'en suis délivré !

Il relève la tête, et trébuche contre un objet sonore.

Qu'est-ce donc ?

Antoine se baisse.

Tiens ! une coupe ! quelqu'un, en voyageant, l'aura perdue. Rien d'extraordinaire...

Il mouille son doigt, et frotte.

Ça reluit ! du métal ! Cependant, je ne distingue pas...

Il allume sa torche, et examine la coupe.

Elle est en argent, ornée d'ovules sur le bord, avec une médaille au fond.

Il fait sauter la médaille d'un coup d'ongle.

C'est une pièce de monnaie qui vaut... de sept à huit drachmes ; pas davantage ! N'importe ! je pourrais bien, avec cela, me procurer une peau de brebis.

Un reflet de la torche éclaire la coupe.

Pas possible ! en or ! oui !... tout en or !

Une autre pièce, plus grande, se trouve au fond. Sous celle-ci, il en découvre plusieurs autres.

Mais cela fait une somme... assez forte pour avoir trois bœufs... un petit champ !

La coupe est maintenant remplie de pièces d'or.

Allons donc ! cent esclaves, des soldats, une foule, de quoi acheter...

Les granulations de la bordure, se détachant, forment un collier de perles.

Avec ce joyau-là, on gagnerait même la femme de l'Empereur !

D'une secousse, Antoine fait glisser le collier sur son poignet. Il tient la coupe de sa main gauche, et de son autre bras lève la torche pour mieux l'éclairer. Comme l'eau qui ruisselle d'une vasque, il s'en épanche à flots continus, — de manière à faire un monticule sur le sable, — des diamants, des escarboucles et des saphirs mêlés à de grandes pièces d'or, portant des effigies de rois.

Comment ? comment ? des staters, des cycles, des dariques, des aryandiques ! Alexandre, Démétrius, les Ptolémées, César ! mais chacun d'eux n'en avait pas autant ! Rien d'impossible ! plus de souffrance !

et ces rayons qui m'éblouissent ! Ah ! mon cœur
déborde ! comme c'est bon ! oui !... oui !... encore !
jamais assez ! J'aurais beau en jeter à la mer continuellement, il m'en restera. Pourquoi en perdre ? Je
garderai tout ; sans le dire à personne ; je me ferai
creuser dans le roc une chambre qui sera couverte à
l'intérieur de lames de bronze — et je viendrai là,
pour sentir les piles d'or s'enfoncer sous mes talons ;
j'y plongerai mes bras comme dans des sacs de
grain. Je veux m'en frotter le visage, me coucher
dessus !

Il lâche la torche pour embrasser le tas ; et tombe par
terre sur la poitrine.
Il se relève. La pièce est entièrement vide.

Qu'ai-je fait ?
Si j'étais mort pendant ce temps-là, c'était l'enfer !
l'enfer irrévocable !

Il se relève. La place est entièrement vide.

Je suis donc maudit ? Eh non ! c'est ma faute ! je
me laisse prendre à tous les pièges ! On n'est pas
plus imbécile et plus infâme. Je voudrais me battre,
ou plutôt m'arracher de mon corps ! Il y a trop
longtemps que je me contiens ! J'ai besoin de me
venger, de frapper, de tuer ! c'est comme si j'avais
dans l'âme un troupeau de bêtes féroces. Je voudrais, à coups de hache, au milieu d'une foule... Ah !
un poignard !...

Il se jette sur son couteau, qu'il aperçoit. Le couteau
glisse de sa main, et Antoine reste accoté contre le mur de
sa cabane, la bouche grande ouverte, immobile, — cata-
leptique.

Tout l'entourage a disparu.
Il se croit à Alexandrie sur le Paneum, montagne artifi-
cielle qu'entoure un escalier en limaçon et dressée au
centre de la ville.

En face de lui s'étend le lac Mareotis, à droite la mer, à gauche la campagne, — et, immédiatement sous ses yeux, une confusion de toits plats, traversée du sud au nord et de l'est à l'ouest par deux rues qui s'entrecroisent et forment, dans toute leur longueur, une file de portiques à chapiteaux corinthiens. Les maisons surplombant cette double colonnade ont des fenêtres à vitres coloriées. Quelques-unes portent extérieurement d'énormes cages en bois, où l'air du dehors s'engouffre.

Des monuments d'architecture différente se tassent les uns près des autres. Des pylônes égyptiens dominent des temples grecs. Des obélisques apparaissent comme des lances entre des créneaux de briques rouges. Au milieu des places, il y a des Hermès à oreilles pointues et des Anubis à tête de chien. Antoine distingue des mosaïques dans les cours, et aux poutrelles des plafonds des tapis accrochés.

Il embrasse, d'un seul coup d'œil, les deux ports (le Grand-Port et l'Eunoste), ronds tous les deux comme deux cirques, et que sépare un môle joignant Alexandrie à l'îlot escarpé sur lequel se lève la tour du Phare, quadrangulaire, haute de cinq cents coudées et à neuf étages, — avec un amas de charbons noirs fumant à son sommet.

De petits ports intérieurs découpent les ports principaux. Le môle, à chaque bout, est terminé par un pont établi sur des colonnes de marbre plantées dans la mer. Des voiles passent dessous ; et de lourdes gabares débordantes de marchandises, des barques thalamèges à incrustations d'ivoire, des gondoles couvertes d'un tendelet, des trirèmes et des birèmes, toutes sortes de bateaux, circulent ou stationnent contre les quais.

Autour du Grand-Port, c'est une suite ininterrompue de constructions royales : le palais des Ptolémées, le Museum, le Posidium, le Cesareum, le Timonium où se réfugia Marc-Antoine, le Soma qui contient le tombeau d'Alexandre ; — tandis qu'à l'autre extrémité de la ville, après l'Eunoste, on aperçoit dans un faubourg des fabriques de verre, de parfums et de papyrus.

Des vendeurs ambulants, des portefaix, des âniers, courent, se heurtent. Çà et là, un prêtre d'Osiris avec une peau de panthère sur l'épaule, un soldat romain à casque de bronze, beaucoup de nègres. Au seuil des boutiques des femmes s'arrêtent, des artisans travaillent ; et le grincement des chars fait envoler* des oiseaux qui mangent par terre les détritus des boucheries et des restes de poisson.

Sur l'uniformité des maisons blanches, le dessin des rues jette comme un réseau noir. Les marchés pleins d'herbes y font des bouquets verts, les sécheries des teinturiers des plaques de couleurs, les ornements d'or au fronton des temples des points lumineux, — tout cela compris dans l'enceinte ovale des murs grisâtres, sous la voûte du ciel bleu, près de la mer immobile.

Mais la foule s'arrête, et regarde du côté de l'occident, d'où s'avancent d'énormes tourbillons de poussière.

Ce sont les moines de la Thébaïde, vêtus de peaux de chèvre, armés de gourdins, et hurlant un cantique de guerre et de religion avec ce refrain : « Où sont-ils ? où sont-ils ? »

Antoine comprend qu'ils viennent pour tuer les Ariens.

Tout à coup les rues se vident, — et l'on ne voit plus que des pieds levés.

Les Solitaires maintenant sont dans la ville. Leurs formidables bâtons, garnis de clous, tournent comme des soleils d'acier. On entend le fracas des choses brisées dans les maisons. Il y a des intervalles de silence. Puis de grands cris s'élèvent.

D'un bout à l'autre des rues, c'est un remous continuel de peuple effaré.

Plusieurs tiennent des piques. Quelquefois, deux groupes se rencontrent, n'en font qu'un ; et cette masse glisse sur les dalles, se disjoint, s'abat. Mais toujours les hommes à longs cheveux reparaissent.

Des filets de fumée s'échappent du coin des édifices. Les battants des portes éclatent. Des pans de murs s'écroulent. Des architraves tombent.

Antoine retrouve tous ses ennemis l'un après l'autre. Il en reconnaît qu'il avait oubliés ; avant de les tuer, il les outrage. Il éventre, égorge, assomme, traîne les vieillards par la barbe, écrase les enfants, frappe les blessés. Et on se venge du luxe ; ceux qui ne savent pas lire déchirent les livres ; d'autres cassent, abîment les statues, les peintures, les meubles, les coffrets, mille délicatesses dont ils ignorent l'usage et qui, à cause de cela, les exaspèrent. De temps à autre, ils s'arrêtent tout hors d'haleine, puis recommencent.

Les habitants, réfugiés dans les cours, gémissent. Les femmes lèvent au ciel leurs yeux en pleurs et leurs bras nus. Pour fléchir les Solitaires, elles embrassent leurs genoux ; ils les renversent ; et le sang jaillit jusqu'aux plafonds, retombe en nappes le long des murs, ruisselle du tronc des cadavres décapités, emplit les aqueducs, fait par terre de larges flaques rouges.

Antoine en a jusqu'aux jarrets. Il marche dedans ; il en hume les gouttelettes sur ses lèvres, et tressaille de joie à le sentir contre ses membres, sous sa tunique de poils, qui en est trempée.

La nuit vient. L'immense clameur s'apaise.

Les Solitaires ont disparu.

Tout à coup, sur les galeries extérieures bordant les neuf étages du Phare, Antoine aperçoit de grosses lignes noires comme seraient des corbeaux arrêtés. Il y court, et il se trouve au sommet.

Un grand miroir de cuivre, tourné vers la haute mer, reflète les navires qui sont au large.

Antoine s'amuse à les regarder ; et à mesure qu'il les regarde, leur nombre augmente.

Ils sont tassés dans un golfe ayant la forme d'un croissant. Par derrière, sur un promontoire, s'étale une ville neuve d'architecture romaine, avec des coupoles de pierre, des toits coniques, des marbres roses et bleus, et une profusion d'airain appliquée aux volutes des chapiteaux, à la crête des maisons, aux angles des corniches. Un bois de cyprès la domine. La couleur de la mer est plus verte, l'air plus froid. Sur les montagnes à l'horizon, il y a de la neige.

Antoine cherche sa route, quand un homme l'aborde et lui dit : « Venez ! on vous attend ! »

Il traverse un forum, entre dans une cour, se baisse sous une porte ; et il arrive devant la façade du palais, décoré par un groupe en cire qui représente l'empereur Constantin terrassant un dragon. Une vasque de porphyre porte à son milieu une conque en or pleine de pistaches. Son guide lui dit qu'il peut en prendre. Il en prend.

Puis il est comme perdu dans une succession d'appartements.

On voit le long des murs en mosaïque, des généraux offrant à l'Empereur sur le plat de la main des villes conquises. Et partout, ce sont des colonnes de basalte, des grilles en filigrane d'argent, des sièges d'ivoire, des tapisseries brodées de perles. La lumière tombe des voûtes, Antoine continue à marcher. De tièdes exhalaisons circulent ; il entend, quelquefois, le claquement discret d'une sandale. Postés dans les antichambres, des gardiens, — qui ressemblent à des automates, — tiennent sur leurs épaules des bâtons de vermeil.

Enfin, il se trouve au bas d'une salle terminée au fond par des rideaux d'hyacinthe. Ils s'écartent, et découvrent l'Empereur, assis sur un trône, en tunique violette, et chaussé de brodequins rouges à bandes noires.

Un diadème de perles contourne sa chevelure disposée en rouleaux symétriques. Il a les paupières tombantes, le nez droit, la physionomie lourde et sournoise. Aux coins du dais étendu sur sa tête quatre colombes d'or sont posées, et au pied du trône deux lions d'émail accroupis. Les colombes se mettent à chanter, les lions à rugir, l'Empereur roule des yeux, Antoine s'avance ; et tout de suite, sans préambule, ils se racontent des événements. Dans les villes d'Antioche, d'Éphèse et d'Alexandrie, on a saccagé les temples et fait avec les statues des dieux, des pots et des marmites ; l'Empereur en rit beaucoup. Antoine lui reproche sa tolérance envers les Novatiens. Mais l'Empereur s'emporte ; Novatiens, Ariens, Méléciens, tous l'ennuient. Cependant il admire l'épiscopat, car les chrétiens relevant des évêques, qui dépendent de cinq ou six personnages, il s'agit de gagner ceux-là pour avoir à soi tous les autres. Aussi n'a-t-il pas manqué de leur fournir des sommes considérables. Mais il déteste les pères du Concile de Nicée. — « Allons les voir ! » Antoine le suit.

Et ils se trouvent, de plain-pied, sur une terrasse.

Elle domine un hippodrome, rempli de monde et que surmontent des portiques, où le reste de la foule se promène. Au centre du champ de course s'étend une plate-forme étroite, portant sur sa longueur un petit temple de Mercure, la statue de Constantin, trois serpents de bronze entrelacés, à un bout de gros œufs en bois, et à l'autre sept dauphins la queue en l'air.

Derrière le pavillon impérial, les Préfets des chambres, les Comtes des domestiques et les Patrices s'échelonnent jusqu'au premier étage d'une église, dont toutes les fenêtres sont garnies de femmes. A droite est la tribune de la faction bleue, à gauche celle de la verte, en dessous un piquet de soldats, et, au niveau de l'arène un rang d'arcs corinthiens, formant l'entrée des loges.

Les courses vont commencer, les chevaux s'alignent. De hauts panaches, plantés entre leurs oreilles, se balancent au vent comme des arbres ; et ils secouent, dans leurs bonds, des chars en forme de coquille, conduits par des cochers revêtus d'une sorte de cuirasse multicolore, avec des manches étroites du poignet et larges du bras, les

jambes nues, toute la barbe, les cheveux rasés sur le front
à la mode des Huns.

Antoine est d'abord assourdi par le clapotement des
voix. Du haut en bas, il n'aperçoit que des visages fardés,
des vêtements bigarrés, des plaques d'orfèvrerie ; et le
sable de l'arène, tout blanc, brille comme un miroir.

L'Empereur l'entretient. Il lui confie des choses impor-
tantes, secrètes, lui avoue l'assassinat de son fils Crispus,
lui demande même des conseils pour sa santé.

Cependant Antoine remarque des esclaves au fond des
loges. Ce sont les pères du Concile de Nicée, en haillons,
abjects. Le martyr Paphnuce brosse la crinière d'un cheval, Théophile lave les jambes d'un autre, Jean peint les
sabots d'un troisième, Alexandre ramasse du crottin dans
une corbeille.

Antoine passe au milieu d'eux. Ils font la haie, le prient
d'intercéder, lui baisent les mains. La foule entière les
hue ; et il jouit de leur dégradation, démesurément. Le
voilà devenu un des grands de la Cour, confident de
l'Empereur, premier ministre ! Constantin lui pose son
diadème sur le front. Antoine le garde, trouvant cet honneur tout simple.

Et bientôt se découvre sous les ténèbres une salle
immense, éclairée par des candélabres d'or.

Des colonnes, à demi perdues dans l'ombre tant elles
sont hautes, vont s'alignant à la file en dehors des tables
qui se prolongent jusqu'à l'horizon, — où apparaissent
dans une vapeur lumineuse des superpositions d'escaliers,
des suites d'arcades, des colosses, des tours, et par derrière une vague bordure de palais que dépassent des
cèdres, faisant des masses plus noires sur l'obscurité.

Les convives, couronnés de violettes, s'appuient du
coude contre des lits très bas. Le long de ces deux rangs
des amphores qu'on incline versent du vin ; — et tout au
fond, seul, coiffé de la tiare et couvert d'escarboucles,
mange et boit le roi Nabuchodonosor.

A sa droite et à sa gauche, deux théories de prêtres en
bonnets pointus balancent des encensoirs. Par terre, sous
lui, rampent les rois captifs, sans pieds ni mains, auxquels
il jette des os à ronger ; plus bas se tiennent ses frères,
avec un bandeau sur les yeux, — étant tous aveugles.

Une plainte continue monte du fond des ergastules. Les
sons doux et lents d'un orgue hydraulique alternent avec

les chœurs de voix ; et on sent qu'il y a tout autour de la salle une ville démesurée, un océan d'hommes dont les flots battent les murs.

Les esclaves courent portant des plats. Des femmes circulent offrant à boire, les corbeilles crient sous le poids des pains ; et un dromadaire, chargé d'outres percées, passe et revient, laissant couler de la verveine pour rafraîchir les dalles.

Des belluaires amènent des lions. Des danseuses, les cheveux pris dans des filets, tournent sur les mains en crachant du feu par les narines ; des bateleurs nègres jonglent, des enfants nus se lancent des pelotes de neige, qui s'écrasent en tombant contre les claires argenteries. La clameur est si formidable qu'on dirait une tempête, et un nuage flotte sur le festin, tant il y a de viandes et d'haleines. Quelquefois une flammèche des grands flambeaux, arrachée par le vent, traverse la nuit comme une étoile qui file.

Le Roi essuie avec son bras les parfums de son visage. Il mange dans les vases sacrés, puis les brise ; et il énumère intérieurement ses flottes, ses armées, ses peuples. Tout à l'heure, par caprice, il brûlera son palais avec ses convives. Il compte rebâtir la tour de Babel et détrôner Dieu.

Antoine lit, de loin, sur son front, toutes ses pensées. Elles le pénètrent, — et il devient Nabuchodonosor.

Aussitôt il est repu de débordements et d'exterminations ; et l'envie le prend de se rouler dans la bassesse. D'ailleurs, la dégradation de ce qui épouvante les hommes est un outrage fait à leur esprit, une manière encore de les stupéfier ; et comme rien n'est plus vil qu'une bête brute, Antoine se met à quatre pattes sur la table, et beugle comme un taureau.

Il sent une douleur à la main, — un caillou, par hasard, l'a blessé, — et il se retrouve devant sa cabane.

L'enceinte des roches est vide. Les étoiles rayonnent. Tout se tait.

Une fois de plus je me suis trompé ! Pourquoi ces choses ? Elles viennent des soulèvements de la chair. Ah ! misérable !

Il s'élance dans sa cabane, y prend un paquet de cordes, terminé par des ongles métalliques, se dénude jusqu'à la ceinture, et levant la tête vers le ciel :

Accepte ma pénitence, ô mon Dieu ! ne la dédaigne pas pour sa faiblesse. Rends-la aiguë, prolongée, excessive ! Il est temps `à l'œuvre !

Il s'applique un cinglon vigoureux.

Aïe ! non ! non ! pas de pitié !

Il recommence.

Oh ! oh ! oh ! chaque coup me déchire la peau, me tranche les membres. Cela me brûle horriblement !
Eh ! ce n'est pas terrible ! on s'y fait. Il me semble même...

Antoine s'arrête.

Va donc, lâche ! va donc ! Bien ! bien ! sur les bras, dans le dos, sur la poitrine, contre le ventre, partout ! Sifflez, lanières, mordez-moi, arrachez-moi ! Je voudrais que les gouttes de mon sang jaillissent jusqu'aux étoiles, fissent craquer mes os, découvrir mes nerfs ! Des tenailles, des chevalets, du plomb fondu ! Les martyrs en ont subi bien d'autres ! n'est-ce pas, Ammonaria ?

L'ombre des cornes du Diable reparaît.

J'aurais pu être attaché à la colonne près de la tienne, face à face, sous tes yeux, répondant à tes cris par mes soupirs ; et nos douleurs se seraient confondues, nos âmes se seraient mêlées.

Il se flagelle avec furie.

Tiens, tiens ! pour toi ! encore !... Mais voilà qu'un chatouillement me parcourt. Quel supplice ! quels délices ! ce sont comme des baisers. Ma moelle se fond ! je meurs !

Et il voit en face de lui trois cavaliers montés sur des

onagres, vêtus de robes vertes, tenant des lis à la main et se ressemblant tous de figure.

Antoine se retourne, et il voit trois autres cavaliers semblables, sur de pareils onagres, dans la même attitude.

Il recule. Alors les onagres, tous à la fois, font un pas et frottent leur museau contre lui, en essayant de mordre son vêtement. Des voix crient : « Par ici, par ici, c'est là ! » Et des étendards paraissent entre les fentes de la montagne avec des têtes de chameau en licol de soie rouge, des mulets chargés de bagages, et des femmes couvertes de voiles jaunes, montées à califourchon sur des chevaux pie.

Les bêtes haletantes se couchent, les esclaves se précipitent sur les ballots, on déroule des tapis bariolés, on étale par terre des choses qui brillent.

Un éléphant blanc, caparaçonné d'un filet d'or, accourt, en secouant le bouquet de plumes d'autruche attaché à son frontal.

Sur son dos, parmi des coussins de laine bleue, jambes croisées, paupières à demi closes et se balançant la tête, il y a une femme si splendidement vêtue qu'elle envoie des rayons autour d'elle. La foule se prosterne, l'éléphant plie les genoux, et

LA REINE DE SABA

se laissant glisser le long de son épaule, descend sur les tapis et s'avance vers saint Antoine.

Sa robe en brocart d'or, divisée régulièrement par des falbalas de perles, de jais et de saphirs, lui serre la taille dans un corsage étroit, rehaussé d'applications de couleur, qui représentent les douze signes du Zodiaque. Elle a des patins très hauts, dont l'un est noir et semé d'étoiles d'argent, avec un croissant de lune, — et l'autre, qui est blanc, est couvert de gouttelettes d'or avec un soleil au milieu.

Ses larges manches, garnies d'émeraudes et de plumes d'oiseau, laissent voir à nu son petit bras rond, orné au poignet d'un bracelet d'ébène, et ses mains chargées de bagues se terminent par des ongles si pointus que le bout de ses doigts ressemble presque à des aiguilles.

Une chaîne d'or plate, lui passant sous le menton, monte le long de ses joues, s'enroule en spirale autour de sa coiffure, poudrée de poudre bleue ; puis, redescendant, lui effleure les épaules et vient s'attacher sur sa poitrine à un scorpion de diamant, qui allonge la langue entre ses seins. Deux grosses perles blondes tirent ses oreilles. Le bord de ses paupières est peint en noir. Elle a sur la pommette gauche une tache brune naturelle ; et elle respire en ouvrant la bouche, comme si son corset la gênait.

Elle secoue, tout en marchant, un parasol vert à manche d'ivoire, entouré de sonnettes vermeilles ; — et douze négrillons crépus portent la longue queue de sa robe, dont un singe tient l'extrémité qu'il soulève de temps à autre.

Elle dit :

Ah ! bel ermite ! bel ermite ! mon cœur défaille !

A force de piétiner d'impatience il m'est venu des calus au talon, et j'ai cassé un de mes ongles ! J'envoyais des bergers qui restaient sur les montagnes la main étendue devant les yeux, et des chasseurs qui criaient ton nom dans les bois, et des espions qui parcouraient toutes les routes en disant à chaque passant : « L'avez-vous vu ? »

La nuit, je pleurais, le visage tourné vers la muraille. Mes larmes, à la longue, ont fait deux petits trous dans la mosaïque, comme des flaques d'eau de mer dans les rochers, car, je t'aime ! Oh ! oui ! beaucoup !

Elle lui prend la barbe.

Ris donc, bel ermite ! ris donc ! Je suis très gaie, tu verras ! Je pince de la lyre, je danse comme une abeille, et je sais une foule d'histoires à raconter toutes plus divertissantes les unes que les autres.

Tu n'imagines pas la longue route que nous avons faite. Voilà les onagres des courriers verts qui sont morts de fatigue !

Les onagres sont étendus par terre, sans mouvement.

Depuis trois grandes lunes, ils ont couru d'un train égal, avec un caillou dans les dents pour couper le vent, la queue toujours droite, le jarret tou-

jours plié, et galopant toujours. On n'en retrouvera
pas de pareils ! Ils me venaient de mon grand-père
maternel, l'empereur Saharil, fils d'Iakhschab, fils
d'Iaarab, fils de Kastan. Ah ! s'ils vivaient encore
nous les attellerions à une litière pour nous en
retourner vite à la maison ! Mais... comment ?... à
quoi songes-tu ?

Elle l'examine.

Ah ! quand tu seras mon mari, je t'habillerai, je te
parfumerai, je t'épilerai.

Antoine reste immobile, plus roide qu'un pieu, pâle
comme un mort.

Tu as l'air triste ; est-ce de quitter ta cabane ? Moi,
j'ai tout quitté pour toi, — jusqu'au roi Salomon, qui
a cependant beaucoup de sagesse, vingt mille chariots de guerre, et une belle barbe ! Je t'ai apporté
mes cadeaux de noces. Choisis.

Elle se promène entre les rangées d'esclaves et les marchandises.

Voici du baume de Génézareth, de l'encens du cap
Gardefan, du ladanon, du cinnamome, et du sil-
phium, bon à mettre dans les sauces. Il y a là-dedans
des broderies d'Assur, des ivoires du Gange, de la
pourpre d'Élisa ; et cette boîte de neige contient une
outre de chalibon, vin réservé pour les rois d'Assyrie,
— et qui se boit pur dans une corne de licorne. Voilà
des colliers, des agrafes, des filets, des parasols, de
la poudre d'or de Baasa, du cassiteros de Tartessus,
du bois bleu de Pandio, des fourrures blanches
d'Issedonie, des escarboucles de l'île Palæsimonde,
et des curedents faits avec les poils du tachas, —
animal perdu qui se trouve sous la terre. Ces coussins sont d'Émath, et ces franges à manteau de
Palmyre. Sur ce tapis de Babylone, il y a... mais
viens donc ! Viens donc !

Elle tire saint Antoine par la manche. Il résiste. Elle continue :

Ce tissu mince, qui craque sous les doigts avec un bruit d'étincelles, est la fameuse toile jaune apportée par les marchands de la Bactriane. Il leur faut quarante-trois interprètes dans leur voyage. Je t'en ferai faire des robes, que tu mettras à la maison.

Poussez les crochets de l'étui en sycomore, et donnez-moi la cassette d'ivoire qui est au garrot de mon éléphant !

On retire d'une boîte quelque chose de rond couvert d'un voile, et l'on apporte un petit coffret chargé de ciselures.

Veux-tu le bouclier de Dgian-ben-Dgian, celui qui a bâti les Pyramides ? le voilà ! Il est composé de sept peaux de dragon mises l'une sur l'autre, jointes par des vis de diamant, et qui ont été tannées dans de la bile de parricide. Il représente, d'un côté, toutes les guerres qui ont eu lieu depuis l'invention des armes, et, de l'autre, toutes les guerres qui auront lieu jusqu'à la fin du monde. La foudre rebondit dessus, comme une balle de liège. Je vais le passer à ton bras, et tu le porteras à la chasse.

Mais si tu savais ce que j'ai dans ma petite boîte ! Retourne-la, tâche de l'ouvrir ! Personne n'y parviendrait ; embrasse-moi ; je te le dirai.

Elle prend saint Antoine par les deux joues ; il la repousse à bras tendus.

III

Quand elle a disparu, Antoine aperçoit un enfant sur le seuil de sa cabane.

C'est quelqu'un des serviteurs de la Reine,

pense-t-il.

Cet enfant est petit comme un nain, et pourtant trapu comme un Cabire, contourné, d'aspect misérable. Des cheveux blancs couvrent sa tête prodigieusement grosse ; et il grelotte sous une méchante tunique, tout en gardant à sa main un rouleau de papyrus.

La lumière de la lune, que traverse un nuage, tombe sur lui.

ANTOINE

l'observe de loin et en a peur.

Qui es-tu ?

L'ENFANT

répond :

Ton ancien disciple Hilarion !

ANTOINE

Tu mens ! Hilarion habite depuis longues années la Palestine.

HILARION

J'en suis revenu ! c'est bien moi !

ANTOINE

se rapproche, et il le considère.

Cependant sa figure était brillante comme l'aurore, candide, joyeuse. Celle-là est toute sombre et vieille.

HILARION

De longs travaux m'ont fatigué !

ANTOINE

La voix aussi est différente. Elle a un timbre qui vous glace.

HILARION

C'est que je me nourris de choses amères !

ANTOINE

Et ces cheveux blancs ?

HILARION

J'ai eu tant de chagrins !

ANTOINE

à part :

Serait-ce possible ?...

HILARION

Je n'étais pas si loin que tu le supposes. L'ermite Paul t'a rendu visite cette année, pendant le mois de schebar. Il y a juste vingt jours que les Nomades t'ont apporté du pain. Tu as dit, avant-hier, à un matelot de te faire parvenir trois poinçons.

ANTOINE

Il sait tout !

HILARION

Apprends même que je ne t'ai jamais quitté. Mais tu passes de longues périodes sans m'apercevoir.

ANTOINE

Comment cela ? Il est vrai que j'ai la tête si troublée ! Cette nuit particulièrement...

HILARION

Tous les Péchés Capitaux sont venus. Mais leurs piètres embûches se brisent contre un Saint tel que toi !

ANTOINE

Oh ! non !... non ! A chaque minute, je défaille ! Que ne suis-je un de ceux dont l'âme est toujours intrépide et l'esprit ferme, — comme le grand Athanase, par exemple.

HILARION

Il a été ordonné illégalement par sept évêques !

ANTOINE

Qu'importe ! si sa vertu...

HILARION

Allons donc ! un homme orgueilleux, cruel, toujours dans les intrigues, et finalement exilé comme accapareur.

ANTOINE

Calomnie !

HILARION

Tu ne nieras pas qu'il ait voulu corrompre Eus-
tates, le trésorier des largesses ?

ANTOINE

On l'affirme ; j'en conviens.

HILARION

Il a brûlé, par vengeance, la maison d'Arsène !

ANTOINE

Hélas !

HILARION

Au concile de Nicée, il a dit en parlant de Jésus :
« l'homme du Seigneur. »

ANTOINE

Ah ! cela c'est un blasphème !

HILARION

Tellement borné du reste, qu'il avoue ne rien
comprendre à la nature du Verbe.

ANTOINE

souriant de plaisir :

En effet, il n'a pas l'intelligence très... élevée.

HILARION

Si l'on t'avait mis à sa place, c'eût été un grand

bonheur pour tes frères comme pour toi. Cette vie à l'écart des autres est mauvaise.

ANTOINE

Au contraire ! L'homme, étant esprit, doit se retirer des choses mortelles. Toute action le dégrade. Je voudrais ne pas tenir à la terre, — même par la plante de mes pieds !

HILARION

Hypocrite qui s'enfonce dans la solitude pour se livrer mieux au débordement de ses convoitises ! Tu te prives de viandes, de vin, d'étuves, d'esclaves et d'honneurs ; mais comme tu laisses ton imagination t'offrir des banquets, des parfums, des femmes nues et des foules applaudissantes ! Ta chasteté n'est qu'une corruption plus subtile, et ce mépris du monde l'impuissance de ta haine contre lui ! C'est là ce qui rend tes pareils si lugubres, ou peut-être parce qu'ils doutent. La possession de la vérité donne la joie. Est-ce que Jésus était triste ? Il allait entouré d'amis, se reposait à l'ombre de l'olivier, entrait chez le publicain, multipliait les coupes, pardonnant à la pécheresse, guérissant toutes les douleurs. Toi, tu n'as de pitié que pour ta misère. C'est comme un remords qui t'agite et une démence farouche, jusqu'à repousser la caresse d'un chien ou le sourire d'un enfant.

ANTOINE

éclate en sanglots.

Assez ! assez ! tu remues trop mon cœur !

HILARION

Secoue la vermine de tes haillons ! Relève-toi de ton ordure ! Ton Dieu n'est pas un Moloch qui demande de la chair en sacrifice !

ANTOINE

Cependant la souffrance est bénie. Les chérubins s'inclinent pour recevoir le sang des confesseurs.

HILARION

Admire donc les Montanistes ! ils dépassent tous les autres.

ANTOINE

Mais c'est la vérité de la doctrine qui fait le martyre !

HILARION

Comment peut-il en prouver l'excellence, puisqu'il témoigne également pour l'erreur ?

ANTOINE

Te tairas-tu, vipère !

HILARION

Cela n'est peut-être pas si difficile. Les exhortations des amis, le plaisir d'insulter le peuple, le serment qu'on a fait, un certain vertige, mille circonstances les aident.

Antoine s'éloigne d'Hilarion. Hilarion le suit.

D'ailleurs, cette manière de mourir amène de grands désordres. Denys, Cyprien et Grégoire s'y sont soustraits. Pierre d'Alexandrie l'a blâmée, et le concile d'Elvire...

ANTOINE

se bouche les oreilles.

Je n'écoute plus !

HILARION

élevant la voix :

Voilà que tu retombes dans ton péché d'habitude, la paresse. L'ignorance est l'écume de l'orgueil. On dit : « Ma conviction est faite, pourquoi discuter ? » et on méprise les docteurs, les philosophes, la tradition, et jusqu'au texte de la Loi qu'on ignore. Crois-tu tenir la sagesse dans ta main ?

ANTOINE

Je l'entends toujours ! Ses paroles bruyantes emplissent ma tête.

HILARION

Les efforts pour comprendre Dieu sont supérieurs à tes mortifications pour le fléchir. Nous n'avons de mérite que par notre soif du Vrai. La Religion seule n'explique pas tout ; et la solution des problèmes que tu méconnais peut la rendre plus inattaquable et plus haute. Donc il faut, pour son salut, communiquer avec ses frères, — ou bien l'Église, l'assemblée des fidèles, ne serait qu'un mot, — et écouter toutes les raisons, ne dédaigner rien, ni personne. Le sorcier Balaam, le poète Eschyle et la sibylle de Cumes avaient annoncé le Sauveur. Denys l'Alexandrin reçut du Ciel l'ordre de lire tous les livres. Saint Clément nous ordonne la culture des lettres grecques. Hermas a été converti par l'illusion d'une femme qu'il avait aimée.

ANTOINE

Quel air d'autorité ! Il me semble que tu grandis...

En effet, la taille d'Hilarion s'est progressivement élevée ; et Antoine, pour ne plus le voir, ferme les yeux.

HILARION

Rassure-toi, bon ermite !

Asseyons-nous là, sur cette grosse pierre, — comme autrefois, quand à la première lueur du jour je te saluais, en t'appelant « claire étoile du matin » ; et tu commençais tout de suite mes instructions. Elles ne sont pas finies. La lune nous éclaire suffisamment. Je t'écoute.

Il a tiré un calame de sa ceinture ; et, par terre, jambes croisées, avec son rouleau de papyrus à la main, il lève la tête vers saint Antoine, qui, assis près de lui, reste le front penché.

Après un moment de silence, Hilarion reprend :

La parole de Dieu, n'est-ce pas, nous est confirmée par les miracles ? Cependant les sorciers de Pharaon en faisaient ; d'autres imposteurs peuvent en faire ; on s'y trompe. Qu'est-ce donc qu'un miracle ? Un événement qui nous semble en dehors de la nature. Mais connaissons-nous toute sa puissance ? et de ce qu'une chose ordinairement ne nous étonne pas, s'ensuit-il que nous la comprenions ?

ANTOINE

Peu importe ! il faut croire l'Écriture !

HILARION

Saint Paul, Origène et bien d'autres ne l'entendaient pas littéralement ; mais si on l'explique par des allégories, elle devient le partage d'un petit nombre et l'évidence de la vérité disparaît. Que faire ?

ANTOINE

S'en remettre à l'Église !

HILARION

Donc l'Écriture est inutile ?

ANTOINE

Non pas ! quoique l'Ancien Testament, je l'avoue,

ait... des obscurités... Mais le Nouveau resplendit
d'une lumière pure.

HILARION

Cependant l'ange annonciateur, dans Matthieu,
apparaît à Joseph, tandis que dans Luc, c'est à
Marie. L'onction de Jésus par une femme se passe,
d'après le premier Évangile, au commencement de
sa vie publique, et, selon les trois autres, peu de
jours avant sa mort. Le breuvage qu'on lui offre sur
la croix, c'est, dans Matthieu, du vinaigre avec du
fiel, dans Marc du vin et de la myrrhe. Suivant Luc
et Matthieu, les apôtres ne doivent prendre ni argent
ni sac, pas même de sandales et de bâton ; dans
Marc, au contraire, Jésus leur défend de rien emporter si ce n'est des sandales et un bâton. Je m'y
perds !...

ANTOINE

avec ébahissement :

En effet... en effet...

HILARION

Au contact de l'hémorroïdesse, Jésus se retourna
en disant : « Qui m'a touché ? » Il ne savait donc pas
qui le touchait ? Cela contredit l'omniscience de
Jésus. Si le tombeau était surveillé par des gardes,
les femmes n'avaient pas à s'inquiéter d'un aide pour
soulever la pierre de ce tombeau. Donc, il n'y avait
pas de gardes, ou bien les saintes femmes n'étaient
pas là. A Emmaüs, il mange avec ses disciples et leur
fait tâter ses plaies. C'est un corps humain, un objet
matériel, pondérable, et cependant qui traverse les
murailles. Est-ce possible ?

ANTOINE

Il faudrait beaucoup de temps pour te répondre !

HILARION

Pourquoi reçut-il le Saint-Esprit, bien qu'étant le Fils ? Qu'avait-il besoin du baptême s'il était le Verbe ? Comment le Diable pouvait-il le tenter, lui, Dieu ?

Est-ce que ces pensées-là ne te sont jamais venues ?

ANTOINE

Oui !... souvent ! Engourdies ou furieuses, elles demeurent dans ma conscience. Je les écrase, elles renaissent, m'étouffent ; et je crois parfois que je suis maudit.

HILARION

Alors, tu n'as que faire de servir Dieu ?

ANTOINE

J'ai toujours besoin de l'adorer !

Après un long silence,

HILARION

reprend :

Mais en dehors du dogme, toute liberté de recherches nous est permise. Désires-tu connaître la hiérarchie des Anges, la vertu des Nombres, la raison des germes et des métamorphoses ?

ANTOINE

Oui ! oui ! ma pensée se débat pour sortir de sa prison. Il me semble qu'en ramassant mes forces j'y parviendrai. Quelquefois même, pendant la durée d'un éclair, je me trouve comme suspendu ; puis je retombe !

HILARION

Le secret que tu voudrais tenir est gardé par des sages. Ils vivent dans un pays lointain, assis sous des arbres gigantesques, vêtus de blanc et calmes comme des Dieux. Un air chaud les nourrit. Des léopards tout à l'entour marchent sur des gazons. Le murmure des sources avec le hennissement des licornes se mêlent à leurs voix. Tu les écouteras ; et la face de l'Inconnu se dévoilera !

ANTOINE

soupirant :

La route est longue, et je suis vieux !

HILARION

Oh ! oh ! les hommes savants ne sont pas rares ! Il y en a même tout près de toi ; ici ! — Entrons !

IV

Et Antoine voit devant lui une basilique immense.

La lumière se projette du fond, merveilleuse comme serait un soleil multicolore. Elle éclaire les têtes innombrables de la foule qui emplit la nef et reflue entre les colonnes, vers les bas-côtés, — où l'on distingue dans des compartiments de bois, des autels, des lits, des chaînettes de petites pierres bleues, et des constellations peintes sur les murs.

Au milieu de la foule*, des groupes, çà et là, stationnent. Des hommes, debout sur des escabeaux, haranguent le doigt levé ; d'autres prient les bras en croix, sont couchés par terre, chantent des hymnes, ou boivent du vin ; autour d'une table, des fidèles font les agapes ; des martyrs démaillotent leurs membres pour montrer leurs blessures ; des vieillards, appuyés sur des bâtons, racontent leurs voyages.

Il y en a du pays des Germains, de la Thrace et des Gaules, de la Scythie et des Indes, — avec de la neige sur la barbe, des plumes dans la chevelure, des épines aux franges de leur vêtement, les sandales noires de poussière, la peau brûlée par le soleil. Tous les costumes se confondent, les manteaux de pourpre et les robes de lin, des dalmatiques brodées, des sayons de poil, des bonnets de matelots, des mitres d'évêques. Leurs yeux fulgurent extraordinairement. Ils ont l'air de bourreaux ou l'air d'eunuques.

Hilarion s'avance au milieu d'eux. Tous le saluent. Antoine, en se serrant contre son épaule, les observe. Il remarque beaucoup de femmes. Plusieurs sont habillées en hommes, avec les cheveux ras ; il en a peur.

HILARION

Ce sont des chrétiennes qui ont converti leurs maris. D'ailleurs les femmes sont toujours pour Jésus, même les idôlatres, témoin Procula l'épouse de Pilate, et Poppée la concubine de Néron. Ne tremble plus ! avance !

Et il en arrive d'autres, continuellement.

Ils se multiplient, se dédoublent, légers comme des ombres, tout en faisant une grande clameur où se mêlent des hurlements de rage, des cris d'amour, des cantiques et des objurgations.

ANTOINE

à voix basse :

Que veulent-ils ?

HILARION

Le Seigneur a dit « j'aurais encore à vous parler de bien des choses. » Ils possèdent ces choses.

Et il le pousse vers un trône d'or à cinq marches où, entouré de quatre-vingt-quinze disciples, tous frottés d'huile, maigres et très pâles, siège le prophète Manès, — beau comme un archange, immobile comme une statue, portant une robe indienne, des escarboucles dans ses cheveux nattés, à sa main gauche un livre d'images peintes, et sous sa droite un globe. Les images représentent les créatures qui sommeillaient dans le chaos. Antoine se penche pour les voir. Puis,

MANÈS

fait tourner son globe ; et réglant ses paroles sur une lyre d'où s'échappent des sons cristallins :

La terre céleste est à l'extrémité supérieure, la terre mortelle à l'extrémité inférieure. Elle est soutenue par deux anges, le Splenditenens et l'Omophore à six visages.

Au sommet du ciel le plus haut se tient la Divinité impassible ; en dessous, face à face, sont le Fils de Dieu et le Prince des ténèbres.

Les ténèbres s'étant avancées jusqu'à son royaume, Dieu tira de son essence une vertu qui produisit le premier homme ; et il l'environna des cinq éléments. Mais les démons des ténèbres lui en dérobèrent une partie, et cette partie est l'âme.

Il n'y a qu'une seule âme — universellement épandue, comme l'eau d'un fleuve divisé en plusieurs bras. C'est elle qui soupire dans le vent, grince dans le marbre qu'on scie, hurle par la voix de la mer ; et elle pleure des larmes de lait quand on arrache les feuilles du figuier.

Les âmes sorties de ce monde émigrent vers les astres, qui sont des êtres animés.

ANTOINE

se met à rire.

Ah ! ah ! quelle absurde imagination !

UN HOMME

sans barbe, et d'apparence austère :

En quoi ?

Antoine va répondre. Mais Hilarion lui dit tout bas que cet homme est l'immense Origène ; et

MANÈS

reprend :

D'abord elles s'arrêtent dans la lune, où elles se purifient. Ensuite elles montent dans le soleil.

ANTOINE

lentement :

Je ne connais rien... qui nous empêche... de le croire.

MANÈS

Le but de toute créature est la délivrance du rayon céleste enfermé dans la matière. Il s'en échappe plus facilement par les parfums, les épices, l'arôme du vin cuit, les choses légères qui ressemblent à des pensées. Mais les actes de la vie l'y retiennent. Le meurtrier renaîtra dans le corps d'un célèphe, celui qui tue un animal deviendra cet animal ; si tu plantes une vigne, tu seras lié dans ses rameaux. La nourriture en absorbe. Donc, privez-vous ! jeûnez !

HILARION

Ils sont tempérants, comme tu vois !

MANÈS

Il y en a beaucoup dans les viandes, moins dans les herbes. D'ailleurs les Purs, grâce à leurs mérites, dépouillent les végétaux de cette partie lumineuse et elle remonte à son foyer. Les animaux, par la génération, l'emprisonnent dans la chair. Donc, fuyez les femmes !

HILARION

Admire leur continence !

MANÈS

Ou plutôt, faites si bien qu'elles ne soient pas fécondes. — Mieux vaut pour l'âme tomber sur la terre que de languir dans des entraves charnelles !

ANTOINE

Ah ! l'abomination !

HILARION

Qu'importe la hiérarchie des turpitudes ? l'Église a bien fait du mariage un sacrement !

SATURNIN

en costume de Syrie :

Il propage un ordre de choses funestes ! Le Père, pour punir les anges révoltés, leur ordonna de créer le monde. Le Christ est venu, afin que le Dieu des Juifs qui était un de ces anges...

ANTOINE

Un ange ? lui ! le Créateur !

CERDON

N'a-t-il pas voulu tuer Moïse, trompé ses prophètes, séduit les peuples, répandu le mensonge et l'idolâtrie ?

MARCION

Certainement, le Créateur n'est pas le vrai Dieu !

SAINT CLÉMENT D'ALEXANDRIE

La matière est éternelle !

BARDESANE

en mage de Babylone :

Elle a été formée par les Sept Esprits planétaires.

LES HERNIENS

Les anges ont fait les âmes !

LES PRISCILLIANIENS

C'est le Diable qui a fait le monde !

ANTOINE

se rejette en arrière :

Horreur !

HILARION

le soutenant :

Tu te désespères trop vite ! Tu comprends mal leur doctrine ! En voici un qui a reçu la sienne de Théodas, l'ami de saint Paul. Écoute-le !

Et, sur un signe d'Hilarion,

VALENTIN

en tunique de toile d'argent, la voix sifflante et le crâne pointu :

Le monde est l'œuvre d'un Dieu en délire.

ANTOINE

baisse la tête.

L'œuvre d'un Dieu en délire !...

Après un long silence :

Comment cela ?

VALENTIN

Le plus parfait des êtres, des Éons, l'Abîme, reposait au sein de la Profondeur avec la Pensée. De leur union sortit l'Intelligence, qui eut pour compagne la Vérité.

L'Intelligence et la Vérité engendrèrent le Verbe et la Vie, qui à leur tour, engendrèrent l'Homme et l'Église ; — et cela fait huit Éons !

Il compte sur ses doigts.

Le Verbe et la Vérité produisirent dix autres Éons, c'est-à-dire cinq couples. L'Homme et l'Église en avaient produit douze autres, parmi lesquels le Paraclet et la Foi, l'Espérance et la Charité, le Parfait et la Sagesse, Sophia.

L'ensemble de ces trente Éons constitue le Plérôme, ou Universalité de Dieu. Ainsi, comme les échos d'une voix qui s'éloigne, comme les effluves d'un parfum qui s'évapore, comme les feux du soleil qui se couche, les Puissances émanées du Principe vont toujours s'affaiblissant.

Mais Sophia, désireuse de connaître le Père, s'élança hors du Plérôme ; — et le Verbe fit alors un autre couple, le Christ et le Saint-Esprit, qui avait relié entre eux tous les Éons ; et tous ensemble ils formèrent Jésus, la fleur du Plérôme.

Cependant, l'effort de Sophia pour s'enfuir avait laissé dans le vide une image d'elle, une substance mauvaise, Acharamoth. Le Sauveur en eut pitié, la délivra des passions ; — et du sourire d'Acharamoth délivrée la lumière naquit ; ses larmes firent les eaux, sa tristesse engendra la matière noire.

D'Acharamoth sortit le Démiurge, fabricateur des mondes, des cieux et du Diable. Il habite bien plus bas que le Plérôme, sans même l'apercevoir, tellement qu'il se croit le vrai Dieu, et répète par la bouche de ses prophètes : « Il n'y a d'autre Dieu que moi ! » Puis il fit l'homme, et lui jeta dans l'âme la semence immatérielle, qui était l'Église, reflet de l'autre Église placée dans le Plérôme.

Acharamoth, un jour, parvenant à la région la plus haute, se joindra au Sauveur ; le feu caché dans le monde anéantira toute matière, se dévorera lui-même, et les hommes, devenus de purs esprits, épouseront des anges !

ORIGÈNE

Alors le Démon sera vaincu, et le règne de Dieu commencera !

Antoine retient un cri ; et aussitôt,

BASILIDE

le prenant par le coude :

L'Être suprême avec les émanations infinies s'appelle Abraxas, et le Sauveur avec toutes ses vertus Kaulakau, autrement ligne-sur-ligne, rectitude-sur-rectitude.

On obtient la force de Kaulakau par le secours de certains mots, inscrits sur cette calcédoine pour faciliter la mémoire.

Et il montre à son cou une petite pierre où sont gravées des lignes bizarres.

Alors tu seras transporté dans l'Invisible ; et supérieur à la loi, tu mépriseras tout, même la vertu !

Nous autres, les Purs, nous devons fuir la douleur, d'après l'exemple de Kaulakau.

ANTOINE

Comment ! et la croix ?

LES ELKHESAÏTES

en robe d'hyacinthe, lui répondent :

La tristesse, la bassesse, la condamnation et l'oppression de mes pères sont effacées, grâce à la mission qui est venue !

On peut renier le Christ inférieur, l'homme-Jésus ; mais il faut adorer l'autre Christ, éclos dans sa personne sous l'aile de la Colombe.

Honorez le mariage ! Le Saint-Esprit est féminin !

Hilarion a disparu ; et Antoine poussé par la foule arrive devant.

LES CARPOCRATIENS

étendus avec des femmes sur des coussins d'écarlate :

Avant de rentrer dans l'Unique, tu passeras par une série de conditions et d'actions. Pour t'affranchir des ténèbres, accomplis, dès maintenant, leurs œuvres ! L'époux va dire à l'épouse : « Fais la charité à ton frère », et elle te baisera.

LES NICOLAÏTES

assemblés autour d'un mets qui fume :

C'est de la viande offerte aux idoles ; prends-en ! L'apostasie est permise quand le cœur est pur. Gorge ta chair de ce qu'elle demande. Tâche de l'exterminer à force de débauches ! Prounikos, la mère du Ciel, s'est vautrée dans les ignominies.

LES MARCOSIENS

avec des anneaux d'or, et ruisselants de baume :

Entre chez nous pour t'unir à l'Esprit ! Entre chez nous pour boire l'immortalité !

Et l'un d'eux lui montre, derrière une tapisserie, le corps d'un homme terminé par une tête d'âne. Cela représente Sabaoth, père du Diable. En marque de haine, il crache dessus.

Un autre découvre un lit très bas, jonché de fleurs, en disant que

Les noces spirituelles vont s'accomplir.

Un troisième tient une coupe de verre, fait une invocation ; du sang y paraît :

Ah ! le voilà ! le voilà ! le sang du Christ !

Antoine s'écarte. Mais il est éclaboussé par l'eau qui saute d'une cuve.

LES HELVIDIENS

s'y jettent la tête en bas, en marmottant :

L'homme régénéré par le baptême est impeccable !

Puis il passe près d'un grand feu, où se chauffent les Adamites, complètement nus pour imiter la pureté du paradis ; et il se heurte aux

MESSALIENS

vautrés sur les dalles, à moitié endormis, stupides :

Oh ! écrase-nous si tu veux, nous ne bougerons pas ! Le travail est un péché, toute occupation mauvaise !

Derrière ceux-là, les abjects

PATERNIENS

hommes, femmes et enfants, pêle-mêle sur un tas d'ordures, relèvent leurs faces hideuses barbouillées de vin :

Les parties inférieures du corps faites par le Diable lui appartiennent. Buvons, mangeons, forniquons !

ÆTIUS

Les crimes sont des besoins au-dessous du regard de Dieu !

Mais tout à coup

UN HOMME

vêtu d'un manteau carthaginois, bondit au milieu d'eux, avec un paquet de lanières à la main ; et frappant au hasard de droite et de gauche, violemment :

Ah ! imposteurs, brigands, simoniaques, hérétiques et démons ! la vermine des écoles, la lie de l'enfer ! Celui-là, Marcion, c'est un matelot de Sinope excommunié pour inceste ; on a banni Carpocras comme magicien ; Ætius a volé sa concubine, Nicolas prostitué sa femme ; et Manès, qui se fait appeler le Bouddha et qui se nomme Cubricus, fut écorché vif avec une pointe de roseau, si bien que sa peau tannée se balance aux portes de Ctésiphon !

ANTOINE

a reconnu Tertullien, et s'élance pour le rejoindre.

Maître ! à moi ! à moi !

TERTULLIEN

continuant :

Brisez les images ! voilez les vierges ! Priez, jeûnez, pleurez, mortifiez-vous ! Pas de philosophie ! pas de livres ! après Jésus, la science est inutile !

Tous ont fui, et Antoine voit, à la place de Tertullien, une femme assise sur un banc de pierre.

Elle sanglote, la tête appuyée contre une colonne, les cheveux pendants, le corps affaissé dans une longue simarre brune.

Puis, ils se trouvent l'un près de l'autre, loin de la foule ; — et un silence, un apaisement extraordinaire s'est fait, comme dans les bois, quand le vent s'arrête et que les feuilles tout à coup ne remuent plus.

Cette femme est très belle, flétrie pourtant et d'une pâleur de sépulcre. Ils se regardent ; et leurs yeux s'envoient comme un flot de pensées, mille choses anciennes, confuses et profondes. Enfin,

PRISCILLA

se met à dire :

J'étais dans la dernière chambre des bains, et je m'endormais au bourdonnement des rues.

Tout à coup j'entendis des clameurs. On criait : « C'est un magicien ! c'est le Diable ! » Et la foule s'arrêta devant notre maison, en face du temple d'Esculape. Je me haussai avec les poignets jusqu'à la hauteur du soupirail.

Sur le péristyle du temple, il y avait un homme qui portait un carcan de fer à son cou. Il prenait des charbons dans un réchaud, et il s'en faisait sur la poitrine de larges traînées, en appelant « Jésus, Jésus ! » Le peuple disait : « Cela n'est pas permis ! lapidons-le ! » Lui, il continuait. C'étaient des choses inouïes, transportantes. Des fleurs larges comme le soleil tournaient devant mes yeux, et j'entendais dans les espaces une harpe d'or vibrer. Le jour tomba. Mes bras lâchèrent les barreaux, mon corps défaillit, et quand il m'eut emmenée à sa maison...

ANTOINE

De qui donc parles-tu ?

PRISCILLA

Mais, de Montanus !

ANTOINE

Il est mort, Montanus.

PRISCILLA

Ce n'est pas vrai !

UNE VOIX

Non, Montanus n'est pas mort !

Antoine se retourne ; et près de lui, de l'autre côté, sur le banc, une seconde femme est assise, — blonde celle-là, et encore plus pâle, avec des bouffissures sous les paupières comme si elle avait longtemps pleuré. Sans qu'il l'interroge, elle dit :

MAXIMILLA

Nous revenions de Tarse par les montagnes, lorsqu'à un détour du chemin, nous vîmes un homme sous un figuier.

Il cria de loin : « Arrêtez-vous ! » et il se précipita
en nous injuriant. Les esclaves accoururent. Il éclata
de rire. Les chevaux se cabrèrent. Les molosses hurlaient tous.

Il était debout. La sueur coulait sur son visage. Le
vent faisait claquer son manteau.

En nous appelant par nos noms, il nous repro-
chait la vanité de nos œuvres, l'infamie de nos
corps ; — et il levait le poing du côté des dromadaires, à cause des clochettes d'argent qu'ils portent
sous la mâchoire.

Sa fureur me versait l'épouvante dans les
entrailles ; c'était pourtant comme une volupté qui
me berçait, m'enivrait.

D'abord, les esclaves s'approchèrent. « Maître,
dirent-ils, nos bêtes sont fatiguées » ; puis ce furent
les femmes : « Nous avons peur », et les esclaves s'en
allèrent. Puis, les enfants se mirent à pleurer :
« Nous avons faim ! » Et comme on n'avait pas
répondu aux femmes, elles disparurent.

Lui, il parlait. Je sentis quelqu'un près de moi.
C'était l'époux ; j'écoutais l'autre. Il se traîna parmi
les pierres en s'écriant « Tu m'abandonnes ? » et je
répondis : « Oui ! va-t'en ! » — afin d'accompagner
Montanus.

ANTOINE

Un eunuque !

PRISCILLA

Ah ! cela t'étonne, cœur grossier ! Cependant
Madeleine, Jeanne, Marthe et Suzanne n'entraient
pas dans la couche du Sauveur. Les âmes, mieux
que les corps, peuvent s'étreindre avec délire. Pour
conserver impunément Eustolie, Léonce l'évêque se
mutila, — aimant mieux son amour que sa virilité.
Et puis, ce n'est pas ma faute ; un esprit m'y
contraint ; Sotas n'a pu me guérir. Il est cruel, pour-

tant ! Qu'importe ! Je suis la dernière des prophé-
tesses ; et après moi, la fin du monde viendra.

MAXIMILLA

Il m'a comblée de ses dons. Aucune d'ailleurs ne
l'aime autant, — et n'en est plus aimée !

PRISCILLA

Tu mens ! c'est moi !

MAXIMILLA

Non, c'est moi !

Elles se battent.
Entre leurs épaules paraît la tête d'un nègre.

MONTANUS

couvert d'un manteau noir, fermé par deux os de mort :

Apaisez-vous, mes colombes ! Incapables du bonheur terrestre, nous sommes par cette union dans la
plénitude spirituelle. Après l'âge du Père, l'âge du
Fils ; et j'inaugure le troisième, celui du Paraclet. Sa
lumière m'est venue durant les quarante nuits que la
Jérusalem céleste a brillé dans le firmament, au-
dessus de ma maison, à Pepuza.

Ah ! comme vous criez d'angoisse quand les
lanières vous flagellent ! comme vos membres endo-
loris se présentent à mes ardeurs ! comme vous lan-
guissez sur ma poitrine, d'un irréalisable amour ! Il
est si fort qu'il vous a découvert des mondes, et vous
pouvez maintenant apercevoir les âmes avec vos
yeux.

Antoine fait un geste d'étonnement.

TERTULLIEN

revenu près de Montanus :

Sans doute, puisque l'âme a un corps, — ce qui n'a point de corps n'existant pas.

MONTANUS

Pour la rendre plus subtile, j'ai institué des mortifications nombreuses, trois carêmes par an, et pour chaque nuit des prières où l'on ferme la bouche, — de peur que l'haleine en s'échappant ne ternisse la pensée. Il faut s'abstenir des secondes noces, ou plutôt de tout mariage ! Les anges ont péché avec les femmes.

LES ARCHONTIQUES

en cilices de crins :

Le Sauveur a dit : « Je suis venu pour détruire l'œuvre de la Femme. »

LES TATIANIENS

en cilices de joncs :

L'arbre du mal c'est elle ! Les habits de peau sont notre corps.

Et, avançant toujours du même côté, Antoine rencontre

LES VALÉSIENS

étendus par terre, avec des plaques rouges au bas du ventre, sous leur tunique.
Ils lui présentent un couteau :

Fais comme Origène et comme nous ! Est-ce la douleur que tu crains, lâche ? Est-ce l'amour de ta chair qui te retient, hypocrite ?

Et pendant qu'il est à les regarder se débattre, étendus sur le dos dans les mares de leur sang,

LES CAÏNITES

les cheveux noués par une vipère, passent près de lui, en vociférant à son oreille :

Gloire à Caïn ! gloire à Sodome ! gloire à Judas !

Caïn fit la race des forts. Sodome épouvanta la terre avec son châtiment ; et c'est par Judas que Dieu sauva le monde ! — Oui, Judas ! sans lui pas de mort et pas de rédemption !

Ils disparaissent sous la horde des

CIRCONCELLIONS

vêtus de peaux de loup, couronnés d'épines, et portant des massues de fer :

Écrasez le fruit ! troublez la source ! noyez l'enfant ! Pillez le riche qui se trouve heureux, qui mange beaucoup ! Battez le pauvre qui envie la housse de l'âne, le repas du chien, le nid de l'oiseau, et qui se désole parce que les autres ne sont pas des misérables comme lui.

Nous, les Saints, pour hâter la fin du monde, nous empoisonnons, brûlons, massacrons !

Le salut n'est que dans le martyre. Nous nous donnons le martyre. Nous enlevons avec des tenailles la peau de nos têtes, nous étalons nos membres sous les charrues, nous nous jetons dans la gueule des fours !

Honni le baptême ! honnie l'eucharistie ! honni le mariage ! damnation universelle !

Alors, dans toute la basilique, c'est un redoublement de fureurs.

Les Audiens tirent des flèches contre le Diable ; les Collyridiens lancent au plafond des voiles bleus ; les Ascites se prosternent devant une outre ; les Marcionites baptisent un mort avec de l'huile. Auprès d'Apelle, une femme, pour expliquer mieux son idée, fait voir un pain rond dans une bouteille ; une autre, au milieu des Sampséens, distribue, comme une hostie, la poussière de ses sandales. Sur le lit des Marcosiens jonché de roses, deux amants s'embrassent. Les Circoncellions s'entr'égorgent, les Valésiens râlent, Bardesane chante, Carpocras danse, Maximilla et Priscilla poussent des gémissements

sonores ; — et la fausse prophétesse de Cappadoce, toute
nue, accoudée sur un lion et secouant trois flambeaux,
hurle l'Invocation-Terrible.

Les colonnes se balancent comme des troncs d'arbres,
les amulettes aux cous des Hérésiarques entrecroisent des
lignes de feux, les constellations dans les chapelles
s'agitent, et les murs reculent sous le va-et-vient de la
foule, dont chaque tête est un flot qui saute et rugit.

Cependant, — du fond même de la clameur, une chan-
son s'élève avec des éclats de rire, où le nom de Jésus
revient.

Ce sont des gens de la plèbe, tous frappant dans leurs
mains pour marquer la cadence. Au milieu d'eux est

ARIUS

en costume de diacre.

Les fous qui déclament contre moi prétendent
expliquer l'absurde ; et pour les perdre tout à fait,
j'ai composé des petits poèmes tellement drôles,
qu'on les sait par cœur dans les moulins, les
tavernes et les ports.

Mille fois non ! le Fils n'est pas coéternel au Père,
ni de même substance ! Autrement il n'aurait pas
dit : « Père, éloigne de moi ce calice ! — Pourquoi
m'appelez-vous bon ? Dieu seul est bon ! — Je vais à
mon Dieu, à votre Dieu ! » et d'autres paroles attes-
tant sa qualité de créature. Elle nous est démontrée,
de plus, par tous ses noms : agneau, pasteur, fontaine, sagesse, fils de l'homme, prophète, bonne
voie, pierre angulaire !

SABELLIUS

Moi, je soutiens que tous deux sont identiques.

ARIUS

Le concile d'Antioche a décidé le contraire.

ANTOINE

Qu'est-ce donc que le Verbe ?... Qu'était Jésus ?

LES VALENTINIENS

C'était l'époux d'Acharamoth repentie !

LES SETHIANIENS

C'était Sem, fils de Noé !

LES THÉODOTIENS

C'était Melchisédech !

LES MÉRINTHIENS

Ce n'était rien qu'un homme !

LES APOLLINARISTES

Il en a pris l'apparence ! il a simulé la Passion.

MARCEL D'ANCYRE

C'est un développement du Père !

LE PAPE CALIXTE

Père et Fils sont les deux modes d'un seul Dieu !

MÉTHODIUS

Il fut d'abord dans Adam, puis dans l'homme.

CÉRINTHE

Et il ressuscitera !

VALENTIN

Impossible, — son corps étant céleste !

PAUL DE SAMOSATE

Il n'est Dieu que depuis son baptême !

HERMOGÈNE

Il habite le soleil !

Et tous les hérésiarques font un cercle autour d'Antoine, qui pleure, la tête dans ses mains.

UN JUIF

à barbe rouge, et la peau maculée de lèpre, s'avance tout près de lui ; — et ricanant horriblement :

Son âme était l'âme d'Esaü ! Il souffrait de la maladie bellérophontienne ; et sa mère, la parfumeuse, s'est livrée à Pantherus, un soldat romain, sur des gerbes de maïs, un soir de moisson.

ANTOINE

vivement, relève sa tête, les regarde sans parler ; puis marchant droit sur eux :

Docteurs, magiciens, évêques et diacres, hommes et fantômes, arrière ! arrière ! Vous êtes tous des mensonges !

LES HÉRÉSIARQUES

Nous avons des martyrs plus martyrs que les tiens, des prières plus difficiles, des élans d'amour supérieurs, des extases aussi longues.

ANTOINE

Mais pas de révélation ! pas de preuves !

Alors tous brandissent dans l'air des rouleaux de papyrus, des tablettes de bois, des morceaux de cuir, des bandes d'étoffes ; — et se poussant les uns les autres :

LES CÉRINTHIENS

Voilà l'Évangile des Hébreux !

LES MARCIONITES

L'Évangile du Seigneur !

LES MARCOSIENS

L'Évangile d'Ève !

LES ENCRATITES

L'Évangile de Thomas !

LES CAÏNITES

L'Évangile de Judas !

BASILIDE

Le traité de l'âme advenue !

MANÈS

La prophétie de Barcouf !

Antoine se débat, leur échappe ; — et il aperçoit dans un coin, plein d'ombre,

LES VIEUX ÉBIONITES

desséchés comme des momies, le regard éteint, les sourcils blancs.

Ils disent, d'une voix chevrotante :

Nous l'avons connu, nous autres, nous l'avons connu le fils du charpentier ! Nous étions de son âge, nous habitions dans sa rue. Il s'amusait avec de la boue à modeler des petits oiseaux, sans avoir peur du coupant des tailloirs, aidait son père dans son travail, ou assemblait pour sa mère des pelotons de laine teinte. Puis, il fit un voyage en Égypte, d'où il rapporta de grands secrets. Nous étions à Jéricho, quand il vint trouver le mangeur de sauterelles. Ils causèrent à voix basse, sans que personne pût les entendre. Mais c'est à partir de ce moment qu'il fit du bruit en Galilée et qu'on a débité sur son compte beaucoup de fables.

Ils répètent, en tremblotant :

Nous l'avons connu, nous autres ! nous l'avons connu !

ANTOINE

Ah ! encore, parlez ! parlez ! Comment était son visage ?

TERTULLIEN

D'un aspect farouche et repoussant ; — car il s'était chargé de tous les crimes, toutes les douleurs, et toutes les difformités du monde.

ANTOINE

Oh ! non ! non ! Je me figure, au contraire, que toute sa personne avait une beauté plus qu'humaine.

EUSÈBE DE CÉSARÉE

Il y a bien à Paneades, contre une vieille masure, dans un fouillis d'herbes, une statue de pierre, élevée, à ce qu'on prétend, par l'hémorroïdesse. Mais le temps lui a rongé la face, et les pluies ont gâté l'inscription.

Une femme sort du groupe des Carpocratiens,

MARCELLINA

Autrefois, j'étais diaconesse à Rome dans une petite église, où je faisais voir aux fidèles les images en argent de saint Paul, d'Homère, de Pythagore et de Jésus-Christ.

Je n'ai gardé que la sienne.

Elle entrouvre son manteau.

La veux-tu ?

UNE VOIX

Il reparaît, lui-même, quand nous l'appelons ! c'est l'heure ! Viens !

Et Antoine sent tomber sur son bras une main brutale, qui l'entraîne.

Il monte un escalier complètement obscur ; — et après bien des marches, il arrive devant une porte.

Alors, celui qui le mène (est-ce Hilarion ? il n'en sait rien) dit à l'oreille d'un autre : « Le Seigneur va venir » — et ils sont introduits dans une chambre, basse de plafond, sans meubles.

Ce qui le frappe d'abord, c'est en face de lui une longue chrysalide couleur de sang, avec une tête d'homme d'où s'échappent des rayons, et le mot *Knouphis*, écrit en grec tout autour. Elle domine un fût de colonne, posé au milieu d'un piédestal. Sur les autres parois de la chambre, des médaillons en fer poli représentent des têtes d'animaux, celle d'un bœuf, d'un lion, d'un aigle, d'un chien, et la tête d'âne — encore !

Les lampes d'argile, suspendues au bas de ces images, font une lumière vacillante. Antoine, par un trou de la muraille, aperçoit la lune qui brille au loin sur les flots, et même il distingue leur petit clapotement régulier, avec le bruit sourd d'une carène de navire tapant contre les pierres d'un môle.

Des hommes accroupis, la figure sous leurs manteaux, lancent, par intervalles, comme un aboiement étouffé. Des femmes sommeillent, le front sur leurs deux bras que soutiennent leurs genoux, tellement perdues dans leurs voiles qu'on dirait des tas de hardes le long du mur. Auprès d'elles, des enfants demi-nus, tout dévorés de vermine, regardent d'un air idiot les lampes brûler ; — et on ne fait rien ; on attend quelque chose.

Ils parlent à voix basse de leurs familles, ou se communiquent des remèdes pour leurs maladies. Plusieurs vont s'embarquer au point du jour, la persécution devenant trop forte. Les païens pourtant ne sont pas difficiles à tromper. « Ils croient, les sots, que nous adorons Knouphis ! »

Mais un des frères, inspiré tout à coup, se pose devant la colonne, où l'on a mis un pain qui surmonte une corbeille, pleine de fenouil et d'aristoloches.

Les autres ont pris leurs places, formant debout trois lignes parallèles.

L'INSPIRÉ

déroule une pancarte couverte de cylindres entremêlés, puis commence :

Sur les ténèbres, le rayon du Verbe descendit et un cri violent s'échappa, qui semblait la voix de la lumière.

TOUS

répondent, en balançant leurs corps :

Kyrie eleïson !

L'INSPIRÉ

L'homme, ensuite, fut créé par l'infâme Dieu d'Israël, avec l'auxiliaire de ceux-là :

En désignant les médaillons,

Astophaios, Oraïos, Sabaoth, Adonaï, Eloï, Iaô !
Et il gisait sur la boue, hideux, débile, informe, sans pensée.

TOUS

d'un ton plaintif :
Kyrie eleïson !

L'INSPIRÉ

Mais Sophia, compatissante, le vivifia d'une parcelle de son âme.
Alors, voyant l'homme si beau, Dieu fut pris de colère. Il l'emprisonna dans son royaume, en lui interdisant l'arbre de la science.
L'autre, encore une fois, le secourut ! Elle envoya le serpent, qui, par de longs détours, le fit désobéir à cette loi de haine.
Et l'homme, quand il eut goûté de la science, comprit les choses célestes.

TOUS

avec force :

Kyrie eleïson !

L'INSPIRÉ

Mais Iabdalaoth, pour se venger, précipita l'homme dans la matière, et le serpent avec lui !

TOUS

très bas :

Kyrie eleïson !

Ils ferment la bouche, puis se taisent.

Les senteurs du port se mêlent dans l'air chaud à la fumée des lampes. Leurs mèches, en crépitant, vont s'éteindre ; de longs moustiques tournoient. Et Antoine râle d'angoisse ; c'est comme le sentiment d'une monstruosité flottant autour de lui, l'effroi d'un crime près de s'accomplir.

Mais

L'INSPIRÉ

frappant du talon, claquant des doigts, hochant la tête, psalmodie sur un rythme furieux, au son des cymbales et d'une flûte aiguë :

Viens ! viens ! viens ! sors de ta caverne !

Véloce qui cours sans pieds, capteur qui prends sans mains !

Sinueux comme les fleuves, orbiculaire comme le soleil, noir avec des taches d'or, comme le firmament semé d'étoiles ! Pareil aux enroulements de la vigne et aux circonvolutions des entrailles !

Inengendré ! mangeur de terre ! toujours jeune ! perspicace ! honoré à Épidaure ! Bon pour les hommes ! qui as guéri le roi Ptolémée, les soldats de Moïse, et Glaucus fils de Minos !

Viens ! viens ! viens ! sors de ta caverne !

TOUS

répètent :

Viens ! viens ! viens ! sors de ta caverne !

Cependant, rien ne se montre.

Pourquoi ? qu'a-t-il ?

Et on se concerte, on propose des moyens.

Un vieillard offre une motte de gazon. Alors un soulève-
ment se fait dans la corbeille. La verdure s'agite, des fleurs
tombent, — et la tête d'un python paraît.

Il passe lentement sur le bord du pain, comme un cercle
qui tournerait autour d'un disque immobile, puis se développe, s'allonge ; il est énorme et d'un poids considérable.
Pour empêcher qu'il ne frôle la terre, les hommes le
tiennent contre leur poitrine, les femmes sur leur tête, les
enfants au bout de leurs bras ; — et sa queue, sortant par
le trou de la muraille, s'en va indéfiniment jusqu'au fond
de la mer. Ses anneaux se dédoublent, emplissent la
chambre ; ils enferment Antoine.

LES FIDÈLES

collant leur bouche contre sa peau, s'arrachent le pain
qu'il a mordu.

C'est toi ! c'est toi !

Élevé d'abord par Moïse, brisé par Ézéchias, rétabli par le Messie. Il t'avait bu dans les ondes du
baptême ; mais tu l'a quitté au jardin des Olives, et il
sentit alors toute sa faiblesse.

Tordu à la barre de la croix, et plus haut que sa
tête, en bavant sur la couronne d'épines, tu le regar-
dais mourir. — Car tu n'es pas Jésus, toi, tu es le
Verbe ! tu es le Christ !

Antoine s'évanouit d'horreur, et il tombe devant sa
cabane sur les éclats de bois, où brûle doucement la
torche qui a glissé de sa main.

Cette commotion lui fait entrouvrir les yeux ; et il aperçoit le Nil, onduleux et clair sous la blancheur de la lune,
comme un grand serpent au milieu des sables ; — si bien
que l'hallucination le reprenant, il n'a pas quitté les
Ophites ; ils l'entourent, l'appellent, charrient des bagages,
descendent vers le port. Il s'embarque avec eux.

Un temps inappréciable s'écoule.

Puis, la voûte d'une prison l'environne. Des barreaux, devant lui, font des lignes noires sur un fond bleu ; — et à ses côtés, dans l'ombre, des gens pleurent et prient entourés d'autres qui les exhortent et les consolent.

Au dehors, on dirait le bourdonnement d'une foule, et la splendeur d'un jour d'été.

Des voix aiguës crient des pastèques, de l'eau, des boissons à la glace, des coussins d'herbes pour s'asseoir. De temps à autre, des applaudissements éclatent. Il entend marcher sur sa tête.

Tout à coup, part un long mugissement, fort et caverneux comme le bruit de l'eau dans un aqueduc.

Et il aperçoit en face, derrière les barreaux d'une autre loge, un lion qui se promène, — puis une ligne de sandales, de jambes nues et de franges de pourpre. Au-delà, des couronnes de monde étagées symétriquement vont en s'élargissant depuis la plus basse qui enferme l'arène jusqu'à la plus haute, où se dressent des mâts pour soutenir un voile d'hyacinthe, tendu dans l'air, sur des cordages. Des escaliers qui rayonnent vers le centre, coupent, à intervalles égaux, ces grands cercles de pierre. Leurs gradins disparaissent sous un peuple assis, chevaliers, sénateurs, soldats, plébéiens, vestales et courtisanes, — en capuchons de laine, en manipules de soie, en tuniques fauves, avec des aigrettes de pierreries, des panaches de plumes, des faisceaux de licteurs ; et tout cela grouillant, criant, tumultueux et furieux l'étourdit, comme une immense cuve bouillonnante. Au milieu de l'arène, sur un autel, fume un vase d'encens.

Ainsi, les gens qui l'entourent sont des chrétiens condamnés aux bêtes. Les hommes portent le manteau rouge des pontifes de Saturne, les femmes les bandelettes de Cérès. Leurs amis se partagent des bribes de leurs vêtements, des anneaux. Pour s'introduire dans la prison, il a fallu, disent-ils, donner beaucoup d'argent. Qu'importe ! ils resteront jusqu'à la fin.

Parmi ces consolateurs, Antoine remarque un homme chauve, en tunique noire, dont la figure s'est déjà montrée quelque part ; il les entretient du néant du monde et de la félicité des élus. Antoine est transporté d'amour. Il souhaite l'occasion de répandre sa vie pour le Sauveur, ne sachant pas s'il n'est point lui-même un de ces martyrs.

Mais, sauf un Phrygien à longs cheveux, qui reste les bras levés, tous ont l'air triste. Un vieillard sanglote sur un banc, et un jeune homme rêve, debout, la tête basse.

LE VIEILLARD

n'a pas voulu payer, à l'angle d'un carrefour, devant une statue de Minerve ; et il considère ses compagnons avec un regard qui signifie :

Vous auriez dû me secourir ! Des communautés s'arrangent quelquefois pour qu'on les laisse tranquilles. Plusieurs d'entre vous ont même obtenu de ces lettres déclarant faussement qu'on a sacrifié aux idoles.

Il demande :

N'est-ce pas Petrus d'Alexandrie qui a réglé ce qu'on doit faire quand on a fléchi dans les tourments ?

Puis, en lui-même :

Ah ! cela est bien dur à mon âge ! mes infirmités me rendent si faible ! Cependant, j'aurais pu vivre jusqu'à l'autre hiver, encore !

Le souvenir de son petit jardin l'attendrit ; — et il regarde du côté de l'autel.

LE JEUNE HOMME
QUI A TROUBLÉ, PAR DES COUPS, UNE FÊTE D'APOLLON,
MURMURE :

Il ne tenait qu'à moi, pourtant, de m'enfuir dans les montagnes !
— Les soldats t'auraient pris,

dit un des frères.

— Oh ! j'aurais fait comme Cyprien ; je serais

revenu ; et, la seconde fois, j'aurais eu plus de force, bien sûr !

Ensuite, il pense aux jours innombrables qu'il devait vivre, à toutes les joies qu'il n'aura pas connues ; — et il regarde du côté de l'autel.
Mais

L'HOMME EN TUNIQUE NOIRE

accourt sur lui :

Quel scandale ! Comment, toi, une victime d'élection ? Toutes ces femmes qui te regardent, songe donc ! Et puis Dieu, quelquefois, fait un miracle. Pionius engourdit la main de ses bourreaux, le sang de Polycarpe éteignait les flammes de son bûcher.

Il se tourne vers le vieillard :

Père, père ! tu dois nous édifier par ta mort. En la retardant, tu commettrais sans doute quelque action mauvaise qui perdrait le fruit des bonnes. D'ailleurs la puissance de Dieu est infinie. Peut-être que ton exemple va convertir le peuple entier.

Et dans la loge en face, les lions passent et reviennent sans s'arrêter, d'un mouvement continu, rapide. Le plus grand tout à coup regarde Antoine, se met à rugir — et une vapeur sort de sa gueule.
Les femmes sont tassées contre les hommes.

LE CONSOLATEUR

va de l'un à l'autre.

Que diriez-vous, que dirais-tu, si on te brûlait avec des plaques de fer, si des chevaux t'écartelaient, si ton corps enduit de miel était dévoré par les mouches ! Tu n'auras que la mort d'un chasseur qui est surpris dans un bois.

Antoine aimerait mieux tout cela que les horribles bêtes

féroces ; il croit sentir leurs dents, leurs griffes, entendre ses os craquer dans leurs mâchoires.

Un belluaire entre dans le cachot ; les martyrs tremblent.

Un seul est impassible, le Phrygien, qui priait à l'écart. Il a brûlé trois temples ; et il s'avance les bras levés, la bouche ouverte, la tête au ciel, sans rien voir, comme un somnambule.

LE CONSOLATEUR

s'écrie :

Arrière ! arrière ! L'esprit de Montanus vous prendrait.

TOUS

reculent, en vociférant :

Damnation au Montaniste !

Ils l'injurient, crachent dessus, voudraient le battre. Les lions cabrés se mordent à la crinière. Le peuple hurle : « Aux bêtes ! aux bêtes ! »

Les martyrs éclatant en sanglots, s'étreignent. Une coupe de vin narcotique leur est offerte. Ils se la passent de main en main, vivement.

Contre la porte de la loge, un autre belluaire attend le signal. Elle s'ouvre ; un lion sort.

Il traverse l'arène, à grands pas obliques. Derrière lui, à la file, paraissent les autres lions, puis un ours, trois panthères, des léopards. Ils se dispersent comme un troupeau dans une prairie.

Le claquement d'un fouet retentit. Les chrétiens chancellent, — et, pour en finir, leurs frères les poussent. Antoine ferme les yeux.

Il les ouvre. Mais des ténèbres l'enveloppent.

Bientôt elles s'éclaircissent ; et il distingue une plaine aride et mamelonneuse, comme on en voit autour des carrières abandonnées.

Çà et là, un bouquet d'arbustes se lève parmi des dalles à ras du sol ; et des formes blanches, plus indécises que des nuages, sont penchées sur elles.

Il en arrive d'autres, légèrement. Des yeux brillent dans la fente des longs voiles. A la nonchalance de leurs pas et aux parfums qui s'exhalent, Antoine reconnaît des patriciennes. Il y a aussi des hommes, mais de condition inférieure, car ils ont des visages à la fois naïfs et grossiers.

UNE D'ELLES

en respirant largement :

Ah ! comme c'est bon l'air de la nuit froide, au milieu des sépulcres ! Je suis si fatiguée de la mollesse des lits, du fracas des jours, de la pesanteur du soleil !

Sa servante retire d'un sac en toile une torche qu'elle enflamme. Les fidèles y allument d'autres torches, et vont les planter sur les tombeaux.

UNE FEMME

haletante :

Ah ! enfin, me voilà ! Mais quel ennui que d'avoir épousé un idolâtre !

UNE AUTRE

Les visites dans les prisons, les entretiens avec nos frères, tout est suspect à nos maris ! — et même il faut nous cacher quand nous faisons le signe de la croix ; ils prendraient cela pour une conjuration magique.

UNE AUTRE

Avec le mien, c'était tous les jours des querelles ; je ne voulais pas me soumettre aux abus qu'il exigeait de mon corps ; — et afin de se venger, il m'a fait poursuivre comme chrétienne.

UNE AUTRE

Vous rappelez-vous, Lucius, ce jeune homme si

beau, qu'on a traîné par les talons derrière un char,
comme Hector, depuis la porte Esquiléenne
jusqu'aux montagnes de Tibur ; — et des deux côtés
du chemin le sang tachetait les buissons ! J'en ai
recueilli les gouttes. Le voilà !

Elle tire de sa poitrine une éponge toute noire, la couvre
de baisers, puis se jette sur les dalles, en criant :

Ah ! mon ami ! mon ami !

UN HOMME

Il y a juste aujourd'hui trois ans qu'est morte
Domitilla. Elle fut lapidée au fond du bois de Proserpine. J'ai recueilli ses os qui brillaient comme des
lucioles dans les herbes. La terre maintenant les
recouvre !

Il se jette sur un tombeau.

O ma fiancée ! ma fiancée !

ET TOUS LES AUTRES

par la plaine :

O ma sœur ! ô mon frère ! ô ma fille ! ô ma mère !

Ils sont à genoux, le front dans les mains, ou le corps
tout à plat, les deux bras étendus ; — et les sanglots qu'ils
retiennent soulèvent leur poitrine à la briser. Ils regardent
le ciel en disant :

Aie pitié de son âme, ô mon Dieu ! Elle languit au
séjour des ombres ; daigne l'admettre dans la Résurrection, pour qu'elle jouisse de ta lumière !

Ou, l'œil fixé sur les dalles, ils murmurent :

Apaise-toi, ne souffre plus ! Je t'ai apporté du vin,
des viandes !

UNE VEUVE

Voici du pultis, fait par moi, selon son goût, avec beaucoup d'œufs et double mesure de farine ! Nous allons le manger ensemble, comme autrefois, n'est-ce pas ?

Elle en porte un peu à ses lèvres ; et, tout à coup, se met à rire d'une façon extravagante, frénétique.

Les autres, comme elle, grignotent quelque morceau, boivent une gorgée.

Ils se racontent les histoires de leurs martyres ; la douleur s'exalte, les libations redoublent. Leurs yeux noyés de larmes se fixent les uns sur les autres. Ils balbutient d'ivresse et de désolation ; peu à peu, leurs mains se touchent, leurs lèvres s'unissent, les voiles s'entrouvrent, et ils se mêlent sur les tombes entre les coupes et les flambeaux.

Le ciel commence à blanchir. Le brouillard mouille leurs vêtements ; — et, sans avoir l'air de se connaître, ils s'éloignent les uns des autres par des chemins différents, dans la campagne.

Le soleil brille ; les herbes ont grandi, la plaine s'est transformée.

Et Antoine voit nettement à travers des bambous une forêt de colonnes, d'un gris bleuâtre. Ce sont des troncs d'arbres provenant d'un seul tronc. De chacune de ses branches descendent d'autres branches qui s'enfoncent dans le sol ; et l'ensemble de toutes ces lignes horizontales et perpendiculaires, indéfiniment multipliées, ressemblerait à une charpente monstrueuse, si elles n'avaient une petite figue de place en place, avec un feuillage noirâtre, comme celui du sycomore.

Il distingue dans leurs enfourchures des grappes de fleurs jaunes, des fleurs violettes et des fougères, pareilles à des plumes d'oiseaux.

Sous les rameaux les plus bas, se montrent çà et là les cornes d'un bubal, ou les yeux brillants d'une antilope ; des perroquets sont juchés, des papillons voltigent, des lézards se traînent, des mouches bourdonnent ; et on entend, au milieu du silence, comme la palpitation d'une vie profonde.

A l'entrée du bois, sur une manière de bûcher, est une chose étrange — un homme — enduit de bouse de vache, complètement nu, plus sec qu'une momie ; ses articulations forment des nœuds à l'extrémité de ses os qui semblent des bâtons. Il a des paquets de coquilles aux oreilles, la figure très longue, le nez en bec de vautour. Son bras gauche reste droit en l'air, ankylosé, raide comme un pieu ; — et il se tient là depuis si longtemps que des oiseaux ont fait un nid dans sa chevelure.

Aux quatre coins de son bûcher flambent quatre feux. Le soleil est juste en face. Il le contemple les yeux grands ouverts ; — et sans regarder Antoine :

Brachmane des bords du Nil, qu'en dis-tu ?

Des flammes sortent de tous les côtés par les intervalles des poutres ; et

LE GYMNOSOPHISTE

reprend :

Pareil au rhinocéros, je me suis enfoncé dans la solitude. J'habitais l'arbre derrière moi.

En effet, le gros figuier présente, dans ses cannelures, une excavation naturelle de la taille d'un homme.

Et je me nourrissais de fleurs et de fruits, avec une telle observance des préceptes, que pas même un chien ne m'a vu manger.

Comme l'existence provient de la corruption, la corruption du désir, le désir de la sensation, la sensation du contact, j'ai fui toute action, tout contact ; et — sans plus bouger que la stèle d'un tombeau, exhalant mon haleine par mes deux narines, fixant mon regard sur mon nez, et considérant l'éther dans mon esprit, le monde dans mes membres, la lune dans mon cœur, — je songeais à l'essence de la grande Âme d'où s'échappent continuellement, comme des étincelles de feu, les principes de la vie.

J'ai saisi enfin l'Âme suprême dans tous les êtres,

tous les êtres dans l'Âme suprême ; — et je suis parvenu à y faire entrer mon âme, dans laquelle j'avais fait rentrer mes sens.

Je reçois la science, directement du ciel, comme l'oiseau Tchataka qui ne se désaltère que dans les rayons de la pluie.

Par cela même que je connais les choses, les choses n'existent plus.

Pour moi, maintenant, il n'y a pas d'espoir et pas d'angoisse, pas de bonheur, pas de vertu, ni jour ni nuit, ni toi ni moi, absolument rien.

Mes austérités effroyables m'ont fait supérieur aux Puissances. Une contraction de ma pensée peut tuer cent fils de rois, détrôner les dieux, bouleverser le monde.

Il a dit tout cela d'une voix monotone.

Les feuilles à l'entour se recroquevillent. Des rats, par terre, s'enfuient.

Il abaisse lentement ses yeux vers les flammes qui montent, puis ajoute :

J'ai pris en dégoût la forme, en dégoût la perception, en dégoût jusqu'à la connaissance elle-même, — car la pensée ne survit pas au fait transitoire qui la cause, et l'esprit n'est qu'une illusion comme le reste.

Tout ce qui est engendré périra, tout ce qui est mort doit revivre ; les êtres actuellement disparus séjourneront dans des matrices non encore formées, et reviendront sur la terre pour servir avec douleur d'autres créatures.

Mais, comme j'ai roulé dans une multitude infinie d'existences, sous des enveloppes de dieux, d'hommes et d'animaux, je renonce au voyage, je ne veux plus de cette fatigue ! J'abandonne la sale auberge de mon corps, maçonnée de chair, rougie de sang, couverte d'une peau hideuse, pleine d'immondices ; — et, pour ma récompense, je vais enfin dormir au plus profond de l'absolu, dans l'Anéantissement.

Les flammes s'élèvent jusqu'à sa poitrine, — puis l'enveloppent. Sa tête passe à travers comme par le trou d'un mur. Ses yeux béants regardent toujours.

ANTOINE

se relève.

La torche, par terre, a incendié les éclats de bois ; et les flammes ont roussi sa barbe.

Tout en criant, Antoine trépigne sur le feu ; — et quand il ne reste plus qu'un amas de cendres :

Où est donc Hilarion ? Il était là tout à l'heure.
Je l'ai vu !

Eh ! non, c'est impossible ! je me trompe !

Pourquoi ?... Ma cabane, ces pierres, le sable, n'ont peut-être pas plus de réalité. Je deviens fou. Du calme ! où étais-je ? qu'y avait-il ?

Ah ! le gymnosophiste !... Cette mort est commune parmi les sages indiens. Kalanos se brûla devant Alexandre ; un autre a fait de même du temps d'Auguste. Quelle haine de la vie il faut avoir ! A moins que l'orgueil ne les pousse ?... N'importe, c'est une intrépidité de martyrs !... Quant à ceux-là, je crois maintenant tout ce qu'on m'avait dit sur les débauches qu'ils occasionnent.

Et auparavant ? Oui, je me souviens ! la foule de hérésiarques... Quels cris ! quels yeux ! Mais pourquoi tant de débordements de la chair et d'égarements de l'esprit ?

C'est vers Dieu qu'ils prétendent se diriger par toutes ces voies ! De quel droit les maudire, moi qui trébuche dans la mienne ? Quand ils ont disparu, j'allais peut-être en apprendre davantage. Cela tourbillonnait trop vite ; je n'avais pas le temps de répondre. A présent, c'est comme s'il y avait dans mon intelligence plus d'espace et plus de lumière. Je suis tranquille. Je me sens capable... Qu'est-ce donc ? je croyais avoir éteint le feu !

Une flamme voltige entre les roches ; et bientôt une voix saccadée se fait entendre, au loin, dans la montagne.

Est-ce l'aboiement d'une hyène, ou les sanglots de quelque voyageur perdu ?

Antoine écoute. La flamme se rapproche.

Et il voit venir une femme qui pleure, appuyée sur l'épaule d'un homme à barbe blanche.

Elle est couverte d'une robe de pourpre en lambeaux. Il est nu-tête comme elle, avec une tunique de même couleur, et porte un vase de bronze, d'où s'élève une petite flamme bleue.

Antoine a peur — et voudrait savoir qui est cette femme.

L'ÉTRANGER (SIMON)

C'est une jeune fille, une pauvre enfant, que je mène partout avec moi.

Il hausse le vase d'airain.

Antoine la considère, à la lueur de cette flamme qui vacille.

Elle a sur le visage des marques de morsures, le long des bras des traces de coups ; ses cheveux épars s'accrochent dans les déchirures de ses haillons ; ses yeux paraissent insensibles à la lumière.

SIMON

Quelquefois, elle reste ainsi, pendant fort longtemps, sans parler, sans manger ; puis elle se réveille, — et débite des choses merveilleuses.

ANTOINE

Vraiment ?

SIMON

Ennoia ! Ennoia ! Ennoia ! raconte ce que tu as à dire !

Elle tourne ses prunelles comme sortant d'un songe, passe lentement ses doigts sur ses deux sourcils, et d'une voix dolente :

HÉLÈNE (Ennoïa)

J'ai souvenir d'une région lointaine, couleur d'émeraude. Un seul arbre l'occupe.

Antoine tressaille.

A chaque degré de ses larges rameaux se tient dans l'air un couple d'Esprits. Les branches autour d'eux s'entrecroisent, comme les veines d'un corps ; et ils regardent la vie éternelle circuler depuis les racines plongeant dans l'ombre jusqu'au faîte qui dépasse le soleil. Moi, sur la deuxième branche, j'éclairais avec ma figure les nuits d'été.

ANTOINE

se touchant le front.

Ah ! ah ! je comprends ! la tête !

SIMON

le doigt sur la bouche :

Chut !...

HÉLÈNE

La voile restait bombée, la carène fendait l'écume. Il me disait : « Que m'importe si je trouble ma patrie, si je perds mon royaume ! Tu m'appartiendras, dans ma maison ! »

Qu'elle était douce la haute chambre de son palais ! Il se couchait sur le lit d'ivoire, et, caressant ma chevelure, chantait amoureusement.

A la fin du jour, j'apercevais les deux camps, les

fanaux qu'on allumait, Ulysse au bord de sa tente, Achille tout armé conduisant un char le long du rivage de la mer.

ANTOINE

Mais elle est folle entièrement ! Pourquoi ?...

SIMON

Chut !... chut !

HÉLÈNE

Ils m'ont graissée avec des onguents, et ils m'ont vendue au peuple pour que je l'amuse.

Un soir, debout, et le cistre en main, je faisais danser des matelots grecs. La pluie, comme une cataracte, tombait sur la taverne, et les coupes de vin chaud fumaient. Un homme entra, sans que la porte fût ouverte.

SIMON

C'était moi ! je t'ai retrouvée !

La voici, Antoine, celle qu'on nomme Sigeh, Ennoia, Barbelo, Prounikos ! Les Esprits gouverneurs du monde furent jaloux d'elle, et ils l'attachèrent dans un corps de femme.

Elle a été l'Hélène des Troyens, dont le poète Stésichore a maudit la mémoire. Elle a été Lucrèce, la patricienne violée par les rois. Elle a été Dalila, qui coupait les cheveux de Samson. Elle a été cette fille d'Israël qui s'abandonnait aux boucs. Elle a aimé l'adultère, l'idolâtrie, le mensonge et la sottise. Elle s'est prostituée à tous les peuples. Elle a chanté dans tous les carrefours. Elle a baisé tous les visages.

A Tyr, la Syrienne, elle était la maîtresse des voleurs. Elle buvait avec eux pendant les nuits, et elle cachait les assassins dans la vermine de son lit tiède.

ANTOINE

Eh ! que me fait !...

SIMON

d'un air furieux :

Je l'ai rachetée, te dis-je, — et rétablie en sa splendeur ; tellement que Caïus César Caligula en est devenu amoureux, puisqu'il voulait coucher avec la Lune !

ANTOINE

Eh bien ?...

SIMON

Mais c'est elle qui est la Lune ! Le pape Clément n'a-t-il pas écrit qu'elle fut emprisonnée dans une tour ? Trois cents personnes vinrent cerner la tour ; et à chacune des meurtrières en même temps, on vit paraître la lune, — bien qu'il n'y ait pas dans le monde plusieurs lunes, ni plusieurs Ennoïa !

ANTOINE

Oui... je crois me rappeler...

Et il tombe dans une rêverie.

SIMON

Innocente comme le Christ, qui est mort pour les hommes, elle s'est dévouée pour les femmes. Car l'impuissance de Jéhovah se démontre par la transgression d'Adam, et il faut secouer la vieille loi, antipathique à l'ordre des choses.

J'ai prêché le renouvellement dans Éphraïm et dans Issachar, le long du torrent de Bizor, derrière le lac d'Houleh, dans la vallée de Mageddo, plus loin que les montagnes, à Bostra et à Damas ! Viennent à moi ceux qui sont couverts de vin, ceux qui sont couverts de boue, ceux qui sont couverts de sang ; et j'effacerai leurs souillures avec le Saint-Esprit, appelé Minerve par les Grecs ! Elle est Minerve ! elle est le Saint-Esprit ! Je suis Jupiter, Apollon, le Christ, le Paraclet, la grande puissance de Dieu, incarnée en la personne de Simon !

ANTOINE

Ah ! c'est toi !... c'est donc toi ? Mais je sais tes crimes !

Tu es né à Gittoï, près de Samarie. Dosithéus, ton premier maître, t'a renvoyé ! Tu exècres saint Paul pour avoir converti une de tes femmes ; et, vaincu par saint Pierre, — de rage et de terreur tu as jeté dans les flots le sac qui contenait tes artifices !

SIMON

Les veux-tu ?

Antoine le regarde ; — et une voix intérieure murmure dans sa poitrine. « Pourquoi pas ? »

Simon reprend :

Celui qui connaît les forces de la Nature et la substance des Esprits doit opérer des miracles. C'est le rêve de tous les sages — et le désir qui te ronge ; avoue-le !

Au milieu des Romains, j'ai volé dans le cirque tellement haut qu'on ne m'a plus revu. Néron ordonna de me décapiter ; mais ce fut la tête d'une brebis qui tomba par terre, au lieu de la mienne. Enfin on m'a enseveli tout vivant ; mais j'ai ressuscité le troisième jour. La preuve, c'est que me voilà !

Il lui donne ses mains à flairer. Elles sentent le cadavre. Antoine se recule.

Je peux faire se mouvoir des serpents de bronze, rire des statues de marbre, parler des chiens. Je te montrerai une immense quantité d'or ; j'établirai des rois ; tu verras des peuples m'adorant ! Je peux marcher sur les nuages et sur les flots, passer à travers les montagnes, apparaître en jeune homme, en vieillard, en tigre et en fourmi, prendre ton visage, te donner le mien, conduire la foudre. L'entends-tu ?

Le tonnerre gronde, des éclairs se succèdent.

C'est la voix du Très-Haut ! « car l'Éternel ton Dieu est un feu », et toutes les créations s'opèrent par des jaillissements de ce foyer.

Tu vas en recevoir le baptême, — ce second baptême annoncé par Jésus, et qui tomba sur les apôtres, un jour d'orage que la fenêtre était ouverte !

Et tout en remuant la flamme avec sa main, lentement, comme pour en asperger Antoine :

Mère des miséricordes, toi qui découvres les secrets, afin que le repos nous arrive dans la huitième maison...

ANTOINE

s'écrie :

Ah ! si j'avais de l'eau bénite !

La flamme s'éteint, en produisant beaucoup de fumée. Ennoia et Simon ont disparu.

Un brouillard extrêmement froid, opaque et fétide emplit l'atmosphère.

ANTOINE

étendant ses bras, comme un aveugle :

Où suis-je ?... J'ai peur de tomber dans l'abîme. Et

la croix, bien sûr, est trop loin de moi... Ah ! quelle
nuit ! quelle nuit !

Sous un coup de vent, le brouillard s'entrouvre ; — et il
aperçoit deux hommes, couverts de longues tuniques
blanches.

Le premier est de haute taille, de figure douce, de main-
tien grave. Ses cheveux blonds, séparés comme ceux du
Christ, descendent régulièrement sur ses épaules. Il a jeté
une baguette qu'il portait à la main, et que son compa-
gnon a reçue en faisant une révérence à la manière des
Orientaux.

Ce dernier est petit, gros, camard, d'encolure ramassée,
les cheveux crépus, une mine naïve.

Ils sont tous les deux nu-pieds, nu-tête, et poudreux
comme des gens qui arrivent de voyage.

ANTOINE

en sursaut :

Que voulez-vous ? Parlez ! Allez-vous-en !

DAMIS

— C'est le petit homme. —

Là, là !... bon ermite ! ce que je veux ? je n'en sais
rien ! Voici le maître.

Il s'assoit ; l'autre reste debout. Silence.

ANTOINE

reprend :

Vous venez ainsi ?...

DAMIS

Oh ! de loin, — de très loin !

ANTOINE

Et vous allez ?...

DAMIS

désignant l'autre :

Où il voudra !

ANTOINE

Qui est-il donc ?

DAMIS

Regarde-le !

ANTOINE

à part :

Il a l'air d'un saint ! Si j'osais...

La fumée est partie. Le temps est très clair. La lune brille.

DAMIS

A quoi songez-vous donc, que vous ne parlez plus ?

ANTOINE

Je songe... Oh ! rien.

DAMIS

s'avance vers Apollonius, et fait plusieurs tours autour de lui, la taille courbée, sans lever la tête.

Maître ! c'est un ermite galiléen qui demande à savoir les origines de la sagesse.

APOLLONIUS

Qu'il approche !

Antoine hésite.

DAMIS

Approchez !

APOLLONIUS

d'une voix tonnante :

Approche ! Tu voudrais connaître qui je suis, ce que j'ai fait, ce que je pense ? n'est-ce pas cela, enfant ?

ANTOINE

... Si ces choses, toutefois, peuvent contribuer à mon salut.

APOLLONIUS

Réjouis-toi, je vais te les dire !

DAMIS

bas à Antoine :

Est-ce possible ! Il faut qu'il vous ait, du premier coup d'œil, reconnu des inclinations extraordinaires pour la philosophie ! Je vais en profiter aussi, moi !

APOLLONIUS

Je te raconterai d'abord la longue route que j'ai parcourue pour obtenir la doctrine ; et si tu trouves dans toute ma vie une action mauvaise, tu m'arrêteras, — car celui-là doit scandaliser par ses paroles qui a méfait par ses œuvres.

DAMIS

à Antoine :

Quel homme juste ! hein ?

ANTOINE

Décidément, je crois qu'il est sincère.

APOLLONIUS

La nuit de ma naissance, ma mère crut se voir cueillant des fleurs sur le bord d'un lac. Un éclair parut, et elle me mit au monde à la voix des cygnes qui chantaient dans son rêve.

Jusqu'à quinze ans, on m'a plongé, trois fois par jour, dans la fontaine Asbadée, dont l'eau rend les parjures hydropiques ; et l'on me frottait le corps avec les feuilles du cnyza, pour me faire chaste.

Une princesse palmyrienne vint un soir me trouver, m'offrant des trésors qu'elle savait être dans des tombeaux. Une hiérodoule du temple de Diane s'égorgea, désespérée, avec le couteau des sacrifices ; et le gouverneur de Cilicie, à la fin de ses promesses, s'écria devant ma famille qu'il me ferait mourir ; mais c'est lui qui mourut trois jours après, assassiné par les Romains.

DAMIS

à Antoine, en le frappant du coude :

Hein ? quand je vous disais ! quel homme !

APOLLONIUS

J'ai, pendant quatre ans de suite, gardé le silence complet des pythagoriciens. La douleur la plus imprévue ne m'arrachait pas un soupir ; et au théâtre, quand j'entrais, on s'écartait de moi comme d'un fantôme.

DAMIS

Auriez-vous fait cela, vous ?

APOLLONIUS

Le temps de mon épreuve terminé, j'entrepris d'instruire les prêtres qui avaient perdu la tradition.

ANTOINE

Quelle tradition ?

DAMIS

Laissez-le poursuivre ! Taisez-vous !

APOLLONIUS

J'ai devisé avec les Samanéens du Gange, avec les astrologues de Chaldée, avec les mages de Babylone, avec les Druides gaulois, avec les sacerdotes des nègres ! J'ai gravi les quatorze Olympes, j'ai sondé les lacs de Scythie, j'ai mesuré la grandeur du Désert !

DAMIS

C'est pourtant vrai, tout cela ! J'y étais, moi !

APOLLONIUS

J'ai d'abord été jusqu'à la mer d'Hyrcanie. J'en ai fait le tour ; et par le pays des Baraomates, où est enterré Bucéphales, je suis descendu vers Ninive. Aux portes de la ville, un homme s'approcha.

DAMIS

Moi ! moi ! mon bon maître ! Je vous aimai, tout de suite ! Vous étiez plus doux qu'une fille et plus beau qu'un Dieu !

APOLLONIUS

sans l'entendre :

Il voulait m'accompagner, pour me servir d'interprète.

DAMIS

Mais vous répondîtes que vous compreniez tous

les langages et que vous deviniez toutes les pensées. Alors j'ai baisé le bas de votre manteau, et je me suis mis à marcher derrière vous.

APOLLONIUS

Après Ctésiphon, nous entrâmes sur les terres de Babylone.

DAMIS

Et le satrape poussa un cri, en voyant un homme si pâle.

ANTOINE

à part :

Que signifie...

APOLLONIUS

Le Roi m'a reçu debout, près d'un trône d'argent, dans une salle ronde, constellée d'étoiles ; — et de la coupole pendaient, à des fils que l'on n'apercevait pas, quatre grands oiseaux d'or, les deux ailes étendues.

ANTOINE

rêvant :

Est-ce qu'il y a sur ! terre des choses pareilles ?

DAMIS

C'est là une ville, cette Babylone ! tout le monde y est riche ! Les maisons, peintes en bleu, ont des portes de bronze, avec un escalier qui descend vers le fleuve ;

Dessinant par terre, avec son bâton,

Comme cela, voyez-vous ? Et puis, ce sont des

temples, des places, des bains, des aqueducs ! Les palais sont couverts de cuivre rouge ! et l'intérieur donc, si vous saviez !

APOLLONIUS

Sur la muraille du septentrion, s'élève une tour qui en supporte une seconde, une troisième, une quatrième, une cinquième — et il y en a trois autres encore ! La huitième est une chapelle avec un lit. Personne n'y entre que la femme choisie par les prêtres pour le Dieu Bélus. Le roi de Babylone m'y fit loger.

DAMIS

A peine si l'on me regardait, moi ! Aussi, je restais seul à me promener par les rues. Je m'informais des usages ; je visitais les ateliers ; j'examinais les grandes machines qui portent l'eau dans les jardins. Mais il m'ennuyait d'être séparé du Maître.

APOLLONIUS

Enfin, nous sortîmes de Babylone ; et au clair de la lune, nous vîmes tout à coup une empuse.

DAMIS

Oui-da ! Elle sautait sur son sabot de fer ; elle hennissait comme un âne ; elle galopait dans les rochers. Il lui cria des injures ; elle disparut.

ANTOINE

à part :

Où veulent-ils en venir ?

APOLLONIUS

A Taxilla, capitale de cinq mille forteresses,

Phraortes, roi du Gange, nous a montré sa garde d'hommes noirs hauts de cinq coudées, et dans les jardins de son palais, sous un pavillon de brocart vert, un éléphant énorme, que les reines s'amusaient à parfumer. C'était l'éléphant de Porus, qui s'était enfui après la mort d'Alexandre,

DAMIS

Et qu'on avait retrouvé dans une forêt.

ANTOINE

Ils parlent abondamment comme des gens ivres.

APOLLONIUS

Phraortes nous fit asseoir à sa table.

DAMIS

Quel drôle de pays ! Les seigneurs, tout en buvant, se divertissent à lancer des flèches sous les pieds d'un enfant qui danse. Mais je n'approuve pas...

APOLLONIUS

Quand je fus prêt à partir, le Roi me donna un parasol, et il me dit : « J'ai sur l'Indus un haras de chameaux blancs. Quand tu n'en voudras plus, souffle dans leurs oreilles. Ils reviendront. »

Nous descendîmes le long du fleuve, marchant la nuit à la lueur des lucioles qui brillaient dans les bambous. L'esclave sifflait un air pour écarter les serpents ; et nos chameaux se courbaient les reins en passant sous les arbres, comme sous des portes trop basses.

Un jour, un enfant noir qui tenait un caducée d'or à la main, nous conduisit au collège des sages. Iarchas, leur chef, me parla de mes ancêtres, de toutes mes pensées, de toutes mes actions, de toutes mes existences. Il avait été le fleuve Indus, et il me rappela que j'avais conduit des barques sur le Nil, au temps du roi Sésostris.

DAMIS

Moi, on ne me dit rien, de sorte que je ne sais pas qui j'ai été.

ANTOINE

Ils ont l'air vague comme des ombres.

APOLLONIUS

Nous avons rencontré, sur le bord de la mer, les Cynocéphales gorgés de lait, qui s'en revenaient de leur expédition dans l'île Taprobane. Les flots tièdes poussaient devant nous des perles blondes. L'ambre craquait sous nos pas. Des squelettes de baleine blanchissaient dans la crevasse des falaises. La terre, à la fin, se fit plus étroite qu'une sandale ; — et après avoir jeté vers le soleil des gouttes de l'Océan, nous tournâmes à droite, pour revenir.

Nous sommes revenus par la Région des Aromates, par le pays des Gangarides, le promontoire de Comaria, la contrée des Sachalites, des Adramites et des Homérites ; — puis, à travers les monts Cassaniens, la mer Rouge et l'île Topazos, nous avons pénétré en Éthiopie par le royaume des Pygmées.

ANTOINE

à part :

Comme la terre est grande !

DAMIS

Et quand nous sommes rentrés chez nous, tous ceux que nous avions connus jadis étaient morts.

Antoine baisse la tête. Silence.

APOLLONIUS

reprend :

Alors on commença dans le monde à parler de moi.

La peste ravageait Éphèse ; j'ai fait lapider un vieux mendiant ;

DAMIS

Et la peste s'en est allée !

ANTOINE

Comment ! il chasse les maladies ?

APOLLONIUS

A Cnide, j'ai guéri l'amoureux de la Vénus.

DAMIS

Oui, un fou, qui même avait promis de l'épouser. — Aimer une femme passe encore ; mais une statue, quelle sottise ! — Le Maître lui posa la main sur le cœur ; et l'amour aussitôt s'éteignit.

ANTOINE

Quoi ! il délivre des démons ?

APOLLONIUS

A Tarente, on portait au bûcher une jeune fille morte.

DAMIS

Le Maître lui toucha les lèvres, et elle s'est relevée en appelant sa mère.

ANTOINE

Comment ! il ressuscite les morts ?

226 La Tentation de saint Antoine

APOLLONIUS

J'ai prédit le pouvoir à Vespasien.

ANTOINE

Quoi ! il devine l'avenir ?

DAMIS

Il y avait à Corinthe,

APOLLONIUS

Étant à table avec lui, aux eaux de Baïa...

ANTOINE

Excusez-moi, étrangers, il est tard !

DAMIS

Un jeune homme qu'on appelait Ménippe.

ANTOINE

Non ! non ! allez-vous-en !

APOLLONIUS

Un chien entra, portant à la gueule une main coupée.

DAMIS

Un soir, dans un faubourg, il rencontra une femme.

ANTOINE

Vous ne m'entendez pas ? retirez-vous !

APOLLONIUS

Il rôdait vaguement autour des lits.

ANTOINE

Assez !

APOLLONIUS

On voulait le chasser.

DAMIS

Ménippe donc se rendit chez elle ; ils s'aimèrent.

APOLLONIUS

Et battant la mosaïque avec sa queue, il déposa cette main sur les genoux de Flavius.

DAMIS

Mais le matin, aux leçons de l'école, Ménippe était pâle.

ANTOINE

bondissant :
Encore ! Ah ! qu'ils continuent, puisqu'il n'y a pas...

DAMIS

Le Maître lui dit : « O beau jeune homme, tu caresses un serpent ; un serpent te caresse ! à quand les noces ? » Nous allâmes tous à la noce.

ANTOINE

J'ai tort, bien sûr, d'écouter cela !

DAMIS

Dès le vestibule, des serviteurs se remuaient, les portes s'ouvraient ; on n'entendait cependant ni le bruit des pas, ni le bruit des portes. Le Maître se plaça près de Ménippe. Aussitôt la fiancée fut prise de colère contre les philosophes. Mais la vaisselle d'or, les échansons, les cuisiniers, les pannetiers disparurent ; le toit s'envola, les murs s'écroulèrent ; et Apollonius resta seul, debout, ayant à ses pieds cette femme tout en pleurs. C'était une vampire qui satisfaisait les beaux jeunes hommes, afin de manger leur chair, — parce que rien n'est meilleur pour ces sortes de fantômes que le sang des amoureux.

APOLLONIUS

Si tu veux savoir l'art...

ANTOINE

Je ne veux rien savoir !

APOLLONIUS

Le soir de notre arrivée aux portes de Rome.

ANTOINE

Oh ! oui, parlez-moi de la ville des papes !

APOLLONIUS

Un homme ivre nous accosta, qui chantait d'une voix douce. C'était un épithalame de Néron ; et il avait le pouvoir de faire mourir quiconque l'écoutait négligemment. Il portait à son dos, dans une boîte, une corde prise à la cythare de l'Empereur. J'ai haussé les épaules. Il nous a jeté de la boue au visage. Alors, j'ai défait ma ceinture, et je la lui ai placée dans la main.

DAMIS

Vous avez eu bien tort, par exemple !

APOLLONIUS

L'Empereur, pendant la nuit, me fit appeler à sa

maison. Il jouait aux osselets avec Sporus, accoudé du bras gauche, sur une table d'agate. Il se détourna, et fronçant ses sourcils blonds : « Pourquoi ne me crains-tu pas ? me demanda-t-il. — Parce que le Dieu qui t'a fait terrible m'a fait intrépide », répondis-je.

ANTOINE

à part :

Quelque chose d'inexplicable m'épouvante.

Silence.

DAMIS

reprend d'une voix aiguë :

Toute l'Asie, d'ailleurs, pourra vous dire...

ANTOINE

en sursaut :

Je suis malade ! Laissez-moi !

DAMIS

Écoutez donc. Il a vu, d'Éphèse, tuer Domitien, qui était à Rome.

ANTOINE

s'efforçant de rire :

Est-ce possible !

DAMIS

Oui, au théâtre, en plein jour, le quatorzième des calendes d'octobre, tout à coup il s'écria : « On égorge César ! » et il ajoutait de temps à autre : « Il

roule par terre ; oh ! comme il se débat ! Il se relève ;
il essaye de fuir ; les portes sont fermées ; ah ! c'est
fini ! le voilà mort ! » Et ce jour-là, en effet, Titus
Flavius Domitianus fut assassiné, comme vous
savez.

ANTOINE

Sans le secours du Diable... certainement...

APOLLONIUS

Il avait voulu me faire mourir, ce Domitien !
Damis s'était enfui par mon ordre, et je restais seul
dans ma prison.

DAMIS

C'était une terrible hardiesse, il faut avouer !

APOLLONIUS

Vers la cinquième heure, les soldats m'amenèrent
au tribunal. J'avais ma harangue toute prête que je
tenais sous mon manteau.

DAMIS

Nous étions sur le rivage de Pouzzoles, nous
autres ! Nous vous croyions mort ; nous pleurions.
Quand, vers la sixième heure, tout à coup vous
apparûtes, et vous nous dîtes : « C'est moi ! »

ANTOINE

à part :

Comme Lui !

DAMIS

très haut :

Absolument !

req_001

2023-06-01

ANTOINE

Oh ! non ! vous mentez, n'est-ce pas ? vous mentez !

APOLLONIUS

Il est descendu du Ciel. Moi, j'y monte, — grâce à ma vertu qui m'a élevé jusqu'à la hauteur du Principe !

DAMIS

Tyane, sa ville natale, a institué en son honneur un temple avec des prêtres !

APOLLONIUS

se rapproche d'Antoine et lui crie aux oreilles :

C'est que je connais tous les dieux, tous les rites, toutes les prières, tous les oracles ! J'ai pénétré dans l'antre de Trophonius, fils d'Apollon ! J'ai pétri pour les Syracusaines les gâteaux qu'elles portent sur les montagnes ! j'ai subi les quatre-vingts épreuves de Mithra ! j'ai serré contre mon cœur le serpent de Sabasius ! j'ai reçu l'écharpe des Cabires ! j'ai lavé Cybèle aux flots des golfes campaniens, et j'ai passé trois lunes dans les cavernes de Samothrace !

DAMIS

riant bêtement :

Ah ! ah ! ah ! aux mystères de la Bonne-Déesse !

APOLLONIUS

Et maintenant nous recommençons le pèlerinage !
Nous allons au Nord, du côté des cygnes et des neiges. Sur la plaine blanche, les hippopodes aveugles cassent du bout de leurs pieds la plante d'outre-mer.

DAMIS

Viens ! c'est l'aurore. Le coq a chanté, le cheval a henni, la voile est prête.

ANTOINE

Le coq n'a pas chanté ! J'entends le grillon dans les sables, et je vois la lune qui reste en place.

APOLLONIUS

Nous allons au Sud, derrière les montagnes et les grands flots, chercher dans les parfums la raison de l'amour. Tu humeras l'odeur du myrrhodion qui fait mourir les faibles. Tu baigneras ton corps dans le lac d'huile rose de l'île Junonia. Tu verras, dormant sur les primevères, le lézard qui se réveille tous les siècles quand tombe à sa maturité l'escarboucle de son front. Les étoiles palpitent comme des yeux, les cascades chantent comme des lyres, des enivrements s'exhalent des fleurs écloses ; ton esprit s'élargira parmi les airs, et dans ton cœur comme sur ta face.

DAMIS

Maître ! il est temps ! Le vent va se lever, les hirondelles s'éveillent, la feuille du myrte est envolée !

APOLLONIUS

Oui ! partons !

ANTOINE

Non ! moi, je reste !

APOLLONIUS

Veux-tu que je t'enseigne où pousse la plante Balis, qui ressuscite les morts ?

DAMIS

Demande-lui plutôt l'androdamas qui attire l'argent, le fer et l'airain !

ANTOINE

Oh ! que je souffre ! que je souffre !

DAMIS

Tu comprendras la voix de tous les êtres, les rugissements, les roucoulements !

APOLLONIUS

Je te ferai monter sur les licornes, sur les dragons, sur les hippocentaures et les dauphins !

ANTOINE

pleure.

Oh ! oh ! oh !

APOLLONIUS

Tu connaîtras les démons qui habitent les cavernes, ceux qui parlent dans les bois, ceux qui remuent les flots, ceux qui poussent les nuages.

DAMIS

Serre ta ceinture ! noue tes sandales !

APOLLONIUS

Je t'expliquerai la raison des formes divines, pourquoi Apollon est debout, Jupiter assis, Vénus noire à Corinthe, carrée dans Athènes, conique à Paphos.

ANTOINE

joignant les mains :

Qu'ils s'en aillent ! qu'ils s'en aillent !

APOLLONIUS

J'arracherai devant toi les armures des Dieux, nous forcerons les sanctuaires, je te ferai violer la Pythie !

ANTOINE

Au secours, Seigneur !

Il se précipite vers la croix.

APOLLONIUS

Quel est ton désir ? ton rêve ? Le temps seulement d'y songer...

ANTOINE

Jésus, Jésus, à mon aide !

APOLLONIUS

Veux-tu que je le fasse apparaître, Jésus ?

ANTOINE

Quoi ? Comment ?

APOLLONIUS

Ce sera lui ! pas un autre ! Il jettera sa couronne, et nous causerons face à face !

DAMIS

bas :

Dis que tu veux bien ! Dis que tu veux bien !

Antoine au pied de la croix, murmure des oraisons. Damis tourne autour de lui, avec des gestes patelins.

Voyons, bon ermite, cher saint Antoine ! homme pur, homme illustre ! homme qu'on ne saurait assez louer ! Ne vous effrayez pas ; c'est une façon de dire exagérée, prise aux Orientaux. Cela n'empêche nullement...

APOLLONIUS

Laisse-le, Damis !
Il croit, comme une brute, à la réalité des choses. La terreur qu'il a des Dieux l'empêche de les comprendre ; et il ravale le sien au niveau d'un roi jaloux !
Toi, mon fils, ne me quitte pas !

Il s'approche à reculons du bord de la falaise, la dépasse, et reste suspendu.

Par-dessus toutes les formes, plus loin que la terre, au-delà des cieux, réside le monde des Idées, tout plein du Verbe ! D'un bond, nous franchirons l'autre espace ; et tu saisiras dans son infinité l'Éternel l'Absolu, l'Être ! — Allons ! donne-moi la main ! En marche !

Tous les deux, côte à côte, s'élèvent dans l'air, doucement.
Antoine embrassant la croix, les regarde monter.
Ils disparaissent.

V

ANTOINE

marchant lentement :

Celui-là vaut tout l'enfer !

Nabuchodonosor ne m'avait pas tant ébloui. La reine de Saba ne m'a pas si profondément charmé.

Sa manière de parler des Dieux inspire l'envie de les connaître.

Je me rappelle en avoir vu des centaines à la fois, dans l'île d'Éléphantine, du temps de Dioclétien. L'Empereur avait cédé aux Nomades un grand pays, à condition qu'ils garderaient les frontières ; et le traité fut conclu au nom des « Puissances invisibles ». Car les Dieux de chaque peuple étaient ignorés de l'autre peuple.

Les Barbares avaient amené les leurs. Ils occupaient les collines de sable qui bordent le fleuve. On les apercevait tenant leurs idoles entre leurs bras comme de grands enfants paralytiques ; ou bien naviguant au milieu des cataractes sur un tronc de palmier, ils montraient de loin les amulettes de leurs cous, les tatouages de leurs poitrines ; — et cela n'est pas plus criminel que la religion des Grecs, des Asiatiques et des Romains !

Quand j'habitais le temple d'Héliopolis, j'ai souvent considéré tout ce qu'il y a sur les murailles :

vautours portant des sceptres, crocodiles pinçant des lyres, figures d'hommes avec des corps de serpent, femmes à tête de vache prosternées devant des dieux ithyphalliques ; et leurs formes surnaturelles m'entraînaient vers d'autres mondes. J'aurais voulu savoir ce que regardent ces yeux tranquilles.

Pour que de la matière ait tant de pouvoir, il faut qu'elle contienne un esprit. L'âme des Dieux est attachée à ses images...

Ceux qui ont la beauté des apparences peuvent séduire. Mais les autres... qui sont abjects ou terribles, comment y croire ?...

Et il voit passer à ras du sol des feuilles, des pierres, des coquilles, des branches d'arbres, de vagues représentations d'animaux, puis des espèces de nains hydropiques ; ce sont des Dieux. Il éclate de rire.

Un autre rire part derrière lui ; et Hilarion se présente — habillé en ermite, beaucoup plus grand que tout à l'heure, colossal.

ANTOINE

n'est pas surpris de le revoir.

Qu'il faut être bête pour adorer cela !

HILARION

Oh ! oui, extrêmement bête !

Alors défilent devant eux, des idoles de toutes les nations et de tous les âges, en bois, en métal, en granit, en plumes, en peaux cousues.

Les plus vieilles, antérieures au Déluge, disparaissent sous des goémons qui pendent comme des crinières. Quelques-unes, trop longues pour leur base, craquent dans leurs jointures et se cassent les reins en marchant. D'autres laissent couler du sable par les trous de leurs ventres.

Antoine et Hilarion s'amusent énormément. Ils se tiennent les côtes à force de rire.

Ensuite, passent des idoles à profil de mouton. Elles titubent sur leurs jambes cagneuses, entrouvrent leurs paupières et bégayent comme des muets : « Bâ ! bâ ! bâ ! »

A mesure qu'elles se rapprochent du type humain, elles irritent Antoine davantage. Il les frappe à coups de poing, à coups de pied, s'acharne dessus.

Elles deviennent effroyables — avec de hauts panaches, des yeux en boules, les bras terminés par des griffes, des mâchoires de requin.

Et devant ces Dieux, on égorge des hommes sur des autels de pierre ; d'autres sont broyés dans des cuves, écrasés sous des chariots, cloués dans des arbres. Il y en a un, tout en fer rougi et à cornes de taureau, qui dévore des enfants.

ANTOINE

Horreur !

HILARION

Mais les Dieux réclament toujours des supplices. Le tien même a voulu...

ANTOINE

pleurant :

Oh ! n'achève pas, tais-toi !

L'enceinte des roches se change en une vallée. Un troupeau de bœufs y pâture l'herbe rase.

Le pasteur qui les conduit observe un nuage ; — et jette dans l'air, d'une voix aiguë, des paroles impératives.

HILARION

Comme il a besoin de pluie, il tâche, par des chants, de contraindre le roi du ciel à ouvrir la nuée féconde.

ANTOINE

en riant :

Voilà un orgueil trop niais !

Pourquoi fais-tu des exorcismes ?

La vallée devient une mer de lait, immobile et sans bornes.

Au milieu flotte un long berceau, composé par les enroulements d'un serpent dont toutes les têtes, s'inclinant à la fois, ombragent un dieu endormi sur son corps.

Il est jeune, imberbe, plus beau qu'une fille et couvert de voiles diaphanes. Les perles de sa tiare brillent doucement comme des lunes, un chapelet d'étoiles fait plusieurs tours sur sa poitrine ; — et une main sous la tête, l'autre bras étendu, il repose, d'un air songeur et enivré.

Une femme accroupie devant ses pieds attend qu'il se réveille.

C'est la dualité primordiale des Brachmanes, — l'Absolu ne s'exprimant par aucune forme.

Sur le nombril du Dieu une tige de lotus a poussé ; et, dans son calice, paraît un autre Dieu à trois visages.

Tiens, quelle invention !

Père, Fils et Saint-Esprit ne font de même qu'une seule personne !

Les trois têtes s'écartent, et trois grands Dieux paraissent.

Le premier, qui est rose, mord le bout de son orteil.

Le second, qui est bleu, agite quatre bras.

Le troisième, qui est vert, porte un collier de crânes humains.

En face d'eux, immédiatement surgissent trois Déesses,

l'une enveloppée d'un réseau, l'autre offrant une coupe, la dernière brandissant un arc.

Et ces Dieux, ces Déesses se décuplent, se multiplient. Sur leurs épaules poussent des bras, au bout de leurs bras des mains tenant des étendards, des haches, des boucliers, des épées, des parasols et des tambours. Des fontaines jaillissent de leurs têtes, des herbes descendent de leurs narines.

A cheval sur des oiseaux, bercés dans des palanquins, trônant sur des sièges d'or, debout dans des niches d'ivoire, ils songent, voyagent, commandent, boivent du vin, respirent des fleurs. Des danseuses tournoient, des géants poursuivent des monstres ; à l'entrée des grottes des solitaires méditent. On ne distingue pas les prunelles des étoiles, les nuages des banderoles ; des paons s'abreuvent à des ruisseaux de poudre d'or, la broderie des pavillons se mêle aux taches des léopards, des rayons colorés s'entrecroisent sur l'air bleu, avec des flèches qui volent et des encensoirs qu'on balance.

Et tout cela se développe comme une haute frise — appuyant sa base sur les rochers, et montant jusque dans le ciel.

ANTOINE

ébloui :

Quelle quantité ! que veulent-ils ?

HILARION

Celui qui gratte son abdomen avec sa trompe d'éléphant, c'est le Dieu solaire, l'inspirateur de la sagesse.

Cet autre, dont les six têtes portent des tours et les quatorze bras des javelots, c'est le prince des armées, le Feu-dévorateur.

Le vieillard chevauchant un crocodile va laver sur le rivage les âmes des morts. Elles seront tourmentées par cette femme noire aux dents pourries, dominatrice des enfers.

Le chariot tiré par des cavales rouges, que conduit un cocher qui n'a pas de jambes, promène en plein azur le maître du soleil. Le Dieu-lune l'accompagne, dans une litière attelée de trois gazelles.

A genoux sur le dos d'un perroquet, la déesse de la Beauté présente à l'Amour, son fils, sa mamelle ronde. La voici plus loin, qui saute de joie dans les prairies. Regarde ! regarde ! Coiffée d'une mitre éblouissante, elle court sur les blés, sur les flots, monte dans l'air, s'étale partout !

Entre ces Dieux siègent les Génies des vents, des planètes, des mois, des jours, cent mille autres ! et leurs aspects sont multiples, leurs transformations rapides. En voilà un qui de poisson devient tortue ; il prend la hure d'un sanglier, la taille d'un nain.

ANTOINE

Pour quoi faire ?

HILARION

Pour rétablir l'équilibre, pour combattre le mal. Mais la vie s'épuise, les formes s'usent ; et il leur faut progresser dans les métamorphoses.

Tout à coup paraît

UN HOMME NU

assis au milieu du sable, les jambes croisées.

Un large halo vibre, suspendu derrière lui. Les petites boucles de ses cheveux noirs, et à reflets d'azur, contournent symétriquement une protubérance au haut de son crâne. Ses bras, très longs, descendent droits contre ses flancs. Ses deux mains, les paumes ouvertes, reposent à plat sur ses cuisses. Le dessous de ses pieds offre l'image de deux soleils ; et il reste complètement immobile — en face d'Antoine et d'Hilarion, — avec tous les Dieux à l'entour, échelonnés sur les roches comme sur les gradins d'un cirque.

Ses lèvres s'entrouvrent ; et d'une voix profonde :

Je suis le maître de la grande aumône, le secours des créatures, et aux croyants comme aux profanes j'expose la loi.

Pour délivrer le monde, j'ai voulu naître parmi les hommes. Les Dieux pleuraient quand je suis parti.

J'ai d'abord cherché une femme comme il convient : de race militaire, épouse d'un roi, très bonne, extrêmement belle, le nombril profond, le corps ferme comme du diamant ; et au temps de la pleine lune, sans l'auxiliaire d'aucun mâle, je suis entré dans son ventre.

J'en suis sorti par le flanc droit. Des étoiles s'arrêtèrent.

HILARION

murmure entre ses dents :

« Et quand ils virent l'étoile s'arrêter, ils conçurent une grande joie ! »

Antoine regarde plus attentivement

LE BOUDDHA

qui reprend :

Du fond de l'Himalaya, un religieux centenaire accourut pour me voir.

HILARION

« Un homme appelé Siméon, qui ne devait pas mourir avant d'avoir vu le Christ ! »

LE BOUDDHA

On m'a mené dans les écoles. J'en savais plus que les docteurs.

HILARION

« ... Au milieu des docteurs ; et tous ceux qui l'entendaient étaient ravis de sa sagesse. »

Antoine fait signe à Hilarion de se taire.

LE BOUDDHA

Continuellement, j'étais à méditer dans les jardins. Les ombres des arbres tournaient ; mais l'ombre de celui qui m'abritait ne tournait pas.

Aucun ne pouvait m'égaler dans la connaissance des écritures, l'énumération des atomes, la conduite des éléphants, les ouvrages de cire, l'astronomie, la poésie, le pugilat, tous les exercices et tous les arts !

Pour me conformer à l'usage, j'ai pris une épouse ; — et je passais les jours dans mon palais de roi, vêtu de perles, sous la pluie des parfums, éventé par les chasse-mouches de trente-trois mille femmes, regardant mes peuples du haut de mes terrasses, ornées de clochettes retentissantes.

Mais la vue des misères du monde me détournait des plaisirs. J'ai fui.

J'ai mendié sur les routes, couvert de haillons ramassés dans les sépulcres ; et comme il y avait un ermite très savant, j'ai voulu devenir son esclave ; je gardais sa porte, je lavais ses pieds.

Toute sensation fut anéantie, toute joie, toute langueur.

Puis, concentrant ma pensée dans une méditation plus large, je connus l'essence des choses, l'illusion des formes.

J'ai vidé promptement la science des Brachmanes. Ils sont rongés de convoitises sous leurs apparences austères, se frottent d'ordures, couchent sur des épines, croyant arriver au bonheur par la voie de la mort !

HILARION

« Pharisiens, hypocrites, sépulcres blanchis, race de vipères ! »

LE BOUDDHA

Moi aussi, j'ai fait des choses étonnantes — ne

mangeant par jour qu'un seul grain de riz, et les grains de riz dans ce temps-là n'étaient pas plus gros qu'à présent ; — mes poils tombèrent, mon corps devint noir ; mes yeux rentrés dans les orbites semblaient des étoiles aperçues au fond d'un puits.

Pendant six ans, je me suis tenu immobile, exposé aux mouches, aux lions et aux serpents ; et les grands soleils, les grandes ondées, la neige, la foudre, la grêle et la tempête, je recevais tout cela, sans m'abriter même avec la main.

Les voyageurs qui passaient, me croyant mort, me jetaient de loin des mottes de terre !

La tentation du Diable me manquait.

Je l'ai appelé.

Ses fils sont venus, — hideux, couverts d'écailles, nauséabonds comme des charniers, hurlant, sifflant, beuglant, entrechoquant des armures et des os de mort. Quelques-uns crachent des flammes par les naseaux, quelques-uns font des ténèbres avec leurs ailes, quelques-uns portent des chapelets de doigt-scoupés, quelques-uns boivent du venin de serpent dans le creux de leurs mains ; ils ont des têtes de porc, de rhinocéros ou de crapaud, toutes sortes de figures inspirant le dégoût ou la terreur.

ANTOINE

à part :

J'ai enduré cela, autrefois !

LE BOUDDHA

Puis il m'envoya ses filles — belles, bien fardées, avec des ceintures d'or, les dents blanches comme le jasmin, les cuisses rondes comme la trompe de l'éléphant. Quelques-unes étendent les bras en bâillant, pour montrer les fossettes de leurs coudes ; quelques-unes clignent les yeux, quelques-unes se mettent à rire, quelques-unes entrouvrent leurs vêtements. Il y a des vierges rougissantes, des matrones

pleines d'orgueil, des reines avec une grande suite
de bagages et d'esclaves.

ANTOINE

à part :

Ah ! lui aussi ?

LE BOUDDHA

Ayant vaincu le démon, j'ai passé douze ans à me
nourrir exclusivement de parfums ; — et comme
j'avais acquis les cinq vertus, les cinq facultés, les dix
forces, les dix-huit substances, et pénétré dans les
quatre sphères du monde invisible, l'Intelligence fut
à moi ! Je devins le Bouddha !

Tous les Dieux s'inclinent ; ceux qui ont plusieurs têtes
les baissent à la fois.
Il lève dans l'air sa haute main et reprend :

En vue de la délivrance des êtres, j'ai fait des
centaines de mille de sacrifices ! J'ai donné aux
pauvres des robes de soie, des lits, des chars, des
maisons, des tas d'or et des diamants. J'ai donné
mes mains aux manchots, mes jambes aux boiteux,
mes prunelles aux aveugles ; j'ai coupé ma tête pour
les décapités. Au temps que j'étais roi, j'ai distribué
des provinces ; au temps que j'étais brachmane, je
n'ai méprisé personne. Quand j'étais un solitaire, j'ai
dit des paroles tendres au voleur qui m'égorgea.
Quand j'étais un tigre, je me suis laissé mourir de
faim.

Et dans cette dernière existence, ayant prêché la
loi, je n'ai plus rien à faire. La grande période est
accomplie ! Les hommes, les animaux, les Dieux, les
bambous, les océans, les montagnes, les grains de
sable des Ganges avec les myriades de myriades
d'étoiles, tout va mourir ; — et, jusqu'à des nais-
sances nouvelles, une flamme dansera sur les ruines
des mondes détruits !

Alors un vertige prend les Dieux. Ils chancellent, tombent en convulsions, et vomissent leurs existences. Leurs couronnes éclatent, leurs étendards s'envolent. Ils arrachent leurs attributs, leurs sexes, lancent par dessus l'épaule les coupes où ils buvaient l'immortalité, s'étranglent avec leurs serpents, s'évanouissent en fumée ; — et quand tout a disparu...

HILARION

lentement :

Tu viens de voir la croyance de plusieurs centaines de millions d'hommes !

Antoine est par terre, la figure dans ses mains. Debout près de lui, et tournant le dos à la croix, Hilarion le regarde.
Un assez long temps s'écoule.

Ensuite, paraît un être singulier, ayant une tête d'homme sur un corps de poisson. Il s'avance droit dans l'air, en battant le sable de sa queue ; — et cette figure de patriarche avec de petits bras fait rire Antoine.

OANNÈS

d'une voix plaintive :

Respecte-moi ! Je suis le contemporain des origines.
J'ai habité le monde informe où sommeillaient des bêtes hermaphrodites, sous le poids d'une atmosphère opaque, dans la profondeur des ondes ténébreuses, — quand les doigts, les nageoires et les ailes étaient confondus, et que des yeux sans tête flottaient comme des mollusques, parmi des taureaux à face humaine et des serpents à pattes de chien.
Sur l'ensemble de ces êtres, Omorôca, pliée comme un cerceau, étendait son corps de femme. Mais Bélus la coupa net en deux moitiés, fit la terre avec l'une, le ciel avec l'autre ; et les deux mondes pareils se contemplent mutuellement.

Moi, la première conscience du Chaos, j'ai surgi de l'abîme pour durcir la matière, pour régler les formes ; et j'ai appris aux humains la pêche, les semailles, l'écriture et l'histoire des Dieux.

Depuis lors, je vis dans les étangs qui restent du Déluge. Mais le désert s'agrandit autour d'eux, le vent y jette du sable, le soleil les dévore ; — et je meurs sur ma couche de limon, en regardant les étoiles à travers l'eau. J'y retourne.

Il saute, et disparaît dans le Nil.

HILARION

C'est un ancien Dieu des Chaldéens !

ANTOINE

Ironiquement :

Qu'étaient donc ceux de Babylone ?

HILARION

Tu peux les voir !

Et ils se trouvent sur la plate-forme d'une tour quadrangulaire dominant six autres tours qui, plus étroites à mesure qu'elles s'élèvent, forment une monstrueuse pyramide. On distingue en bas une grande masse noire, — la ville sans doute, — étalée dans les plaines. L'air est froid, le ciel d'un bleu sombre ; des étoiles en quantité palpitent.

Au milieu de la plate-forme, se dresse une colonne de pierre blanche. Des prêtres en robes de lin passent et reviennent tout autour, de manière à décrire par leurs évolutions un cercle en mouvement ; et, la tête levée, ils contemplent les astres.

HILARION

en désigne plusieurs à saint Antoine.

Il y en a trente principaux. Quinze regardent le

dessus de la terre, quinze le dessous. A des intervalles réguliers, un d'eux s'élance des régions supé-
rieures vers celles d'en bas, tandis qu'un autre abandonne les inférieures pour monter vers les sublimes.

Des sept planètes, deux sont bienfaisantes, deux
mauvaises, trois ambiguës ; tout dépend, dans le
monde, de ces feux éternels. D'après leur position et
leur mouvement on peut tirer des présages ; — et tu
foules l'endroit le plus respectable de la terre. Pythagore et Zoroastre s'y sont rencontrés. Voilà douze
mille ans que ces hommes observent le ciel, pour
mieux connaître les Dieux.

ANTOINE

Les astres ne sont pas Dieux.

HILARION

Oui ! disent-ils ; car les choses passent autour de
nous ; le ciel, comme l'éternité, reste immuable !

ANTOINE

Il a un maître, pourtant.

HILARION

montrant la colonne :

Celui-là, Bélus, le premier rayon, le Soleil, le
Mâle ! — L'Autre, qu'il féconde, est sous lui !

Antoine aperçoit un jardin, éclairé par des lampes.

Il est au milieu de la foule, dans une avenue de cyprès. A
droite et à gauche, des petits chemins conduisent vers des
cabanes établies dans un bois de grenadiers, que
défendent des treillages de roseaux.

Les hommes, pour la plupart, ont des bonnets pointus
avec des robes chamarrées comme le plumage des paons.
Il y a des gens du nord vêtus de peaux d'ours, des nomades
en manteau de laine brune, de pâles Gangarides à longues

boucles d'oreilles ; et les rangs comme les nations
paraissent confondus, car des matelots et des tailleurs de
pierres coudoient des princes portant des tiares d'escarboucles avec de hautes cannes à pomme ciselée. Tous
marchent en dilatant les narines, recueillis dans le même
désir.

De temps à autre, ils se dérangent pour donner passage
à un long chariot couvert, traîné par des bœufs ; ou bien
c'est un âne, secouant sur son dos une femme empaquetée
de voiles, et qui disparaît aussi vers les cabanes.

Antoine a peur ; il voudrait revenir en arrière. Cependant une curiosité inexprimable l'entraîne.

Au pied des cyprès, des femmes sont accroupies en ligne
sur des peaux de cerf, toutes ayant pour diadème une
tresse de cordes. Quelques-unes, magnifiquement habillées, appellent à haute voix les passants. De plus timides
cachent leur figure sous leur bras, tandis que par derrière,
une matrone, leur mère sans doute, les exhorte. D'autres,
la tête enveloppée d'un châle noir et le corps entièrement
nu, semblent de loin des statues de chair. Dès qu'un
homme leur a jeté de l'argent sur les genoux, elles se
lèvent.

Et on entend des baisers sous les feuillages, — quelquefois un grand cri aigu.

HILARION

Ce sont les vierges de Babylone qui se prostituent
à la Déesse.

ANTOINE

Quelle déesse ?

HILARION

La voilà !

Et il lui fait voir, tout au fond de l'avenue, sur le seuil
d'une grotte illuminée, un bloc de pierre représentant
l'organe sexuel d'une femme.

ANTOINE

Ignominie ! quelle abomination de donner un sexe
à Dieu !

HILARION

Tu l'imagines bien comme une personne vivante !

Antoine se retrouve dans les ténèbres.

Il aperçoit, en l'air, un cercle lumineux, posé sur des ailes horizontales.

Cette espèce d'anneau entoure, comme une ceinture trop lâche, la taille d'un petit homme coiffé d'une mitre, portant une couronne à sa main, et dont la partie inférieure du corps disparaît sous de grandes plumes étalées en jupon.

C'est

ORMUZ

le dieu des Perses.

Il voltige en criant :
J'ai peur ! J'entrevois sa gueule.
Je t'avais vaincu, Ahriman ! Mais tu recommences !
D'abord, te révoltant contre moi, tu as fait périr l'aînée des créatures Kaiomortz, l'homme-Taureau. Puis tu as séduit le premier couple humain, Meschia et Meschiané ; et tu as répandu les ténèbres dans les cœurs, tu as poussé vers le ciel tes bataillons.
J'avais les miens, le peuple des étoiles ; et je contemplais au-dessous de mon trône tous les astres échelonnés.
Mithra, mon fils, habitait un lieu inaccessible. Il y recevait les âmes, les en faisait sortir, et se levait chaque matin pour épandre sa richesse.
La splendeur du firmament était reflétée par la terre. Le feu brillait sur les montagnes, — image de l'autre feu dont j'avais créé tous les êtres. Pour le garantir des souillures, on ne brûlait pas les morts. Le bec des oiseaux les emportait vers le ciel.
J'avais réglé les pâturages, les labours, le bois du sacrifice, la forme des coupes, les paroles qu'il faut

dire dans l'insomnie ; — et mes prêtres étaient continuellement en prières, afin que l'hommage eût l'éternité du Dieu. On se purifiait avec de l'eau, on offrait des pains sur les autels, on confessait à haute voix ses crimes.

Homa se donnait à boire aux hommes, pour leur communiquer sa force.

Pendant que les génies du ciel combattaient les démons, les enfants d'Iran poursuivaient les serpents. Le Roi, qu'une cour innombrable servait à genoux, figurait ma personne, portait ma coiffure. Ses jardins avaient la magnificence d'une terre céleste ; et son tombeau le représentait égorgeant un monstre, — emblème du Bien qui extermine le Mal.

Car je devais un jour, grâce au temps sans bornes, vaincre définitivement Ahriman.

Mais l'intervalle entre nous deux disparaît ; la nuit monte ! A moi, les Amschaspands, les Izeds, les Ferouers ! Au secours Mithra ! prends ton épée ! Caosyac, qui dois revenir pour la délivrance universelle, défends-moi ! Comment ?... Personne !

Ah ! je meurs ! Ahriman, tu es le maître !

Hilarion, derrière Antoine, retient un cri de joie — et Ormuz plonge dans les ténèbres.

Alors paraît

LA GRANDE DIANE D'ÉPHÈSE

noire avec des yeux d'émail, les coudes aux flancs, les avant-bras écartés, les mains ouvertes.

Des lions rampent sur ses épaules ; des fruits, des fleurs et des étoiles s'entrecroisent sur sa poitrine ; plus bas se développent trois rangées de mamelles ; et depuis le ventre jusqu'aux pieds, elle est prise dans une gaine étroite d'où s'élancent à mi-corps des taureaux, des cerfs, des griffons et des abeilles. — On l'aperçoit à la blanche lueur que fait un disque d'argent, rond comme la pleine lune, posé derrière sa tête.

Où est mon temple ?

Où sont mes amazones ?
Qu'ai-je donc... moi l'incorruptible, voilà qu'une défaillance me prend !

Ses fleurs se fanent. Ses fruits trop mûrs se détachent. Les lions, les taureaux penchent leur cou ; les cerfs bavent épuisés ; les abeilles, en bourdonnant, meurent par terre.

Elle presse l'une après l'autre, ses mamelles. Toutes sont vides ! Mais sous un effort désespéré sa gaine éclate. Elle la saisit par le bas, comme le pan d'une robe, y jette ses animaux, ses floraisons, — puis rentre dans l'obscurité.

Et au loin, des voix murmurent, grondent, rugissent, brament et beuglent. L'épaisseur de la nuit est augmentée par des haleines. Les gouttes d'une pluie chaude tombent.

ANTOINE

Comme c'est bon, le parfum des palmiers, le frémissement des feuilles vertes, la transparence des sources ! Je voudrais me coucher tout à plat sur la terre pour la sentir contre mon cœur ; et ma vie se retremperait dans sa jeunesse éternelle !

Il entend un bruit de castagnettes et de cymbales ; — et, au milieu d'une foule rustique, des hommes, vêtus de tuniques blanches à bandes rouges, amènent un âne, enharnaché richement, la queue ornée de rubans, les sabots peints.

Une boîte, couverte d'une housse en toile jaune, ballotte sur son dos entre deux corbeilles ; l'une reçoit les offrandes qu'on y place : œufs, raisins, poires et fromages, volailles, petites monnaies ; et la seconde est pleine de roses, que les conducteurs de l'âne effeuillent devant lui, tout en marchant.

Ils ont des pendants d'oreilles, de grands manteaux, les cheveux nattés, les joues fardées ; une couronne d'olivier se ferme sur leur front par un médaillon à figurine ; des poignards sont passés dans leur ceinture ; et ils secouent des fouets à manche d'ébène, ayant trois lanières garnies d'osselets.

Les derniers du cortège posent sur le sol, droit comme un candélabre, un grand pin qui brûle par le sommet, et dont les rameaux les plus bas ombragent un petit mouton.

L'âne s'est arrêté. On retire la housse. Il y a, en dessous, une seconde enveloppe de feutre noir. Alors, un des hommes à tunique blanche se met à danser, en jouant des crotales ; un autre à genoux devant la boîte bat du tambourin, et

LE PLUS VIEUX DE LA TROUPE

commence :

Voici la Bonne-Déesse, l'idéenne des montagnes, la grande-mère de Syrie ! Approchez, braves gens !

Elle procure la joie, guérit les malades, envoie des héritages, et satisfait les amoureux.

C'est nous qui la promenons dans les campagnes par beau et mauvais temps.

Souvent nous couchons en plein air, et nous n'avons pas tous les jours de table bien servie. Les voleurs habitent les bois. Les bêtes s'élancent de leurs cavernes. Des chemins glissants bordent les précipices. La voilà ! la voilà !

Ils enlèvent la couverture ; et on voit une boîte, incrustée de petits cailloux.

Plus haute que les cèdres, elle plane dans l'éther bleu. Plus vaste que le vent elle entoure le monde. Sa respiration s'exhale par les naseaux des tigres ; sa voix gronde sous les volcans, sa colère est la tempête ; la pâleur de sa figure a blanchi la lune. Elle mûrit les moissons, elle gonfle les écorces, elle fait pousser la barbe. Donnez-lui quelque chose, car elle déteste les avares !

La boîte s'entrouvre ; et on distingue, sous un pavillon de soie bleue, une petite image de Cybèle — étincelante de paillettes, couronnée de tours et assise dans un char de pierre rouge, traîné par deux lions la patte levée.

La foule se pousse pour voir.

L'ARCHI-GALLE

continue :

Elle aime le retentissement des tympanons, le tré-
pignement des pieds, le hurlement des loups, les
montagnes sonores et les gorges profondes, la fleur
de l'amandier, la grenade et les figues vertes, la
danse qui tourne, les flûtes qui ronflent, la sève
sucrée, la larme salée, — du sang ! A toi ! à toi, Mère
des montagnes !

Ils se flagellent avec leurs fouets, et les coups résonnent
sur leur poitrine ; la peau des tambourins vibre à éclater.
Ils prennent leurs couteaux, se tailladent les bras.

Elle est triste ; soyons tristes ! C'est pour lui plaire
qu'il faut souffrir ! Par là, vos péchés vous seront
remis. Le sang lave tout ; jetez-en les gouttes,
comme des fleurs ! Elle demande celui d'un autre —
d'un pur !

L'archi-galle lève son couteau sur le mouton.

ANTOINE

pris d'horreur :

N'égorgez pas l'agneau !

Un flot de pourpre jaillit.
Le prêtre en asperge la foule ; et tous, — y compris
Antoine et Hilarion, — rangés autour de l'arbre qui brûle,
observent en silence les dernières palpitations de la victime.
Du milieu des prêtres sort Une Femme, — exactement
pareille à l'image enfermée dans la petite boîte.
Elle s'arrête, en apercevant Un Jeune Homme coiffé
d'un bonnet phrygien.
Ses cuisses sont revêtues d'un pantalon étroit, ouvert çà
et là par des losanges réguliers que ferment des nœuds de
couleur. Il s'appuie du coude contre une des branches de
l'arbre, en tenant une flûte à la main, dans une pose
langoureuse.

CYBÈLE

lui entourant la taille de ses deux bras :

Pour te rejoindre, j'ai parcouru toutes les régions — et la famine ravageait les campagnes. Tu m'as trompée ! N'importe, je t'aime ! Réchauffe mon corps ! unissons-nous !

ATYS

Le printemps ne reviendra plus, ô Mère éternelle ! Malgré mon amour, il ne m'est pas possible de pénétrer ton essence. Je voudrais me couvrir d'une robe peinte, comme la tienne. J'envie tes seins gonflés de lait, la longueur de tes cheveux, tes vastes flancs d'où sortent les êtres. Que ne suis-je toi ! que ne suis-je femme ! — Non, jamais ! va-t-en ! Ma virilité me fait horreur !

Avec une pierre tranchante il s'émascule, puis se met à courir furieux, en levant dans l'air son membre coupé.

Les prêtres font comme le dieu, les fidèles comme les prêtres. Hommes et femmes échangent leurs vêtements, s'embrassent ; — et ce tourbillon de chairs ensanglantées s'éloigne, tandis que les voix, durant toujours, deviennent plus criardes et stridentes comme celles qu'on entend aux funérailles.

Un grand catafalque tendu de pourpre, porte à son sommet un lit d'ébène, qu'entourent des flambeaux et des corbeilles en filigranes d'argent, où verdoient des laitues, des mauves et du fenouil. Sur les gradins, du haut en bas, des femmes sont assises, toutes habillées de noir, la ceinture défaite, les pieds nus, en tenant d'un air mélancolique de gros bouquets de fleurs.

Par terre, aux coins de l'estrade, des urnes en albâtre pleines de myrrhe fument, lentement.

On distingue sur le lit le cadavre d'un homme. Du sang coule de sa cuisse. Il laisse pendre son bras ; — et un chien, qui hurle, lèche ses ongles.

La ligne des flambeaux trop pressés empêche de voir sa figure ; et Antoine est saisi par une angoisse. Il a peur de reconnaître quelqu'un.

Les sanglots des femmes s'arrêtent ; et après un intervalle de silence,

TOUTES

à la fois psalmodient :

Beau ! beau ! il est beau ! Assez dormi, lève la tête ! Debout !

Respire nos bouquets ! ce sont des narcisses et des anémones, cueillis dans tes jardins pour te plaire. Ranime-toi, tu nous fais peur !

Parle ! Que te faut-il ? Veux-tu boire du vin ? Veux-tu coucher dans nos lits ? Veux-tu manger des pains de miel qui ont la forme de petits oiseaux ?

Pressons ses hanches, baisons sa poitrine ! Tiens ! tiens ! les sens-tu nos doigts chargés de bagues qui courent sur ton corps, et nos lèvres qui cherchent ta bouche, et nos cheveux qui balayent tes cuisses, Dieu pâmé, sourd à nos prières !

Elles lancent des cris, en se déchirant le visage avec les ongles, puis se taisent ; — et on entend toujours les hurlements du chien.

Hélas ! hélas ! Le sang noir coule sur sa chair neigeuse ! Voilà ses genoux qui se tordent ; ses côtes s'enfoncent. Les fleurs de son visage ont mouillé la pourpre. Il est mort ! Pleurons ! Désolons-nous !

Elles viennent, toutes à la file, déposer entre les flambeaux leurs longues chevelures, pareilles de loin à des serpents noirs ou blonds ; — et le catafalque s'abaisse doucement jusqu'au niveau d'une grotte, un sépulcre ténébreux qui bâille par derrière.

Alors

UNE FEMME

s'incline sur le cadavre.

Ses cheveux, qu'elle n'a pas coupés, l'enveloppent de la tête aux talons. Elle verse tant de larmes que sa douleur ne doit pas être comme celle des autres, mais plus qu'humaine, infinie.

Antoine songe à la mère de Jésus.

Elle dit :

Tu t'échappais de l'Orient ; et tu me prenais dans tes bras toute frémissante de rosée, ô Soleil ! Des

colombes voletaient sur l'azur de ton manteau, nos
baisers faisaient des brises dans les feuillages ; et je
m'abandonnais à ton amour, en jouissant du plaisir
de ma faiblesse.

Hélas ! hélas ! Pourquoi allais-tu courir sur les
montagnes ?

A l'équinoxe d'automne un sanglier t'a blessé !

Tu es mort ; et les fontaines pleurent, les arbres se
penchent. Le vent d'hiver siffle dans les broussailles
nues.

Mes yeux vont se clore, puisque les ténèbres te
couvrent. Maintenant, tu habites l'autre côté du
monde, près de ma rivale plus puissante.

Ô Perséphone, tout ce qui est beau descend vers
toi, et n'en revient plus !

Pendant qu'elle parlait, ses compagnes ont pris le mort
pour le descendre au sépulcre. Il leur reste dans les mains.
Ce n'était qu'un cadavre de cire.

Antoine en éprouve comme un soulagement.

Tout s'évanouit ; — et la cabane, les rochers, la croix
sont reparus.

Cependant il distingue de l'autre côté du Nil, Une
Femme — debout au milieu du désert.

Elle garde dans sa main le bas d'un long voile noir qui
lui cache la figure, tout en portant sur le bras gauche un
petit enfant qu'elle allaite. A son côté, un grand singe est
accroupi sur le sable.

Elle lève la tête vers le ciel ; — et malgré la distance on
entend sa voix.

ISIS

Ô Neith, commencement des choses ! Ammon,
seigneur de l'éternité, Ptha, démiurge, Thoth son
intelligence, dieux de l'Amenthi, triades parti-
culières des Nomes, éperviers dans l'azur, sphinx au
bord des temples, ibis debout entre les cornes des
bœufs, planètes, constellations, rivages, murmures
du vent, reflets de la lumière, apprenez-moi oùse
trouve Osiris !

Je l'ai cherché par tous les canaux et tous les lacs,
— plus loin encore, jusqu'à Byblos la phénicienne.
Anubis, les oreilles droites, bondissait autour de
moi, jappant, et fouillant de son museau les touffes
des tamarins. Merci, bon Cynocéphale, merci !

Elle donne au singe, amicalement, deux ou trois petites
claques sur la tête.

Le hideux Typhon au poil roux l'avait tué, mis en
pièces ! Nous avons retrouvé tous ses membres.
Mais je n'ai pas celui qui me rendait féconde !

Elle pousse des lamentations aiguës.

ANTOINE

est pris de fureur. Il lui jette des cailloux, en l'injuriant.

Impudique ! va-t'en, va-t'en !

HILARION

Respecte-la ! C'était la religion de tes aïeux ! tu as
porté ses amulettes dans ton berceau.

ISIS

Autrefois, quand revenait l'été, l'inondation chas-
sait vers le désert les bêtes impures. Les digues
s'ouvraient, les barques s'entrechoquaient, la terre
haletante buvait le fleuve avec ivresse. Dieu à cornes
de taureau tu t'étalais sur ma poitrine — et on
entendait le mugissement de la vache éternelle !

Les semailles, les récoltes, le battage des grains et
les vendanges se succédaient régulièrement, d'après
l'alternance des saisons. Dans les nuits toujours
pures, de larges étoiles rayonnaient. Les jours
étaient baignés d'une invariable splendeur. On
voyait, comme un couple royal, le Soleil et la Lune à
chaque côté de l'horizon.

Nous trônions tous les deux dans un monde plus sublime, monarques-jumeaux, époux dès le sein de l'éternité, — lui, tenant un sceptre à tête de coucoupha, moi un sceptre à fleur de lotus, debout l'un et l'autre, les mains jointes ; — et les écroulements d'empire ne changeaient pas notre attitude.

L'Égypte s'étalait sous nous, monumentale et sérieuse, longue comme le corridor d'un temple, avec des obélisques à droite, des pyramides à gauche, son labyrinthe au milieu, — et partout des avenues de monstres, des forêts de colonnes, de lourds pylônes flanquant des portes qui ont à leur sommet le globe de la terre entre deux ailes.

Les animaux de son zodiaque se retrouvaient dans ses pâturages, emplissaient de leurs formes et de leurs couleurs son écriture mystérieuse. Divisée en douze régions comme l'année l'est en douze mois, — chaque mois, chaque jour ayant son dieu, — elle reproduisait l'ordre immuable du ciel ; et l'homme en expirant ne perdait pas sa figure ; mais, saturé de parfums, devenu indestructible, il allait dormir pendant trois mille ans dans une Égypte silencieuse.

Celle-là, plus grande que l'autre, s'étendait sous la terre.

On y descendait par des escaliers conduisant à des salles où étaient reproduites les joies des bons, les tortures des méchants, tout ce qui a lieu dans le troisième monde invisible. Rangés le long des murs, les morts dans des cercueils peints attendaient leur tour ; et l'âme exempte des migrations continuait son assoupissement jusqu'au réveil d'une autre vie.

Osiris, cependant, revenait me voir quelquefois. Son ombre m'a rendue mère d'Harpocrate.

Elle contemple l'enfant.

C'est lui ! Ce sont ses yeux ; ce sont ses cheveux, tressés en cornes de bélier ! Tu recommenceras ses œuvres. Nous refleurirons comme des lotus. Je suis toujours la grande Isis ! nul encore n'a soulevé mon voile ! Mon fruit est le soleil !

Soleil du printemps, des nuages obscurcissent ta face ! L'haleine de Typhon dévore les pyramides. J'ai vu, tout à l'heure, le sphinx s'enfuir. Il galopait comme un chacal.

Je cherche mes prêtres, — mes prêtres en manteau de lin, avec de grandes harpes, et qui portaient une nacelle mystique, ornée de patères d'argent. Plus de fêtes sur les lacs ! plus d'illuminations dans mon delta ! plus de coupes de lait à Philae ! Apis, depuis longtemps, n'a pas reparu.

Égypte ! Égypte ! tes grands Dieux immobiles ont les épaules blanchies par la fiente des oiseaux, et le vent qui passe sur le désert roule la cendre de tes morts ! — Anubis, gardien des ombres, ne me quitte pas !

Le cynocéphale s'est évanoui.
Elle secoue son enfant.

Mais... qu'as-tu ?... tes mains sont froides, ta tête retombe !

Harpocrate vient de mourir.
Alors elle pousse dans l'air un cri tellement aigu, funèbre et déchirant, qu'Antoine y répond par un autre cri, en ouvrant ses bras pour la soutenir.
Elle n'est plus là. Il baisse la figure, écrasé de honte.

Tout ce qu'il vient de voir se confond dans son esprit. C'est comme l'étourdissement d'un voyage, le malaise d'une ivresse. Il voudrait haïr, et cependant une pitié vague amollit son cœur. Il se met à pleurer abondamment.

HILARION

Qui donc te rend triste ?

ANTOINE

après avoir cherché en lui-même, longtemps :

Je pense à toutes les âmes perdues par ces faux Dieux !

HILARION

Ne trouves-tu pas qu'ils ont... quelquefois... comme des ressemblances avec le vrai ?

ANTOINE

C'est une ruse du Diable pour séduire mieux les fidèles. Il attaque les forts par le moyen de l'esprit, les autres avec la chair.

HILARION

Mais la luxure, dans ses fureurs, a le désintéressement de la pénitence. L'amour frénétique du corps en accélère la destruction, — et proclame par sa faiblesse l'étendue de l'impossible.

ANTOINE

Qu'est-ce que cela me fait à moi ! Mon cœur se soulève de dégoût devant ces Dieux bestiaux, occupés toujours de carnages et d'incestes !

HILARION

Rappelle-toi dans l'Écriture toutes les choses qui te scandalisent, parce que tu ne sais pas les comprendre. De même, ces Dieux, sous leurs formes criminelles, peuvent contenir la vérité.

Il en reste à voir. Détourne-toi !

ANTOINE

Non ! non ! c'est un péril !

HILARION

Tu voulais tout à l'heure les connaître. Est-ce que ta foi vacillerait sous des mensonges ? Que crains-tu ?

Les rochers en face d'Antoine sont devenus une montagne.

Une ligne de nuages la coupe à mi-hauteur ; et au-dessus apparaît une autre montagne, énorme, toute verte, que creusent inégalement des vallons et portant au sommet, dans un bois de lauriers, un palais de bronze à tuiles d'or avec des chapiteaux d'ivoire.

Au milieu du péristyle, sur un trône, JUPITER, colossal et le torse nu, tient la victoire d'une main, la foudre dans l'autre ; et son aigle entre ses jambes, dresse la tête.

JUNON, auprès de lui, roule ses gros yeux, surmontés d'un diadème d'où s'échappe comme une vapeur un voile flottant au vent.

Par derrière, MINERVE, debout sur un piédestal, s'appuie contre sa lance. La peau de la gorgone lui couvre la poitrine ; et un péplos de lin descend à plis réguliers jusqu'aux ongles de ses orteils. Ses yeux glauques, qui brillent sous sa visière, regardent au loin, attentivement.

A la droite du palais, le vieillard NEPTUNE chevauche un dauphin battant de ses nageoires un grand azur qui est le ciel ou la mer, car la perspective de l'Océan continue l'éther bleu ; les deux éléments se confondent.

De l'autre côté, PLUTON farouche, en manteau couleur de la nuit, avec une tiare de diamants et un sceptre d'ébène, est au milieu d'une île entourée par les circonvolutions du Styx ; — et ce fleuve d'ombre va se jeter dans les ténèbres, qui font sous la falaise un grand trou noir, un abîme sans formes.

MARS, vêtu d'airain, brandit d'un air furieux son bouclier large et son épée.

HERCULE, plus bas, le contemple, appuyé sur sa massue.

APOLLON, la face rayonnante, conduit, le bras droit allongé, quatre chevaux blancs qui galopent ; et CÉRÈS, dans un chariot que traînent des bœufs, s'avance vers lui une faucille à la main.

BACCHUS vient derrière elle, sur un char très bas, mollement tiré par des lynx. Gras, imberbe et des pampres au front, il passe en tenant un cratère d'où déborde du vin. Silène, à ses côtés, chancelle sur un âne. Pan aux oreilles pointues souffle dans la syrinx ; les Mimallonéides frappent des tambours, les Ménades jettent des fleurs, les Bacchantes tournoient la tête en arrière, les cheveux répandus.

DIANE, la tunique retroussée, sort du bois avec ses nymphes.

Au fond d'une caverne, VULCAIN bat le fer entre les

Cabires ; çà et là les vieux Fleuves, accoudés sur des pierres vertes, épanchent leurs urnes ; les Muses debout chantent dans les vallons.

Les Heures, de taille égale, se tiennent par la main ; et MERCURE est posé obliquement sur un arc-en-ciel, avec son caducée, ses talonnières et son pétase.

Mais en haut de l'escalier des Dieux, parmi des nuages doux comme des plumes et dont les volutes en tournant laissent tomber des roses, VÉNUS-ANADYOMÈNE se regarde dans un miroir ; ses prunelles glissent langoureusement sous ses paupières un peu lourdes.

Elle a de grands cheveux blonds qui se déroulent sur ses épaules, les seins petits, la taille mince, les hanches évasées comme le galbe des lyres, les deux cuisses toutes rondes, des fossettes autour des genoux et les pieds délicats ; non loin de sa bouche un papillon voltige. La splendeur de son corps fait autour d'elle un halo de nacre brillante ; et tout le reste de l'Olympe est baigné dans une aube vermeille, qui gagne insensiblement les hauteurs du ciel bleu.

ANTOINE

Ah ! ma poitrine se dilate. Une joie que je ne connaissais pas me descend jusqu'au fond de l'âme ! Comme c'est beau ! comme c'est beau !

HILARION

Ils se penchaient du haut des nuages pour conduire les épées ; on les rencontrait au bord des chemins, on les possédait dans sa maison ; — et cette familiarité divinisait la vie.

Elle n'avait pour but que d'être libre et belle. Les vêtements larges facilitaient la noblesse des attitudes. La voix de l'orateur, exercée par la mer, battait à flots sonores les portiques de marbre. L'éphèbe, frotté d'huile, luttait tout nu en plein soleil. L'action la plus religieuse était d'exposer des formes pures.

Et ces hommes respectaient les épouses, les vieillards, les suppliants. Derrière le temple d'Hercule, il y avait un autel à la Pitié.

On immolait des victimes avec des fleurs autour des doigts. Le souvenir même se trouvait exempt de la pourriture des morts. Il n'en restait qu'un peu de cendres. L'âme, mêlée à l'éther sans bornes, était partie vers les Dieux !

Se penchant à l'oreille d'Antoine :

Et ils vivent toujours ! L'empereur Constantin adore Apollon. Tu retrouveras la Trinité dans les mystères de Samothrace, le baptême chez Isis, la rédemption chez Mithra, le martyre d'un Dieu aux fêtes de Bacchus. Proserpine est la Vierge !... Aristée, Jésus !

ANTOINE

reste les yeux baissés ; puis tout à coup il répète le symbole de Jérusalem, — comme il s'en souvient, — en poussant à chaque phrase un long soupir :

Je crois en un seul Dieu, le Père, — et en un seul Seigneur, Jésus-Christ, — fils premier-né de Dieu, — qui s'est incarné et fait homme, — qui a été crucifié — et enseveli, — qui est monté au ciel, — qui viendra pour juger les vivants et les morts — dont le royaume n'aura pas de fin ; — et à un seul Saint-Esprit, — et à un seul baptême de repentance, — et à une seule sainte Église catholique, — et à la résurrection de la chair, — et à la vie éternelle !

Aussitôt la croix grandit, et perçant les nuages elle projette une ombre sur le ciel des Dieux.

Tous pâlissent. L'Olympe a remué.

Antoine distingue contre sa base, à demi perdus dans les cavernes, ou soutenant les pierres de leurs épaules, de vastes corps enchaînés. Ce sont les Titans, les Géants, les Hécatonchires, les Cyclopes.

UNE VOIX

s'élève, indistincte et formidable, — comme la rumeur des

flots, comme le bruit des bois sous la tempête, comme le mugissement du vent dans les précipices :

Nous savions cela, nous autres ! Les Dieux doivent finir. Uranus fut mutilé par Saturne, Saturne par Jupiter. Il sera lui-même anéanti. Chacun son tour ; c'est le destin !

et, peu à peu, ils s'enfoncent dans la montagne, disparaissent.
Cependant les tuiles du palais d'or s'envolent.

JUPITER

est descendu de son trône. Le tonnerre, à ses pieds, fume comme un tison près de s'éteindre ; — et l'aigle, allongeant le cou, ramasse avec son bec ses plumes qui tombent.

Je ne suis donc plus le maître des choses, très-bon, très-grand, dieu des phratries et des peuples grecs, aïeul de tous les rois, Agamemnon du ciel !
Aigle des apothéoses, quel souffle de l'Erèbe t'a repoussé jusqu'à moi ? ou, t'envolant du champ de Mars, m'apportes-tu l'âme du dernier des empereurs ?
Je ne veux plus de celles des hommes ! Que la Terre les garde, et qu'ils s'agitent au niveau de sa bassesse. Ils ont maintenant des cœurs d'esclaves, oublient les injures, les ancêtres, le serment ; et partout triomphent la sottise des foules, la médiocrité de l'individu, la hideur des races !

Sa respiration lui soulève les côtes à les briser, et il tord ses poings. Hébé en pleurs lui présente une coupe. Il la saisit.

Non ! non ! Tant qu'il y aura, n'importe où, une tête enfermant la pensée, qui haïsse le désordre et conçoive la Loi, l'esprit de Jupiter vivra !

Mais la coupe est vide.
Il la penche lentement sur l'ongle de son doigt.

Plus une goutte ! Quand l'ambroisie défaille, les Immortels s'en vont !

Elle glisse de ses mains ; et il s'appuie contre une colonne, se sentant mourir.

JUNON

Il ne fallait pas avoir tant d'amours ! Aigle, taureau, cygne, pluie d'or, nuage et flamme, tu as pris toutes les formes, égaré ta lumière dans tous les éléments, perdu tes cheveux sur tous les lits ! Le divorce est irrévocable cette fois, — et notre domination, notre existence dissoute !

Elle s'éloigne dans l'air.

MINERVE

n'a plus sa lance ; et des corbeaux, qui nichaient dans les sculptures de la frise, tournent autour d'elle, mordent son casque.

Laissez-moi voir si mes vaisseaux fendant la mer brillante, sont revenus dans mes trois ports, pourquoi les campagnes se trouvent désertes, et ce que font maintenant les filles d'Athènes.

Au mois d'Hécatombéon, mon peuple entier se portait vers moi, conduit par ses magistrats et par ses prêtres. Puis s'avançaient en robes blanches avec des chitons d'or, les longues files des vierges tenant des coupes, des corbeilles, des parasols ; puis, les trois cents bœufs du sacrifice, des vieillards agitant des rameaux verts, des soldats entrechoquant leurs armures, des éphèbes chantant des hymnes, des joueurs de flûte, des joueurs de lyre, des rhapsodes, des danseuses ; — enfin, au mât d'une trirème marchant sur des roues, mon grand voile brodé par des vierges, qu'on avait nourries pendant un an d'une façon particulière ; et quand il s'était montré dans toutes les rues, toutes les places et devant tous les temples, au milieu du cortège psalmodiant toujours, il montait pas à pas la colline de l'Acropole, frôlait les Propylées, et entrait au Parthénon.

Mais un trouble me saisit, moi, l'industrieuse ! Comment, comment, pas une idée ! Voilà que je tremble plus qu'une femme.

Elle aperçoit une ruine derrière elle, pousse un cri, et frappée au front, tombe par terre à la renverse.

HERCULE

a rejeté sa peau de lion ; et s'appuyant des pieds, bombant son dos, mordant ses lèvres, il fait des efforts démesurés pour soutenir l'Olympe qui s'écroule.

J'ai vaincu les Cercopes, les Amazones et les Centaures. J'ai tué beaucoup de rois. J'ai cassé la corne d'Achéloüs, un grand fleuve. J'ai coupé des montagnes, j'ai réuni des océans. Les pays esclaves, je les délivrais ; les pays vides, je les peuplais. J'ai parcouru les Gaules. J'ai traversé le désert où l'on a soif. J'ai défendu les Dieux, et je me suis dégagé d'Omphale. Mais l'Olympe est trop lourd. Mes bras faiblissent. Je meurs !

Il est écrasé sous les décombres.

PLUTON

C'est ta faute, Amphitryonade ! Pourquoi es-tu descendu dans mon empire ?

Le vautour qui mange les entrailles de Tityos releva la tête, Tantale eut la lèvre mouillée, la roue d'Ixion s'arrêta.

Cependant, les Kères étendaient leurs ongles pour retenir les âmes ; les Furies en désespoir tordaient les serpents de leurs chevelures ; et Cerbère, attaché par toi avec une chaîne, râlait, en bavant de ses trois gueules.

Tu avais laissé la porte entrouverte. D'autres sont venus. Le jour des hommes a pénétré le Tartare !

Il sombre dans les ténèbres.

NEPTUNE

Mon trident ne soulève plus de tempêtes. Les monstres qui faisaient peur sont pourris au fond des eaux.

Amphitrite, dont les pieds blancs couraient sur l'écume, les vertes Néréides qu'on distinguait à l'horizon, les Sirènes écailleuses arrêtant les navires pour conter des histoires, et les vieux Tritons qui soufflaient dans les coquillages, tout est mort ! La gaieté de la mer a disparu !

Je n'y survivrai pas ! Que le vaste Océan me recouvre !

Il s'évanouit dans l'azur.

DIANE

habillée de noir, et au milieu de ses chiens devenus des loups :

L'indépendance des grands bois m'a grisée, avec la senteur des fauves et l'exhalaison des marécages. Les femmes, dont je protégeais les grossesses, mettent au monde des enfants morts. La lune tremble sous l'incantation des sorcières. J'ai des désirs de violence et d'immensité. Je veux boire des poisons, me perdre dans les vapeurs, dans les rêves !...

Et un nuage qui passe l'emporte.

MARS

tête nue, ensanglanté.

D'abord j'ai combattu seul, provoquant par des injures toute une armée, indifférent aux patries et pour le plaisir du carnage.

Puis, j'ai eu des compagnons. Ils marchaient au

son des flûtes, en bon ordre, d'un pas égal, respirant par-dessus leurs boucliers, l'aigrette haute, la lance oblique. On se jetait dans la bataille avec de grands cris d'aigle. La guerre était joyeuse comme un festin. Trois cents hommes s'opposèrent à toute l'Asie.

Mais ils reviennent, les Barbares ! et par myriades, par millions ! Puisque le nombre, les machines et la ruse sont plus forts, mieux vaut finir comme un brave !

Il se tue.

VULCAIN

essuyant avec une éponge ses membres en sueur :

Le monde se refroidit. Il faut chauffer les sources, les volcans et les fleuves qui roulent des métaux sous la terre ! — Battez plus dur ! à pleins bras ! de toutes vos forces !

Les Cabires se blessent avec leurs marteaux, s'aveuglent avec les étincelles, et, marchant à tâtons, s'égarent dans l'ombre.

CÉRÈS

debout dans son char, qui est emporté par des roues ayant des ailes à leur moyeu :

Arrête ! arrête !
On avait bien raison d'exclure les étrangers, les athées, les épicuriens et les chrétiens ! Le mystère de la corbeille est dévoilé, le sanctuaire profané, tout est perdu !

Elle descend sur une pente rapide, — désespérée, criant, s'arrachant les cheveux.

Ah ! mensonge ! Daïra ne m'est pas rendue ! L'airain m'appelle vers les morts. C'est un autre Tartare ! On n'en revient pas. Horreur !

L'abîme l'engouffre.

BACCHUS

riant, frénétiquement :

Qu'importe ! la femme de l'Archonte est mon épouse ! La loi même tombe en ivresse. A moi le chant nouveau et les formes multiples !
Le feu qui dévora ma mère coule dans mes veines. Qu'il brûle plus fort, dussé-je périr !
Mâle et femelle, bon pour tous, je me livre à vous, Bacchantes ! je me livre à vous, Bacchants ! et la vigne s'enroulera au tronc des arbres ! Hurlez, dansez, tordez-vous ! Déliez le tigre et l'esclave ! à dents féroces, mordez la chair !

Et Pan, Silène, les Satyres, les Bacchantes, les Mimallonéides et les Ménades, avec leurs serpents, leurs flambeaux, leurs masques noirs, se jettent des fleurs, découvrent un phallus, le baisent, — secouent les tympanons, frappent leurs thyrses, se lapident avec des coquillages, croquent des raisins, étranglement un bouc, et déchirent Bacchus.

APOLLON

fouettant ses coursiers, et dont les cheveux blanchis s'envolent :

J'ai laissé derrière moi Délos la pierreuse, tellement pure que tout maintenant y semble mort ; et je tâche de joindre Delphes avant que sa vapeur inspiratrice ne soit complètement perdue. Les mulets broutent son laurier. La Pythie égarée ne se retrouve pas.
Par une concentration plus forte, j'aurai des poèmes sublimes, des monuments éternels ; et toute la matière sera pénétrée des vibrations de ma cithare !

Il en pince les cordes. Elles éclatent, lui cinglent la figure. Il la rejette ; et battant son quadrige avec fureur :

Non ! assez des formes ! Plus loin encore ! Tout au sommet ! Dans l'idée pure !

Mais les chevaux, reculant, se cabrent, brisent le char ; et empêtré par les morceaux du timon, l'emmêlement des harnais, il tombe vers l'abîme, la tête en bas.

Le ciel s'est obscurci.

VÉNUS

violacée par le froid, grelotte.

Je faisais avec ma ceinture tout l'horizon de l'Hellénie.

Ses champs brillaient des roses de mes joues, ses rivages étaient découpés d'après la forme de mes lèvres ; et ses montagnes, plus blanches que mes colombes, palpitaient sous la main des statuaires. On retrouvait mon âme dans l'ordonnance des fêtes, l'arrangement des coiffures, le dialogue des philosophes, la constitution des républiques. Mais j'ai trop chéri les hommes ! C'est l'Amour qui m'a déshonorée !

Elle se renverse en pleurant.

Le monde est abominable. L'air manque à ma poitrine !

Ô Mercure, inventeur de la lyre et conducteur des âmes, emporte-moi !

Elle met un doigt sur sa bouche, et décrivant une immense parabole, tombe dans l'abîme.

On n'y voit plus. Les ténèbres sont complètes.

Cependant il s'échappe des prunelles d'Hilarion comme deux flèches rouges.

ANTOINE

remarque enfin sa haute taille.

Plusieurs fois déjà, pendant que tu parlais, tu m'as semblé grandir ; — et ce n'était pas une illusion. Comment ? explique-moi... Ta personne m'épouvante !

Des pas se rapprochent.

Qu'est-ce donc ?

HILARION

étend son bras.

Regarde !

Alors, sous un pâle rayon de lune, Antoine distingue une interminable caravane qui défile sur la crête des roches ; — et chaque voyageur, l'un après l'autre, tombe de la falaise dans le gouffre.

Ce sont d'abord les trois grands Dieux de Samothrace, Axieros, Axiokeros, Axiokersa, réunis en faisceau, masqués de pourpre et levant leurs mains.

Esculape s'avance d'un air mélancolique, sans même voir Samos et Télesphore, qui le questionnent avec angoisse. Sosipolis éléen, à forme de python, roule ses anneaux vers l'abîme. Doespœné, par vertige, s'y lance elle-même. Britomartis, hurlant de peur, se cramponne aux mailles de son filet. Les Centaures arrivent au grand galop, et déboulent pêle-mêle dans le trou noir.

Derrière eux, marche en boitant la troupe lamentable des Nymphes. Celles des prairies sont couvertes de poussière, celles des bois gémissent et saignent, blessées par la hache des bûcherons.

Les Gelludes, les Stryges, les Empuses, toutes les déesses infernales, en confondant leurs crocs, leurs torches, leurs vipères, forment une pyramide ; — et au sommet, sur une peau de vautour, Eurynome, bleuâtre comme les mouches à viande, se dévore les bras.

Puis, dans un tourbillon disparaissent à la fois : Orthia la sanguinaire, Hymnie d'Orchomène, la Laphria des Patréens, Aphia d'Égine, Bendis de Thrace, Stymphalia à cuisse d'oiseau. Triopas, au lieu de trois prunelles, n'a plus que trois orbites. Erichthonius, les jambes molles, rampe comme un cul-de-jatte sur ses poignets.

Quel bonheur, n'est-ce pas, de les voir tous dans l'abjection et l'agonie ! Monte avec moi sur cette pierre ; et tu seras comme Xerxès, passant en revue son armée.

Là-bas, très loin, au milieu des brouillards, aperçois-tu ce géant à barbe blonde qui laisse tomber un glaive rouge de sang ? c'est le Scythe Zalmoxis, entre deux planètes : Artimpasa — Vénus, et Orsiloché — la Lune.

Plus loin, émergeant des nuages pâles, sont les Dieux qu'on adorait chez les Cimmériens, au-delà même de Thulé !

Leurs grandes salles étaient chaudes ; et à la lueur des épées nues tapissant la voûte, ils buvaient de l'hydromel dans des cornes d'ivoire. Ils mangeaient le foie de la baleine dans des plats de cuivre battus par des démons ; ou bien, ils écoutaient les sorciers captifs faisant aller leurs mains sur les harpes de pierre.

Ils sont las ! ils ont froid ! La neige alourdit leurs peaux d'ours, et leurs pieds se montrent par les déchirures de leurs sandales.

Ils pleurent les prairies, où sur des tertres de gazon ils reprenaient haleine dans la bataille, les longs navires dont la proue coupait les monts de glace, et les patins qu'ils avaient pour suivre l'orbe des pôles, en portant au bout de leurs bras tout le firmament qui tournait avec eux.

Une rafale de givre les enveloppe.

Antoine abaisse son regard d'un autre côté.

Et il aperçoit, — se détachant en noir sur un fond rouge, — d'étranges personnages, avec des mentonnières et des gantelets, qui se renvoient des balles, sautent les uns par-dessus les autres, font des grimaces, dansent frénétiquement.

Ce sont les Dieux de l'Étrurie, les innombrables Æsars.

Voici Tagès, l'inventeur des augures. Il essaye avec une main d'augmenter les divisions du ciel, et, de l'autre, il s'appuie sur la terre. Qu'il y rentre !

Nortia considère la muraille où elle enfonçait des clous pour marquer le nombre des années. La surface en est couverte, et la dernière période accomplie.

Comme deux voyageurs battus par un orage, Kastur et Pulutuk s'abritent en tremblant sous le même manteau.

ANTOINE

ferme les yeux.

Assez ! assez !

Mais passent dans l'air avec un grand bruit d'ailes, toutes les Victoires du Capitole, — cachant leur front de leurs mains, et perdant les trophées suspendus à leurs bras.

Janus, — maître des crépuscules, s'enfuit sur un bélier noir, et, de ses deux visages, l'un est déjà putréfié, l'autre s'endort de fatigue.

Summanus, — dieu du ciel obscur et qui n'a plus de tête, presse contre son cœur un vieux gâteau en forme de roue.

Vesta, — sous une coupole en ruine, tâche de ranimer sa lampe éteinte.

Bellone — se taillade les joues, sans faire jaillir le sang qui purifiait ses dévots.

ANTOINE

Grâce ! ils me fatiguent !

HILARION

Autrefois, ils amusaient !

Et il lui montre dans un bosquet d'aliziers, Une Femme toute nue, — à quatre pattes comme une bête, et saillie par un homme noir, tenant dans chaque main un flambeau.

C'est la déesse d'Aricia, avec le démon Virbius. Son sacerdote, le roi du bois, devait être un assassin ; — et les esclaves en fuite, les dépouilleurs de cadavres, les brigands de la voie Salaria, les éclopés du pont Sublicius, toute la vermine des galetas de Suburre n'avait pas de dévotion plus chère !

Les patriciennes du temps de Marc-Antoine préféraient Libitina.

Et il lui montre, sous des cyprès et des rosiers, Une autre Femme — vêtue de gaze. Elle sourit, ayant autour d'elle des pioches, des brancards, des tentures noires, tous les ustensiles des funérailles. Ses diamants brillent de loin sous des toiles d'araignées. Les Larves comme des squelettes montrent leurs os entre les branches, et les Lémures, qui sont des fantômes, étendent leurs ailes de chauve-souris.

Sur le bord d'un champ, le dieu Terme, déraciné, penche, tout couvert d'ordures.

Au milieu d'un sillon, le grand cadavre de Vertumne est dévoré par des chiens rouges.

Les Dieux rustiques s'en éloignent en pleurant, Sartor, Sarrator, Vervactor, Collina, Vallona, Hostilinus, — tous couverts de petits manteaux à capuchon, et chacun portant, soit un hoyau, une fourche, une claie, un épieu.

HILARION

C'était leur âme qui faisait prospérer la villa, avec ses colombiers, ses parcs de loirs et d'escargots, ses basses-cours défendues par des filets, ses chaudes écuries embaumées de cèdre.

Ils protégeaient tout le peuple misérable qui traînait les fers de ses jambes sur les cailloux* de la Sabine, ceux qui appelaient les porcs au son de la trompe, ceux qui cueillaient les grappes au haut des ormes, ceux qui poussaient par les petits chemins les ânes chargés de fumier. Le laboureur, en haletant sur le manche de sa charrue, les priait de fortifier ses bras ; et les vachers à l'ombre des tilleuls, près des calebasses de ait, alternaient leurs éloges sur des flûtes de roseau.

Antoine soupire.

Et au milieu d'une chambre, sur une estrade, se découvre un lit d'ivoire, environné par des gens qui tiennent des torches de sapin.

Ce sont les Dieux du mariage. Ils attendent l'épousée !

Domiduca devait l'amener, Virgo défaire sa ceinture, Subigo l'étendre sur le lit, — et Praema écarter ses bras, en lui disant à l'oreille des paroles douces.

Mais elle ne viendra pas ! et ils congédient les autres : Nona et Decima gardes-malades, les trois Nixii accoucheurs, les deux nourrices Educa et Potina, — et Carna berceuse, dont le bouquet d'aubépines éloigne de l'enfant les mauvais rêves.

Plus tard, Ossipago lui aurait affermi les genoux, Barbatus donné la barbe, Stimula les premiers désirs, Volupia la première jouissance, Fabulinus appris à parler, Numera à compter, Camœna à chanter, Consus à réfléchir.

La chambre est vide ; et il ne reste plus au bord du lit que Nænia — centenaire, — marmottant pour elle-même la complainte qu'elle hurlait à la mort des vieillards.

Mais bientôt sa voix est dominée par des cris aigus. Ce sont :

LES LARES DOMESTIQUES

accroupis au fond de l'atrium, vêtus de peaux de chien, avec des fleurs autour du corps, tenant leurs mains fermées contre leurs joues, et pleurant tant qu'ils peuvent.

Où est la portion de nourriture qu'on nous donnait à chaque repas, les bons soins de la servante, le sourire de la matrone, et la gaieté des petits garçons jouant aux osselets sur les mosaïques de la cour ? Puis, devenus grands ils suspendaient à notre poitrine leur bulle d'or ou de cuir.

Quel bonheur, quand, le soir d'un triomphe, le maître en rentrant tournait vers nous ses yeux humides ! Il racontait ses combats ; et l'étroite maison était plus fière qu'un palais et sacrée comme un temple.

Qu'ils étaient doux les repas de famille, surtout le lendemain des Feralia ! Dans la tendresse pour les morts, toutes les discordes s'apaisaient ; et on s'embrassait, en buvant aux gloires du passé et aux espérances de l'avenir.

Mais les aïeux de cire peinte, enfermés derrière nous, se couvrent lentement de moisissure. Les races nouvelles, pour nous punir de leurs déceptions, nous ont brisé la mâchoire ; sous la dent des rats nos corps de bois s'émiettent.

Et les innombrables Dieux veillant aux portes, à la cuisine, au cellier, aux étuves, se dispersent de tous les côtés, — sous l'apparence d'énormes fourmis qui trottent ou de grands papillons qui s'envolent.

CRÉPITUS

se fait entendre.

Moi aussi l'on m'honora jadis. On me faisait des libations. Je fus un Dieu !

L'Athénien me saluait comme un présage de fortune, tandis que le Romain dévot me maudissait les poings levés et que le pontife d'Égypte, s'abstenant de fèves, tremblait à ma voix et pâlissait à mon odeur.

Quand le vinaigre militaire coulait sur les barbes non rasées, qu'on se régalait de glands, de pois et d'oignons crus et que le bouc en morceaux cuisait dans le beurre rance des pasteurs, sans souci du voisin, personne alors ne se gênait. Les nourritures solides faisaient les digestions retentissantes. Au soleil de la campagne, les hommes se soulageaient avec lenteur.

Ainsi, je passais sans scandale, comme les autres besoins de la vie, comme Mena tourment des vierges, et la douce Rumina qui protège le sein de la nourrice, gonflé de veines bleuâtres. J'étais joyeux. Je faisais rire ! Et se dilatant d'aise à cause de moi, le convive exhalait toute sa gaieté par les ouvertures de son corps.

J'ai eu mes jours d'orgueil. Le bon Aristophane me promena sur la scène, et l'empereur Claudius Drusus me fit asseoir à sa table. Dans les laticlaves des patriciens j'ai circulé majestueusement ! Les vases d'or, comme des tympanons, résonnaient sous moi ; — et quand plein de murènes, de truffes et de pâtés, l'intestin du maître se dégageait avec fracas, l'univers attentif apprenait que César avait dîné !

Mais à présent, je suis confiné dans la populace, — et l'on se récrie, même à mon nom !

Et Crépitus s'éloigne, en poussant un gémissement.

Puis un coup de tonnerre ;

UNE VOIX

J'étais le Dieu des armées, le Seigneur, le Seigneur Dieu !

J'ai déplié sur les collines les tentes de Jacob, et nourri dans les sables mon peuple qui s'enfuyait.

C'est moi qui ai brûlé Sodome ! C'est moi qui ai englouti la terre sous le Déluge ! C'est moi qui ai noyé Pharaon, avec les princes fils de rois, les chariots de guerre et les cochers.

Dieu jaloux, j'exécrais les autres Dieux. J'ai broyé les impurs ; j'ai abattu les superbes ; — et ma désolation courait de droite et de gauche, comme une dromadaire qui est lâché dans un champ de maïs.

Pour délivrer Israël, je choisissais les simples. Des anges aux ailes de flamme leur parlaient dans les buissons.

Parfumées de nard, de cinnamome et de myrrhe, avec des robes transparentes et des chaussures à talon haut, des femmes d'un cœur intrépide allaient égorger les capitaines. Le vent qui passait emportait les prophètes.

J'avais gravé ma loi sur des tables de pierre. Elle enfermait mon peuple comme dans une citadelle. C'était mon peuple. J'étais son Dieu ! La terre était à moi, les hommes à moi, avec leurs pensées, leurs œuvres, leurs outils de labourage et leur postérité.

Mon arche reposait dans un triple sanctuaire, derrière des courtines de pourpre et des candélabres allumés. J'avais, pour me servir, toute une tribu qui balançait des encensoirs, et le grand prêtre en robe d'hyacinthe, portant sur sa poitrine des pierres précieuses, disposées dans un ordre symétrique.

Malheur ! malheur ! Le Saint-des-Saints s'est ouvert, le voile s'est déchiré, les parfums de l'holocauste se sont perdus à tous les vents. Le chacal piaule dans les sépulcres ; mon temple est détruit, mon peuple est dispersé !

On a étranglé les prêtres avec les cordons de leurs habits. Les femmes sont captives, les vases sont tous fondus !

La voix s'éloignant :

J'étais le Dieu des armées, le Seigneur, le Seigneur Dieu !

Alors il se fait un silence énorme, une nuit profonde.

ANTOINE

Tous sont passés.

Il reste moi !

dit

QUELQU'UN

Et Hilarion est devant lui, — mais transfiguré, beau comme un archange, lumineux comme un soleil, — et tellement grand, que pour le voir

ANTOINE

se renverse la tête.

Qui donc es-tu ?

HILARION

Mon royaume est de la dimension de l'univers ; et mon désir n'a pas de bornes. Je vais toujours, affranchissant l'esprit et pesant les mondes, sans haine, sans peur, sans pitié, sans amour, et sans Dieu. On m'appelle la Science.

ANTOINE

se rejette en arrière :

Tu dois être plutôt... le Diable !

HILARION

en fixant sur lui ses prunelles :

Veux-tu le voir ?

ANTOINE

ne se détache plus de ce regard ; il est saisi par la curiosité du Diable. Sa terreur augmente, son envie devient démesurée.

Si je le voyais pourtant... si je le voyais ?...

Puis dans un spasme de colère :

L'horreur que j'en ai m'en débarrassera pour toujours.
— Oui !

Un pied fourchu se montre.
Antoine a regret.
Mais le Diable l'a jeté sur ses cornes, et l'enlève.

VI

Il vole sous lui, étendu comme un nageur ; — ses deux ailes grandes ouvertes, en le cachant tout entier, semblent un nuage.

ANTOINE

Où vais-je ?

Tout à l'heure j'ai entrevu la forme du Maudit. Non ! une nuée m'emporte. Peut-être que je suis mort, et que je monte vers Dieu ?...

Ah ! comme je respire bien ! L'air immaculé me gonfle l'âme. Plus de pesanteur ! plus de souffrance !

En bas, sous moi, la foudre éclate, l'horizon s'élargit, des fleuves s'entrecroisent. Cette tache blonde c'est le désert, cette flaque d'eau l'Océan.

Et d'autres océans paraissent, d'immenses régions que je ne connaissais pas. Voici les pays noirs qui fument comme des brasiers, la zone des neiges obscurcie toujours par des brouillards. Je tâche de découvrir les montagnes où le soleil, chaque soir, va se coucher.

LE DIABLE

Jamais le soleil ne se couche !

Antoine n'est pas surpris de cette voix. Elle lui semble un écho de sa pensée, — une réponse de sa mémoire.

Cependant la terre prend la forme d'une boule ; et il

l'aperçoit au milieu de l'azur qui tourne sur ses pôles, en tournant autour du soleil.

LE DIABLE

Elle ne fait donc pas le centre du monde ? Orgueil de l'homme, humilie-toi !

ANTOINE

A peine maintenant si je la distingue. Elle se confond avec les autres feux.
Le firmament n'est qu'un tissu d'étoiles.

Ils montent toujours.

Aucun bruit ! pas même le croassement des aigles ! Rien !... et je me penche pour écouter l'harmonie des planètes.

LE DIABLE

Tu ne les entendras pas ! Tu ne verras pas, non plus, l'antichtone de Platon, le foyer de Philolaüs, les sphères d'Aristote, ni les sept cieux des Juifs avec les grandes eaux par-dessus la voûte de cristal !

ANTOINE

D'en bas elle paraissait solide comme un mur. Je la pénètre, au contraire, je m'y enfonce !

Et il arrive devant la lune, — qui ressemble à un morceau de glace tout rond, plein d'une lumière immobile.

LE DIABLE

C'était autrefois le séjour des âmes. Le bon Pythagore l'avait même garnie d'oiseaux et de fleurs magnifiques.

ANTOINE

Je n'y vois que des plaines désolées, avec des cratères éteints, sous un ciel tout noir.

Allons vers ces astres d'un rayonnement plus doux, afin de contempler les anges qui les tiennent au bout de leurs bras, comme des flambeaux !

LE DIABLE

l'emporte au milieu des étoiles.

Elles s'attirent en même temps qu'elles se repoussent. L'action de chacune résulte des autres et y contribue, — sans le moyen d'un auxiliaire, par la force d'une loi, la seule vertu de l'ordre.

ANTOINE

Oui... oui ! mon intelligence l'embrasse ! C'est une joie supérieure aux plaisirs de la tendresse ! Je halète stupéfait devant l'énormité de Dieu !

LE DIABLE

Comme le firmament qui s'élève à mesure que tu montes, il grandira sous l'ascension de ta pensée ; — et tu sentiras augmenter ta joie, d'après cette découverte du monde, dans cet élargissement de l'infini.

ANTOINE

Ah ! plus haut ! plus haut ! toujours !

Les astres se multiplient, scintillent. La Voie lactée au zénith se développe comme une immense ceinture, ayant des trous par intervalles ; dans ces fentes de sa clarté, s'allongent des espaces de ténèbres. Il y a des pluies d'étoiles, des traînées de poussière d'or, des vapeurs lumineuses qui flottent et se dissolvent.

Quelquefois une comète passe tout à coup ; — puis la tranquillité des lumières innombrables recommence.

Antoine, les bras ouverts, s'appuie sur les deux cornes du Diable, en occupant ainsi toute l'envergure.

Il se rappelle avec dédain l'ignorance des anciens jours, la médiocrité de ses rêves. Les voilà donc près de lui ces globes lumineux qu'il contemplait d'en bas ! Il distingue l'entrecroisement de leurs lignes, la complexité de leurs directions. Il les voit venir de loin, — et suspendus comme des pierres dans une fronde, décrire leurs orbites, pousser leurs hyperboles.

Il aperçoit d'un seul regard la Croix du sud et la Grande Ourse, le Lynx et le Centaure, la nébuleuse de la Dorade, les six soleils dans la constellation d'Orion, Jupiter avec ses quatre satellites, et le triple anneau du monstrueux Saturne ! toutes les planètes, tous les astres que les hommes plus tard découvriront ! Il emplit ses yeux de leurs lumières, il surcharge sa pensée du calcul de leurs distances ; — puis sa tête retombe.

Quel est le but de tout cela ?

LE DIABLE

Il n'y a pas de but !

Comment Dieu aurait-il un but ? Quelle expérience a pu l'instruire, quelle réflexion le déterminer ?

Avant le commencement il n'aurait pas agi, et maintenant il serait inutile.

ANTOINE

Il a créé le monde pourtant, d'une seule fois, par sa parole !

LE DIABLE

Mais les êtres qui peuplent la terre y viennent successivement. De même, au ciel, des astres nouveaux surgissent, — effets différents de causes variées.

ANTOINE

La variété des causes est la volonté de Dieu !

LE DIABLE

Mais admettre en Dieu plusieurs actes de volonté,

c'est admettre plusieurs causes et détruire son unité !

Sa volonté n'est pas séparable de son essence. Il n'a pu avoir une autre volonté, ne pouvant avoir une autre essence ; — et puisqu'il existe éternellement, il agit éternellement.

Contemple le soleil ! De ses bords s'échappent de hautes flammes lançant des étincelles, qui se dispersent pour devenir des mondes ; — et plus loin que la dernière, au-delà de ces profondeurs où tu n'aperçois que la nuit, d'autres soleils tourbillonnent, derrière ceux-là d'autres, et encore d'autres, indéfiniment...

ANTOINE

Assez ! assez ! J'ai peur ! je vais tomber dans l'abîme.

LE DIABLE

s'arrête ; et en le balançant mollement :

Le néant n'est pas ! le vide n'est pas ! Partout il y a des corps qui se meuvent sur le fond immuable de l'Étendue ; — et comme si elle était bornée par quelque chose, ce ne serait plus l'étendue, mais un corps, elle n'a pas de limites !

ANTOINE

béant :

Pas de limites !

LE DIABLE

Monte dans le ciel toujours et toujours ; jamais tu n'atteindras le sommet ! Descends au-dessous de la terre pendant des milliards de milliards de siècles, jamais tu n'arriveras au fond, — puisqu'il n'y a pas de fond, pas de sommet, ni haut, ni bas, aucun terme ; et l'Étendue se trouve comprise dans Dieu qui n'est point une portion de l'espace, telle ou telle grandeur, mais l'immensité !

ANTOINE

lentement :

La matière... alors... ferait partie de Dieu ?

LE DIABLE

Pourquoi non ? Peux-tu savoir où il finit ?

ANTOINE

Je me prosterne au contraire, je m'écrase, devant sa puissance !

LE DIABLE

Et tu prétends le fléchir ! Tu lui parles, tu le décores même de vertus, bonté, justice, clémence, au lieu de reconnaître qu'il possède toutes les perfections !

Concevoir quelque chose au-delà, c'est concevoir Dieu au-delà de Dieu, l'être par-dessus l'être. Il est donc le seul Être, la seule substance.

Si la Substance pouvait se diviser, elle perdrait sa nature, elle ne serait pas elle, Dieu n'existerait plus. Il est donc indivisible comme infini ; — et s'il avait un corps, il serait composé de parties, il ne serait plus un, il ne serait plus infini. Ce n'est donc pas une personne !

ANTOINE

Comment ? mes oraisons, mes sanglots, les souffrances de ma chair, les transports de mon ardeur, tout cela se serait en allé vers un mensonge... dans l'espace... inutilement, — comme un cri d'oiseau, comme un tourbillon de feuilles mortes !

Il pleure.

Oh ! non ! Il y a par-dessus tout quelqu'un, une grande âme, un Seigneur, un père, que mon cœur adore et qui doit m'aimer !

LE DIABLE

Tu désires que Dieu ne soit pas Dieu ; — car s'il éprouvait de l'amour, de la colère ou de la pitié, il passerait de sa perfection à une perfection plus grande, ou plus petite. Il ne peut descendre à un sentiment, ni se contenir dans une forme.

ANTOINE

Un jour, pourtant, je le verrai !

LE DIABLE

Avec les bienheureux, n'est-ce pas ? — quand le fini jouira de l'infini, dans un endroit restreint enfermant l'absolu !

ANTOINE

N'importe, il faut qu'il y ait un paradis pour le bien, comme un enfer pour le mal !

LE DIABLE

L'exigence de ta raison fait-elle la loi des choses ? Sans doute le mal est indifférent à Dieu puisque la terre en est couverte !

Est-ce par impuissance qu'il le supporte, ou par cruauté qu'il le conserve ?

Penses-tu qu'il soit continuellement à rajuster le monde comme une œuvre imparfaite, et qu'il surveille tous les mouvements de tous les êtres depuis le vol du papillon jusqu'à la pensée de l'homme ?

S'il a créé l'univers, sa providence est superflue. Si la Providence existe, la création est défectueuse.

Mais le mal et le bien ne concernent que toi, —
comme le jour et la nuit, le plaisir et la peine, la
mort et la naissance, qui sont relatifs à un coin de
l'étendue, à un milieu spécial, à un intérêt parti-
culier. Puisque l'infini seul est permanent, il y a
l'Infini ; — et c'est tout !

Le Diable a progressivement étiré ses longues ailes ;
maintenant elles couvrent l'espace.

ANTOINE

n'y voit plus. Il défaille.

Un froid horrible me glace jusqu'au fond de l'âme.
Cela excède la portée de la douleur ! C'est comme
une mort plus profonde que la mort. Je roule dans
l'immensité des ténèbres. Elles entrent en moi. Ma
conscience éclate sous cette dilatation du néant !

LE DIABLE

Mais les choses ne t'arrivent que par l'intermé-
diaire de ton esprit. Tel qu'un miroir concave il
déforme les objets ; — et tout moyen te manque
pour en vérifier l'exactitude.

Jamais tu ne connaîtras l'univers dans sa pleine
étendue ; par conséquent tu ne peux te faire une idée
de sa cause, avoir une notion juste de Dieu, ni même
dire que l'univers est infini, — car il faudrait d'abord
connaître l'Infini !

La Forme est peut-être une erreur de tes sens, la
Substance une imagination de ta pensée.

A moins que le monde étant un flux perpétuel des
choses, l'apparence au contraire ne soit tout ce qu'il
y a de plus vrai, l'illusion la seule réalité.

Mais es-tu sûr de voir ? es-tu même sûr de vivre ?
Peut-être qu'il n'y a rien !

Le Diable a pris Antoine ; et le tenant au bout de ses
bras, il le regarde la gueule ouverte, prêt à le dévorer.

Adore-moi donc ! et maudis le fantôme que tu nommes Dieu !

Antoine lève les yeux, par un dernier mouvement d'espoir.
Le Diable l'abandonne.

VII

ANTOINE

se retrouve étendu sur le dos, au bord de la falaise.
Le ciel commence à blanchir.

Est-ce la clarté de l'aube, ou bien un reflet de la
lune ?

Il tâche de se soulever, puis retombe ; et en claquant des
dents :

J'éprouve une fatigue... comme si tous mes os
étaient brisés !
Pourquoi ?
Ah ! c'est le Diable ! je me souviens ; — et même il
me redisait tout ce que j'ai appris chez le vieux
Didyme des opinions de Xénophane, d'Héraclite, de
Mélisse, d'Anaxagore, sur l'infini, la création,
l'impossibilité de rien connaître !
Et j'avais cru pouvoir m'unir à Dieu !

Riant amèrement :

Ah ! démence ! démence ! Est-ce ma faute ? La
prière m'est intolérable ! J'ai le cœur plus sec qu'un
rocher ! Autrefois il débordait d'amour !...
Le sable, le matin, fumait à l'horizon comme la
poussière d'un encensoir ; au coucher du soleil, des

fleurs de feu s'épanouissaient sur la croix ; — et au milieu de la nuit, souvent il m'a semblé que tous les êtres et toutes les choses, recueillis dans le même silence, adoraient avec moi le Seigneur. O charme des oraisons, félicités de l'extase, présents du ciel, qu'êtes-vous devenus !

Je me rappelle un voyage que j'ai fait avec Ammon, à la recherche d'une solitude pour établir des monastères. C'était le dernier soir ; et nous pressions nos pas, en murmurant des hymnes, côte à côte, sans parler. A mesure que le soleil s'abaissait, les deux ombres de nos corps s'allongeaient comme deux obélisques grandissant toujours et qui auraient marché devant nous. Avec les morceaux de nos bâtons, çà et là nous plantions des croix pour marquer la place d'une cellule. La nuit fut lente à venir ; et des ondes noires se répandaient sur la terre qu'une immense couleur rose occupait encore le ciel.

Quand j'étais un enfant, je m'amusais avec des cailloux à construire des ermitages. Ma mère, près de moi, me regardait.

Elle m'aura maudit pour mon abandon, en arrachant à pleines mains ses cheveux blancs. Et son cadavre est resté étendu au milieu de la cabane, sous le toit de roseaux, entre les murs qui tombent. Par un trou, une hyène en reniflant, avance la gueule !... Horreur ! horreur !

Il sanglote.

Non, Ammonaria ne l'aura pas quittée !
Où est-elle maintenant, Ammonaria ?
Peut-être qu'au fond d'une étuve elle retire ses vêtements l'un après l'autre, d'abord le manteau, puis la ceinture, la première tunique, la seconde plus légère, tous ses colliers ; et la vapeur du cinnamome enveloppe ses membres nus. Elle se couche enfin sur la tiède mosaïque. Sa chevelure à l'entour de ses hanches fait comme une toison noire, — et

suffoquant un peu dans l'atmosphère trop chaude, elle respire, la taille cambrée, les deux seins en avant. Tiens !... voilà ma chair qui se révolte ! Au milieu du chagrin la concupiscence me torture. Deux supplices à la fois, c'est trop ! Je ne peux plus endurer ma personne !

Il se penche, et regarde le précipice.

L'homme qui tomberait serait tué. Rien de plus facile, en se roulant sur le côté gauche ; c'est un mouvement à faire ! un seul.

Alors apparaît

UNE VIEILLE FEMME

Antoine se relève dans un sursaut d'épouvante. — Il croit voir sa mère ressuscitée.

Mais celle-ci est beaucoup plus vieille, et d'une prodigieuse maigreur.

Un linceul noué autour de sa tête, pend avec ses cheveux blancs jusqu'au bas de ses deux jambes, minces comme des béquilles. L'éclat de ses dents, couleur d'ivoire, rend plus sombre sa peau terreuse. Les orbites de ses yeux sont pleins de ténèbres, et au fond deux flammes vacillent, comme des lampes de sépulcre.

Avance, dit-elle. Qui te retient ?

ANTOINE

balbutiant :

J'ai peur de commettre un péché !

ELLE

reprend :

Mais le roi Saül s'est tué ! Razias, un juste, s'est tué ! Sainte Pélagie d'Antioche s'est tuée ! Dommine d'Alep et ses deux filles, trois autres saintes, se sont

tuées ; — et rappelle-toi tous les confesseurs qui
couraient au-devant des bourreaux, par impatience
de la mort. Afin d'en jouir plus vite, les vierges de
Milet s'étranglaient avec leurs cordons. Le philosophe Hégésias, à Syracuse, la prêchait si bien qu'on
désertait les lupanars pour s'aller pendre dans les
champs. Les patriciens de Rome se la procurent
comme débauche.

ANTOINE

Oui, c'est un amour qui est fort ! Beaucoup d'anachorètes y succombent.

LA VIEILLE

Faire une chose qui vous égale à Dieu, pense
donc ! Il t'a créé, tu vas détruire son œuvre, toi, par
ton courage, librement ! La jouissance d'Érostrate
n'était pas supérieure. Et puis, ton corps s'est assez
moqué de ton âme pour que tu t'en venges à la fin.
Tu ne souffriras pas. Ce sera vite terminé. Que
crains-tu ? un large trou noir ! Il est vide, peut-être ?

Antoine écoute sans répondre ; — et de l'autre côté
paraît :

UNE AUTRE FEMME

jeune et belle, merveilleusement. — Il la prend d'abord
pour Ammonaria.
Mais elle est plus grande, blonde comme le miel, très
grasse, avec du fard sur les joues et des roses sur la tête.
Sa longue robe chargée de paillettes a des miroitements
métalliques ; ses lèvres charnues paraissent sanguino-
lentes, et ses paupières un peu lourdes sont tellement
noyées de langueur qu'on la dirait aveugle.
Elle murmure :

Vis donc, jouis donc ! Salomon recommande la
joie ! Va comme ton cœur te mène et selon le désir
de tes yeux !

ANTOINE

Quelle joie trouver ? mon cœur est las, mes yeux sont troubles !

ELLE

reprend :

Gagne le faubourg de Racotis, pousse une porte peinte en bleu ; et quand tu seras dans l'atrium où murmure un jet d'eau, une femme se présentera — en péplos de soie blanche lamée d'or, les cheveux dénoués, le rire pareil au claquement des crotales. Elle est habile. Tu goûteras dans sa caresse l'orgueil d'une initiation et l'apaisement d'un besoin.

Tu ne connais pas, non plus, le trouble des adultères, les escalades, les enlèvements, la joie de voir toute nue celle qu'on respectait habillée.

As-tu serré contre ta poitrine une vierge qui t'aimait ? Te rappelles-tu les abandons de sa pudeur, et ses remords qui s'en allaient sous un flux de larmes douces !

Tu peux, n'est-ce pas, vous apercevoir marchant dans les bois sous la lumière de la lune ? A la pression de vos mains jointes un frémissement vous parcourt ; vos yeux rapprochés épanchent de l'un à l'autre comme des ondes immatérielles, et votre cœur s'emplit ; il éclate ; c'est un suave tourbillon, une ivresse débordante...

LA VIEILLE

On n'a pas besoin de posséder les joies pour en sentir l'amertume ! Rien qu'à les voir de loin, le dégoût vous en prend. Tu dois être fatigué par la monotonie des mêmes actions, la durée des jours, la laideur du monde, la bêtise du soleil !

ANTOINE

Oh ! oui, tout ce qu'il éclaire me déplaît !

LA JEUNE

Ermite ! ermite ! tu trouveras des diamants entre les cailloux, des fontaines sous le sable, une délectation dans les hasards que tu méprises ; et même il y a des endroits de la terre si beaux qu'on a envie de la serrer contre son cœur.

LA VIEILLE

Chaque soir, en t'endormant sur elle, tu espères que bientôt elle te recouvrira !

LA JEUNE

Cependant, tu crois à la résurrection de la chair, qui est le transport de la vie dans l'éternité !

La Vieille, pendant qu'elle parlait, s'est encore décharnée ; et au-dessus de son crâne, qui n'a plus de cheveux, une chauve-souris fait des cercles dans l'air.

La Jeune est devenue plus grasse. Sa robe chatoie, ses narines battent, ses yeux roulent moelleusement.

LA PREMIÈRE

dit, en ouvrant les bras :

Viens, je suis la consolation, le repos, l'oubli, l'éternelle sérénité !

et

LA SECONDE

en offrant ses seins :

Je suis l'endormeuse, la joie, la vie, le bonheur inépuisable !

Antoine tourne les talons pour s'enfuir. Chacune lui met la main sur l'épaule.

Le linceul s'écarte, et découvre le squelette de La Mort.

La robe se fend, et laisse voir le corps entier de La Luxure, qui a la taille mince avec la croupe énorme et de grands cheveux ondés s'envolant par le bout.

Antoine reste immobile entre les deux, les considérant.

LA MORT

lui dit :

Tout de suite ou tout à l'heure, qu'importe ! Tu m'appartiens, comme les soleils, les peuples, les villes, les rois, la neige des monts, l'herbe des champs. Je vole plus haut que l'épervier, je cours plus vite que la gazelle, j'atteins même l'espérance, j'ai vaincu le fils de Dieu !

LA LUXURE

Ne résiste pas ; je suis l'omnipotente ! Les forêts retentissent de mes soupirs, les flots sont remués par mes agitations. La vertu, le courage, la piété se dissolvent au parfum de ma bouche. J'accompagne l'homme pendant tous les pas qu'il fait ; — et au seuil du tombeau il se retourne vers moi !

LA MORT

Je te découvrirai ce que tu tâchais de saisir, à la lueur des flambeaux, sur la face des morts, — ou quand tu vagabondais au-delà des Pyramides, dans ces grands sables composés de débris humains. De temps à autre, un fragment de crâne roulait sous ta sandale. Tu prenais de la poussière, tu la faisais couler entre tes doigts ; et ta pensée, confondue avec elle, s'abîmait dans le néant.

LA LUXURE

Mon gouffre est plus profond ! Des marbres ont inspiré d'obscènes amours. On se précipite à des rencontres qui effrayent. On rive des chaînes que l'on maudit. D'où vient l'ensorcellement des courtisanes, l'extravagance des rêves, l'immensité de ma tristesse ?

LA MORT

Mon ironie dépasse toutes les autres ! Il y a des convulsions de plaisir aux funérailles des rois, à l'extermination d'un peuple ; — et on fait la guerre avec de la musique, des panaches, des drapeaux, des harnais d'or, un déploiement de cérémonie pour me rendre plus d'hommages.

LA LUXURE

Ma colère vaut la tienne. Je hurle, je mords. J'ai des sueurs d'agonisant et des aspects de cadavre.

LA MORT

C'est moi qui te rends sérieuse ; enlaçons-nous !

La Mort ricane, la Luxure rugit. Elles se prennent par la taille, et chantent ensemble :

— Je hâte la dissolution de la matière !
— Je facilite l'éparpillement des germes !
— Tu détruis, pour mes renouvellements !
— Tu engendres, pour mes destructions !
— Active ma puissance !
— Féconde ma pourriture !

Et leur voix, dont les échos se déroulant emplissent l'horizon, devient tellement forte qu'Antoine en tombe à la renverse.

Une secousse, de temps à autre, lui fait entrouvrir les yeux ; et il aperçoit au milieu des ténèbres une manière de monstre devant lui.

C'est une tête de mort, avec une couronne de roses. Elle domine un torse de femme d'une blancheur nacrée. En dessous, un linceul étoilé de points d'or fait comme une queue ; — et tout le corps ondule, à la manière d'un ver gigantesque qui se tiendrait debout.

La vision s'atténue, disparaît.

ANTOINE

se relève.

Encore une fois c'était le Diable, et sous son double aspect : l'esprit de fornication et l'esprit de destruction.

Aucun des deux ne m'épouvante. Je repousse le bonheur, et je me sens éternel.

Ainsi la mort n'est qu'une illusion, un voile, masquant par endroits la continuité de la vie.

Mais la Substance étant unique, pourquoi les Formes sont-elles variées ?

Il doit y avoir, quelque part, des figures primordiales, dont les corps ne sont que les images. Si on pouvait les voir on connaîtrait le lien de la matière et de la pensée, en quoi l'Être consiste !

Ce sont ces figures-là qui étaient peintes à Babylone sur la muraille du temple de Bélus, et elles couvraient une mosaïque dans le port de Carthage. Moi-même, j'ai quelquefois aperçu dans le ciel comme des formes d'esprits. Ceux qui traversent le désert rencontrent des animaux dépassant toute conception...

Et en face, de l'autre côté du Nil, voilà que le Sphinx apparaît.

Il allonge ses pattes, secoue les bandelettes de son front, et se couche sur le ventre.

Sautant, volant, crachant du feu par ses narines, et de sa queue de dragon se frappant les ailes, la Chimère aux yeux verts, tournoie, aboie.

Les anneaux de sa chevelure, rejetés d'un côté, s'entremêlent aux poils de ses reins, et de l'autre ils pendent jusque sur le sable et remuent au balancement de tout son corps.

LE SPHINX

est immobile, et regarde la Chimère :

Ici, Chimère ; arrête-toi !

LA CHIMÈRE

Non, jamais !

LE SPHINX

Ne cours pas si vite, ne vole pas si haut, n'aboie pas si fort !

LA CHIMÈRE

Ne m'appelle plus, ne m'appelle plus, puisque tu restes toujours muet !

LE SPHINX

Cesse de me jeter tes flammes au visage et de pousser tes hurlements dans mon oreille ; tu ne fondras pas mon granit !

LA CHIMÈRE

Tu ne me saisiras pas, sphinx terrible !

LE SPHINX

Pour demeurer avec moi, tu es trop folle !

LA CHIMÈRE

Pour me suivre, tu es trop lourd !

LE SPHINX

Où vas-tu donc, que tu cours si vite ?

LA CHIMÈRE

Je galope dans les corridors du labyrinthe, je plane sur les monts, je rase les flots, je jappe au fond des précipices, je m'accroche par la gueule au pan des nuées ; avec ma queue traînante, je raye les plages, et les collines ont pris leur courbe selon la forme de mes épaules. Mais toi, je te retrouve perpétuellement immobile, ou bien du bout de ta griffe dessinant des alphabets sur le sable.

LE SPHINX

C'est que je garde mon secret ! Je songe et je calcule.

La mer se retourne dans son lit, les blés se balancent sous le vent, les caravanes passent, la poussière s'envole, les cités s'écroulent ; — et mon regard, que rien ne peut dévier, demeure tendu à travers les choses sur un horizon inaccessible.

LA CHIMÈRE

Moi, je suis légère et joyeuse ! Je découvre aux hommes des perspectives éblouissantes avec des paradis dans les nuages et des félicités lointaines. Je leur verse à l'âme les éternelles démences, projets de bonheur, plans d'avenir, rêves de gloire, et les serments d'amour et les résolutions vertueuses.

Je pousse aux périlleux voyages et aux grandes entreprises. J'ai ciselé avec mes pattes les merveilles des architectures. C'est moi qui ai suspendu les clochettes au tombeau de Porsenna, et entouré d'un mur d'orichalque les quais de l'Atlantide.

Je cherche des parfums nouveaux, des fleurs plus larges, des plaisirs inéprouvés. Si j'aperçois quelque part un homme dont l'esprit repose dans la sagesse, je tombe dessus, et je l'étrangle.

LE SPHINX

Tous ceux que le désir de Dieu tourmente, je les ai dévorés.

Les plus forts, pour gravir jusqu'à mon front royal, montent aux stries de mes bandelettes comme sur les marches d'un escalier. La lassitude les prend ; et ils tombent d'eux-mêmes à la renverse.

Antoine commence à trembler.

Il n'est plus devant sa cabane, mais dans le désert, — ayant à ses côtés ces deux bêtes monstrueuses, dont la gueule lui effleure l'épaule.

LE SPHINX

O Fantaisie, emporte-moi sur tes ailes pour désennuyer ma tristesse !

LA CHIMÈRE

O Inconnu, je suis amoureuse des tes yeux ! Comme une hyène en chaleur je tourne autour de toi, sollicitant les fécondations dont le besoin me dévore.

Ouvre la gueule, lève tes pieds, monte sur mon dos !

LE SPHINX

Mes pieds, depuis qu'ils sont à plat, ne peuvent plus se relever. Le lichen, comme une dartre, a poussé sur ma gueule. A force de songer, je n'ai plus rien à dire.

LA CHIMÈRE

Tu mens, sphinx hypocrite ! D'où vient toujours que tu m'appelles et me renies ?

LE SPHINX

C'est toi, caprice indomptable, qui passes et tourbillonnes !

LA CHIMÈRE

Est-ce ma faute ? Comment ? laisse-moi !

Elle aboie.

LE SPHINX

Tu remues, tu m'échappes !

Il grogne.

LA CHIMÈRE

Essayons ! — tu m'écrases !

LE SPHINX

Non ! impossible !

Et en s'enfonçant peu à peu, il disparaît dans le sable, — tandis que la Chimère, qui rampe la langue tirée, s'éloigne en décrivant des cercles.

L'haleine de sa bouche a produit un brouillard.

Dans cette brume, Antoine aperçoit des enroulements de nuages, des courbes indécises.

Enfin, il distingue comme des apparences de corps humains ;

Et d'abord s'avance

LE GROUPE DES ASTOMI

pareils à des bulles d'air que traverse le soleil.

Ne souffle pas trop fort ! Les gouttes de pluie nous meurtrissent, les sons faux nous écorchent, les ténèbres nous aveuglent. Composés de brises et de parfums, nous roulons, nous flottons — un peu plus que des rêves, pas des êtres tout à fait...

LES NISNAS

n'ont qu'un œil, qu'une joue, qu'une main, qu'une jambe, qu'une moitié du corps, qu'une moitié du cœur. Et ils disent, très haut :

Nous vivons fort à notre aise dans nos moitiés de maisons, avec nos moitiés de femmes et nos moitiés d'enfants.

LES BLEMMYES

absolument privés de tête :

Nos épaules en sont plus larges ; — et il n'y a pas

de bœuf, de rhinocéros ni d'éléphant qui soit capable de porter ce que nous portons.

Des espèces de traits, et comme une vague figure empreinte sur nos poitrines, voilà tout ! Nous pensons des digestions, nous subtilisons des sécrétions. Dieu, pour nous, flotte en paix dans des chyles intérieurs.

Nous marchons droit notre chemin, traversant toutes les fanges, côtoyant tous les abîmes ; — et nous sommes les gens les plus laborieux, les plus heureux, les plus vertueux.

LES PYGMÉES

Petits bonshommes, nous grouillons sur le monde comme de la vermine sur la bosse d'un dromadaire.

On nous brûle, on nous noie, on nous écrase ; et toujours, nous reparaissons, plus vivaces et plus nombreux, — terribles par la quantité !

LES SCIAPODES

Retenus à la terre par nos chevelures, longues comme des lianes, nous végétons à l'abri de nos pieds, larges comme des parasols ; et la lumière nous arrive à travers l'épaisseur de nos talons. Point de dérangement et point de travail ! — La tête le plus bas possible, c'est le secret du bonheur !

Leurs cuisses levées ressemblant à des troncs d'arbres, se multiplient.

Et une forêt paraît. De grands singes y courent à quatre pattes ; ce sont des hommes à tête de chien.

LES CYNOCÉPHALES

Nous sautons de branche en branche pour super les œufs, et nous plumons les oisillons ; puis nous mettons leurs nids sur nos têtes, en guise de bonnets.

Nous ne manquons pas d'arracher les pis des

vaches ; et nous crevons les yeux des lynx, nous fientons du haut des arbres, nous étalons notre turpitude en plein soleil.

Lacérant les fleurs, broyant les fruits, troublant les sources, violant les femmes, nous sommes les maîtres, — par la force de nos bras et la férocité de notre cœur.

Hardi, compagnons ! Faites claquer vos mâchoires !

Du sang et du lait coulent de leurs babines. La pluie ruisselle sur leurs dos velus.

Antoine hume la fraîcheur des feuilles vertes.

Elles s'agitent, les branches s'entrechoquent ; et tout à coup paraît un grand cerf noir, à tête de taureau, qui porte entre les oreilles un buisson de cornes blanches.

LE SADHUZAG

Mes soixante-quatorze andouillers sont creux comme des flûtes.

Quand je me tourne vers le vent du sud, il en part des sons qui attirent à moi les bêtes ravies. Les serpents s'enroulent à mes jambes, les guêpes se collent dans mes narines, et les perroquets, les colombes et les ibis s'abattent dans mes rameaux. — Écoute !

Il renverse son bois, d'où s'échappe une musique ineffablement douce.

Antoine presse son cœur à deux mains. Il lui semble que cette mélodie va emporter son âme.

LE SADHUZAG

Mais quand je me tourne vers le vent du nord, mon bois plus touffu qu'un bataillon de lances, exhale un hurlement ; les forêts tressaillent, les fleuves remontent, la gousse des fruits éclate, et les herbes se dressent comme la chevelure d'un lâche.

— Écoute !

Il penche ses rameaux, d'où sortent des cris discordants ; Antoine est comme déchiré.

Et son horreur augmente en voyant :

LE MARTICHORAS

gigantesque lion rouge, à figure humaine, avec trois rangées de dents.

Les moires de mon pelage écarlate se mêlent au miroitement des grands sables. Je souffle par mes narines l'épouvante des solitudes. Je crache la peste. Je mange les armées, quand elles s'aventurent dans le désert.

Mes ongles sont tordus en vrilles, mes dents sont taillées en scie ; et ma queue, qui se contourne, est hérissée de dards que je lance à droite, à gauche, en avant, en arrière. — Tiens ! tiens !

Le Martichoras jette les épines de sa queue, qui s'irradient comme des flèches dans toutes les directions. Des gouttes de sang pleuvent, en claquant sur le feuillage.

LE CATOBLEPAS

buffle noir, avec une tête de porc tombant jusqu'à terre, et rattachée à ses épaules par un cou mince, long et flasque comme un boyau vidé.

Il est vautré tout à plat ; et ses pieds disparaissent sous l'énorme crinière à poils durs qui lui couvre le visage.

Gras, mélancolique, farouche, je reste continuellement à sentir sous mon ventre la chaleur de la boue. Mon crâne est tellement lourd qu'il m'est impossible de le porter. Je le roule autour de moi, lentement ; — et la mâchoire entrouverte, j'arrache avec ma langue les herbes vénéneuses arrosées de mon haleine. Une fois, je me suis dévoré les pattes sans m'en apercevoir.

Personne, Antoine, n'a jamais vu mes yeux, ou ceux qui les ont vus sont morts. Si je relevais mes paupières, — mes paupières roses et gonflées, — tout de suite, tu mourrais.

ANTOINE

Oh ! celui-là !... a... a... Si j'allais avoir envie ?... Sa stupidité m'attire. Non ! non ! je ne veux pas !

Il regarde par terre fixement.

Mais les herbes s'allument, et dans les torsions des flammes se dresse

LE BASILIC

grand serpent violet à crête trilobée, avec deux dents, une en haut, une en bas.

Prends garde, tu vas tomber dans ma gueule ! Je bois du feu. Le feu, c'est moi ; — et de partout j'en aspire : des nuées, des cailloux, des arbres morts, du poil des animaux, de la surface des marécages. Ma température entretient les volcans ; je fais l'éclat des pierreries et la couleur des métaux.

LE GRIFFON

lion à bec de vautour avec des ailes blanches, les pattes rouges et le cou bleu.

Je suis le maître des splendeurs profondes. Je connais le secret des tombeaux où dorment les vieux rois.

Une chaîne, qui sort du mur, leur tient la tête droite. Près d'eux, dans des bassins de porphyre, des femmes qu'ils ont aimées flottent sur des liquides noirs. Leurs trésors sont rangés dans des salles, par losanges, par monticules, par pyramides ; — et plus bas, bien au-dessous des tombeaux, après de longs voyages au milieu des ténèbres étouffantes, il y a des fleuves d'or avec des forêts de diamant, des prairies d'escarboucles, des lacs de mercure.

Adossé contre la porte du souterrain et la griffe en l'air, j'épie de mes prunelles flamboyantes ceux qui voudraient venir. La plaine immense, jusqu'au fond de l'horizon est toute nue et blanchie par les ossements des voyageurs. Pour toi les battants de bronze s'ouvriront, et tu humeras la vapeur des mines, tu descendras dans les cavernes... Vite ! vite !

Il creuse la terre avec ses pattes, en criant comme un coq.

Mille voix lui répondent. La forêt tremble.

Et toutes sortes de bêtes effroyables surgissent : Le Tragelaphus, moitié cerf et moitié bœuf ; le Myrmecoleo, lion par-devant, fourmi par derrière, et dont les génitoires sont à rebours ; le python Aksar, de soixante coudées, qui épouvanta Moïse ; la grande belette Pastinaca, qui tue les arbres par son odeur ; le Presteros, qui rend imbécile par son contact ; le Mirag, lièvre cornu, habitant des îles de la mer. Le léopard Phalmant crève son ventre à force de hurler ; le Senad, ours à trois têtes, déchire ses petits avec sa langue ; le chien Cépus répand sur les rochers le lait bleu de ses mamelles. Des moustiques se mettent à bourdonner, des crapauds à sauter, des serpents à siffler. Des éclairs brillent. La grêle tombe.

Il arrive des rafales, pleines d'anatomies merveilleuses. Ce sont des têtes d'alligators sur des pieds de chevreuil, des hiboux à queue de serpent, des pourceaux à mufle de tigre, des chèvres à croupe d'âne, des grenouilles velues comme des ours, des caméléons grands comme des hippopotames, des veaux à deux têtes dont l'une pleure et l'autre beugle, des fœtus quadruples se tenant par le nombril et valsant comme des toupies, des ventres ailés qui voltigent comme des moucherons.

Il en pleut du ciel, il en sort de terre, il en coule des roches. Partout des prunelles flamboient, des gueules rugissent ; les poitrines se bombent, les griffes s'allongent, les dents grincent, les chairs clapotent. Il y en a qui accouchent, d'autres copulent, ou d'une seule bouchée s'entre-dévorent.

S'étouffant sous leur nombre, se multipliant par leur contact, ils grimpent les uns sur les autres ; — et tous remuent autour d'Antoine avec un balancement régulier, comme si le sol était le pont d'un navire. Il sent contre ses mollets la traînée des limaces, sur ses mains le froid des vipères ; et des araignées filant leur toile l'enferment dans leur réseau.

Mais le cercle des monstres s'entrouvre, le ciel tout à coup devient bleu, et

LA LICORNE

se présente.

Au galop ! au galop !

J'ai des sabots d'ivoire, des dents d'acier, la tête couleur de pourpre, le corps couleur de neige, et la corne de mon front porte les bariolures de l'arc-en-ciel.

Je voyage de la Chaldée au désert tartare, sur les bords du Gange et dans la Mésopotamie. Je dépasse les autruches. Je cours si vite que je traîne le vent. Je frotte mon dos contre les palmiers. Je me roule dans les bambous. D'un bond je saute les fleuves. Des colombes volent au-dessus de moi. Une vierge seule peut me brider.

Au galop ! au galop !

Antoine la regarde s'enfuir.

Et ses yeux restant levés, il aperçoit tous les oiseaux qui se nourrissent de vent : le Gouith, l'Ahuti, l'Alphalim, le Iukneth des montagnes de Caff, les Homaï des Arabes qui sont les âmes d'hommes assassinés. Il entend les perroquets proférer des paroles humaines, puis les grands palmipèdes pélasgiens qui sanglotent comme des enfants ou ricanent comme de vieilles femmes.

Un air salin le frappe aux narines. Une plage maintenant est devant lui.

Au loin des jets d'eau s'élèvent, lancés par des baleines ; et du fond de l'horizon

LES BÊTES DE LA MER

rondes comme des outres, plates comme des lames, dentelées comme des scies, s'avancent en se traînant sur le sable.

Tu vas venir avec nous, dans nos immensités où personne encore n'est descendu !

Des peuples divers habitent les pays de l'Océan. Les uns sont au séjour des tempêtes ; d'autres nagent en plein dans la transparence des ondes froides, broutent comme des bœufs les plaines de corail, aspirent par leur trompe le reflux des marées, ou portent sur leurs épaules le poids des sources de la mer.

Des phosphorescences brillent à la moustache des phoques, aux écailles des poissons. Des oursins tournent comme des roues, des cornes d'Ammon se déroulent comme des câbles, des huîtres font crier leurs charnières, des polypes déploient leurs tentacules, des méduses frémissent pareilles à des boules de cristal, des éponges flottent, des anémones crachent de l'eau ; des mousses, des varechs ont poussé.

Et toutes sortes de plantes s'étendent en rameaux, se tordent en vrilles, s'allongent en pointes, s'arrondissent en éventail. Des courges ont l'air de seins, des lianes s'enlacent comme des serpents.

Les Dedaïms de Babylone, qui sont des arbres, ont pour fruits des têtes humaines ; des Mandragores chantent, la racine Baaras court dans l'herbe.

Les végétaux maintenant ne se distinguent plus des animaux. Des polypiers, qui ont l'air de sycomores, portent des bras sur leurs branches. Antoine croit voir une chenille entre deux feuilles ; c'est un papillon qui s'envole. Il va pour marcher sur un galet ; une sauterelle grise bondit. Des insectes pareils à des pétales de roses, garnissent un arbuste ; des débris d'éphémères font sur le sol une couche neigeuse.

Et puis les plantes se confondent avec les pierres.

Des cailloux ressemblent à des cerveaux, des stalactites à des mamelles, des fleurs de fer à des tapisseries ornées de figures.

Dans des fragments de glace, il distingue des efflorescences, des empreintes de buissons et de coquilles — à ne savoir si ce sont les empreintes de ces choses-là, ou ces choses elles-mêmes. Des diamants brillent comme des yeux, des minéraux palpitent.

Et il n'a plus peur ! –

Il se couche à plat ventre, s'appuie sur les deux coudes ; et retenant son haleine, il regarde.

Des insectes n'ayant plus d'estomac continuent à manger ; des fougères desséchées se remettent à fleurir ; des membres qui manquaient repoussent.

Enfin, il aperçoit de petites masses globuleuses, grosses comme des têtes d'épingles et garnies de cils tout autour. Une vibration les agite.

ANTOINE

délirant :

Ô bonheur ! bonheur ! j'ai vu naître la vie, j'ai vu le mouvement commencer. Le sang de mes veines bat si fort qu'il va les rompre. J'ai envie de voler, de nager, d'aboyer, de beugler, de hurler. Je voudrais avoir des ailes, une carapace, une écorce, souffler de la fumée, porter une trompe, tordre mon corps, me diviser partout, être en tout, m'émaner avec les odeurs, me développer comme les plantes, couler comme l'eau, vibrer comme le son, briller comme la lumière, me blottir sur toutes les formes, pénétrer chaque atome, descendre jusqu'au fond de la matière, — être la matière !

Le jour enfin paraît ; et comme les rideaux d'un tabernacle qu'on relève, des nuages d'or en s'enroulant à larges volutes découvrent le ciel.

Tout au milieu, et dans le disque même du soleil, rayonne la face de Jésus-Christ.

Antoine fait le signe de la croix et se remet en prières.

TABLE

DISTRIBUTION

ALLEMAGNE
BUCHVERTRIEB O. LIESENBERG
Grossherzog-Friedrich Strasse 56
D-77694 Kehl/Rhein

ASIE CENTRALE
KAZAKHKITAP
Pr. Gagarina, 83
480009 Almaty
Kazakhstan

BULGARIE et BALKANS
COLIBRI
40 Solunska Street
1000 Sofia
Bulgarie

OPEN WORLD
125 Bd Tzaringradsko Chaussée
Bloc 5
1113 Sofia
Bulgarie

CANADA
EDILIVRE INC.
DIFFUSION SOUSSAN
5740 Ferrier
Mont-Royal, QC H4P 1M7

ESPAGNE
PROLIBRO, S.A.
Cl Sierra de Gata, 7
Pol. Ind. San Fernando II
28831 San Fernando de Henares

RIBERA LIBRERIA
PG. Martiartu
48480 Arrigorriaga
Vizcaya

ETATS-UNIS
DISTRIBOOKS Inc.
8220 N. Christiana Ave.
Skokie, Illinois 60076-1195
tel. (847) 676 15 96
fax (847) 676 11 95

GRANDE-BRETAGNE
SANDPIPER BOOKS LTD
22 a Langroyd Road
London SW17 7PL

ITALIE
MAGIS BOOKS
Via Raffaello 31/C 6
42100 Reggio Emilia

LIBAN
SORED
Rue Mar Maroun
BP 166210
Beyrouth

LITUANIE et ETATS BALTES
KNYGU CENTRAS
Antakalnio str. 40
2055 Vilnius
LITUANIE

MAROC
LIBRAIRIE DES ECOLES
12 av. Hassan II
Casablanca

POLOGNE
NOWELA
Ul. Towarowa 39/43
61896 Poznan

TOP MARK CENTRE
Ul. Urbanistow 1/51
02397 Warszawa

PORTUGAL
CENTRALIVROS
Av. Marechal Gomes
Da Costa, 27-1
1900 Lisboa

ROUMANIE
NEXT
Piata Romana 1
Sector 1
Bucarest

RUSSIE
LCM
P.O. Box 63
117607 Moscou
fax : (095) 127 33 77

PRINTEX
Moscou
tel/fax : (095) 252 02 82

TCHEQUE (REPUBLIQUE)
MEGA BOOKS
Rostovska 4
10100 Prague 10

ZAIRE
LIBRAIRIE DES CLASSIQUES
Complexe scolaire Mgr Kode
BP 6050 Kin Vi
Kinshasa/Matonge

FRANCE
Exclusivité réservée
à la chaîne MAXI-LIVRES
Liste des magasins : MINITEL
« 3615 Maxi-Livres »

IMPRIMÉ EN UNION EUROPÉENNE
le 15-05-1996
B/117-94 – Dépôt légal, novembre 1994